# 春暖大地

### 昆明地区优秀扶贫作品选辑

中共昆明市委宣传部
昆明市文联　编

云南出版集团
云南人民出版社

## 图书在版编目（CIP）数据

春暖大地：昆明地区优秀扶贫作品选辑 / 中共昆明市委宣传部，
昆明市文联编 . —— 昆明：云南人民出版社 ,2020.12
ISBN 978-7-222-20067-8

Ⅰ . ①春… Ⅱ . ①中… ②昆… Ⅲ . ①中国文学 – 当
代文学 – 作品综合集 Ⅳ . ① I217.1

中国版本图书馆 CIP 数据核字 (2021) 第 013821 号

责任编辑：熊　凌
责任校对：吴　虹　杜佳颖
责任印制：马文杰
装帧设计：骆文昕

# 春暖大地

**昆明地区优秀扶贫作品选辑**

CHUN NUAN DADI
KUNMING DIQU YOUXIU FUPIN ZUOPIN XUANJI

**中共昆明市委宣传部**
**昆　明　市　文　联** 编

出　　版　云南出版集团　云南人民出版社
发　　行　云南人民出版社
社　　址　昆明市环城西路 609 号
邮　　编　650034
网　　址　www.ynpph.com.cn
E - m a i l　ynrms@sina.com
开　　本　787mm × 1092mm 1/16
印　　张　15
字　　数　286 千
版　　次　2020 年 12 月第 1 版
印　　次　2020 年 12 月第 1 次印刷
印　　刷　云南金伦云印实业股份有限公司
书　　号　978-7-222-20067-8
定　　价　48.00 元

如有图书质量及相关问，题请与我社联系。
审校部电话：0871-64164626　印制科电话：0871-64191534

云南人民出版社公众微信号

## 编委会名单

总 策 划　金幼和

主　　编　马　谦　陆毅敏

副 主 编　刘云坤　周海霞

执行主编　张庆国

编　　辑　李妍慧　李小松　包　倬　马克斌

　　　　　何早阳　钟　雯　秋　月　余文飞

　　　　　曹卫华　李点芳

封面摄影　陆春海

# 前　言

2015年1月，习近平总书记在云南考察时强调，要坚决打好扶贫开发的攻坚战，加快民族地区的经济社会发展，确保中国2020年全面建成小康社会的目标如期实现。

昆明地处中国西南的云贵高原中部，南临滇池，三面环山，市区海拔1891米，全境最高海拔4247.7米，地势北高南低，以湖盆岩溶高原地貌形态为主。昆明是集大都市、大农村、大山区为一体，国内为数不多的有3个以上国家扶贫开发重点县的省会城市。昆明的贫困人口大部分分布于北部的高寒山区，那里生存环境较差、贫困程度较深、脱贫难度较大。

中共昆明市委牢记习总书记的期望与嘱托，根据中共中央的部署和要求，全面细致地开展了昆明地区的精准扶贫工作。市委书记程连元在昆明扶贫工作的部署中提出，要团结和动员全市广大干部群众，采取超常举措、拿出过硬办法，努力在云南全省率先打赢扶贫开发攻坚战。

2015年以来，昆明首创了"两出两进两对接一提升"的脱贫攻坚思路，动员组织了全市机关部门、企事业单位的4万多干部职工下乡挂户，对昆明地区的所有贫困人口进行对口帮扶。建立了扶贫攻坚的指挥体系、责任体系、督察问效体系，配之全方位的政策和财政支持，实施脱贫工作的全过程精准监管，并搭建了社会扶贫的细致服务，为做好扶贫工作提供了全面保障。

到2020年，昆明的精准扶贫工作取得了巨大成就，昆明地区的三个贫困县区全部摘帽，所有贫困村全部出列，贫困人口全部脱贫。为此，昆明市文联在中共昆明市委宣传部的支持下，策划并组织了以昆明信息港为展示平台的"决胜全面小康，决战脱贫攻坚"网络征文大赛，大赛自2020年上半年开始，历时半年，收到了来自省内外的数千份小说、散文、诗歌和报告文学作品。与此同时，昆明东川、禄劝、寻甸的宣传部和文联，也组织当地作家，创作撰写了很多反映扶贫工作成就的文学作品，记录并歌颂了精准扶贫这个伟大的历史成就，并形成了这部由昆明作家协会编辑设计的精美图书。

扶贫是伟大的事业，是最振奋人心的工作。精准扶贫，全面脱贫，一个也不能少，这是人类有史以来执政者践行的最郑重庄严的承诺，实现了共享发展红利的最大公平，更是努力实现共同富裕伟大梦想征程中迈出的显著而坚实的步伐，带给全人类深深的感动。昆明以亲历此程为荣，这一卷的昆明历史也将深刻而闪亮。未来的中国，前程广阔，美好的昆明，将迎来更美好的明天。

# 目录

小
说

脸不再是那些年细皮嫩肉的样子了，
已经是彻头彻尾的农村人的脸，沧桑，黝黑，
**刚毅，轮廓分明，却也掩饰不了固有的亲和力。**

# 竹林深深

余文飞

眼前的一张脸，是现在的德留老汉最不愿意看到的。

脸不再是那些年细皮嫩肉的样子了，已经是彻头彻尾的农村人的脸，沧桑，黝黑，刚毅，轮廓分明，却也掩饰不了固有的亲和力。让德留所不能容忍的，是这张脸左下巴上的那颗黑痣，黑痣很大，黄豆粒一般，上面还长着一根长毛，两三厘米长，像一只巨大的黑虱子卧着，不过虱子长了长尾巴而已。

德留宁可觉得黑痣上的长毛是诡异的虱子尾巴，也不认同鼠须的说法。

上周三，德留去马街子赶集，歇了个早市，顺道从打油巷过，鬼使神差地又走到了张铁嘴隐蔽的算命摊前。德留竹筒里倒豆子，说了一通苦衷，开始质疑张铁嘴之前说得丝毫不准，长黑痣的人并没有像他说的那样成龙上天，光宗耀祖，而是成蛇钻了草窠，虽然说不得是那种不成器的赖皮蛇，但是充其量也就和自家竹林里的青竹标蛇一样，最高不过飞上竹梢而已。张铁嘴嘴里嘟嘟喃喃着，仰着空洞的眼窝看了一会儿小巷里巴掌大的天空，右手的大拇指飞快地在另四个手指的指节上掐来掐去。忽然怪叫一声，空洞洞地盯着德留嚷道："坏了，你说的人原本是吃遍四方的，可惜他自甘堕落，蜗居山野小村，成了困龙了。他黑痣上的龙须，蜕化成鼠须了。"德留对张铁嘴一惊一乍早已司空见惯，狠狠地瞪了他一眼。一想，这家伙又看不见，瞪了也白瞪。德留叹了口气，起身离开，占卜的钱也懒得给了，张铁嘴居然也没讨要。

回来的路上，德留一个劲儿自怨自艾，对张铁嘴龙须变鼠须一说很是愤慨，咋这么多年，会相信一个眼睛都看不见的人胡说八道。

以前，德留老汉是不讨厌这颗黑痣的，眼前这个家伙的这颗黑痣是打娘胎里带来的。出生时，德留在场，接生的三婶颠着小脚，碎步跑出里屋，抱着啼声如洪钟的小家伙，眉开眼笑，一迭声叫嚷："哎哎哎，是个大胖小子，是个大胖小子，恭喜恭喜。"德留赶紧掏出喜钱。村里传着一句话：爹疼娘爱是珍爱，舅舅疼姑姑爱是福爱。舅舅给的喜钱，吉利。

德留清楚地记得，喜钱用红纸包着，准备了两个红纸包，一个包着一元六角六分，一个包着六元六角六分，整整相差了五元钱。五元钱哪！那是德留赶一两个月的乡街子，还不一定挣得到的数目。德留把六元六角六分的红包一把塞给三婶，夹手就抱过襁褓，端详着眼前虎头虎脑的小家伙，鼻子是鼻子，嘴巴是嘴巴，眼睛是眼睛，百看不厌。弄得这个孩子的亲爹——自己的大舅子，以及孩子的爷爷奶奶在一旁巴巴地抻着脸瞧。

大舅子咦了一声，摸了摸小家伙的下巴，一脸诧异："哥，这孩子，咋还长个胎记呀！"

德留仔细看了看，也轻轻地摸了一下，果然，有颗小小的黑痣。

奶奶在一旁瘪了一下嘴。

妻子冲德留使了个眼色，说道："有胎记好呀，好记好找，认亲的标志性记号，打着灯笼都找不来的。"

德留赶紧说道："是呀，是呀，好福痣呀！这小子一出生就带着富贵荣华来的。伟大领袖毛主席，下巴上也长有一颗黑痣呀。"

爷爷奶奶扑哧笑出声来。

后来，德留真的偷偷去找了几个端公神婆，问了外甥下巴上的黑痣，都说得吉利异常。

德留高兴极了，时常以这颗黑痣跟外甥打趣。

"你是长大痣的人，将来长大了当大官噶！"

"听舅舅的。"

"那竹青呢？"

"表哥和我一样当大官。"

德留就嘿嘿地笑。

大舅子抓着后脑勺，道："哥，给取个名字吧！"

德留不由自主地又摸了摸孩子下巴上的黑痣。"嗯，那就叫黑柱吧！将来长大了，成顶天立地的顶梁柱。小妹，好不好？"德留冲着里屋叫了一声。

"好！好！好！"里屋还没应声，大舅子叫嚷着，代替了妻子的回答。一把夺过襁褓，把嘴就凑上了孩子的脸颊。

眼前这张脸，就是黑柱的。

货真价实的黑柱，德留的亲外甥，小时候不止一次在德留脖子上骑马马，骑着骑着胡乱撒尿的亲外甥。

黑柱是弯竹箐的村支书。

一提起黑柱当村支书，德留就来气。妹妹、妹夫含辛茹苦地把他抚养长大，村里第二个名牌大学的毕业生。一毕业，背着铺盖卷就回来了，居然回来就在村里当起了村干部，当时就把妹妹、妹夫气得生病住院。黑柱回村就死活不走了，一干就是三年，前年当选村委会主任，一上任就这样项目，那样措施的，把村里鼓捣得稀里哗啦。虽说看着有些毛毛糙糙，可村里确实发生了翻天覆地的变化。电线杆子重新置换成新的水泥杆子，电压稳定了，家家户户亮堂堂的。村里破天荒地装了几盏太阳能路灯，也学着城里，夜晚明晃晃的，成了不夜村。自来水接到了各家各户家门口，一拧龙头，哗哗的山泉水来了。村里的泥泞路变成了水泥路，出出进进干净了。村里外出打工的年轻人多了，悄然矗立起来的小洋楼多了。村头村尾大片的闲置土地流转了出去，有了合理的租地收入。外地人来了，又是种花又是种菜，村里那些平日里游手好闲的人，家门口也能打个零工，赚点儿小钱……

德留打小就看着黑柱长大，知道这家伙脑瓜子灵泛，左手拈着"龙须"沉吟一会儿，立马就有头头是道的主意。更有一股子闯劲，认准了的理儿、事儿，南墙撞个窟窿也在所不惜。黑柱回村创业，一开始自己也不理解，后来被他软求硬磨，道理说得一套一套的，一想人各有志，平安顺遂就是福气，自己就释然不少，还带着做通了妹妹、妹夫的思想工作。

谁知，就在前几天，黑柱忽然找到自己，说要修路，要拓宽改直进村的土路，全部修成水泥路。修路是好事呀，李大耳朵的高腰围墙上不是刷白了，写着斗大的"要致富先修路"的标语吗？人心所向，道理就在那里摆着，无可辩驳。那就修呗，德留举双手赞成。黑柱嗫嚅着，绕山绕水说了半天，才讲清楚要从德留的竹林中间打通道路，把进村的路改直了。

德留当时就黑了脸。

竹林是德留的命根子。

德留家住在村口，门口过去是一片荒滩，乱石岢岊，泥淖沼泽，丘壑纵横，村里人说得更绝，这是一片屙屎不生蛆的死地。老辈人修进村的路，都嫌弃这片荒滩，绕了个大弯才进的村。土地下放那会儿，家家户户抓阄儿选地。德留有了想法，就找到老村长，说村里的好田好地自己一分一厘都不要，就要这百十亩荒滩。老村长是个至亲的本家长辈，德留的爹娘死得早，兄妹俩相依为命，没少得到这个长辈的帮衬。老村长瞪圆了眼睛，一伸手劈头盖脸就给了德留几巴掌。吼道："你再说一遍？！"德留咬咬牙，又重复了一遍。村长铁青着脸，当时就提溜着德留的衣服后领，老鹰捉小鸡一般拉扯到村子中央的碾场上，"当——当——当"，狠命地敲响了挂在老槐树上的半截铁轨，召集全村人到场。

村长鼓着腮帮子，咬着后槽牙，须发倒竖，指着德留，狠声说道："德留！这个土贼！他说村里的土地他一分一厘都不要，就要村口那块荒滩。老子就把那块荒滩分给他。请大家做个见证。"

看着大伙面面相觑，村长吐着唾沫星子，高声叫道："德留，你个憨杂种，你大声再给全村人说一遍，是不是就要那块荒滩？"

德留看了看大伙，看了看一旁泣不成声的妹妹，大声说道："是的，村里的好田好地留着分给大家，我家就要那片荒滩！"

随后，德留带着妹妹，在村里人的唏嘘非议下，饥一顿饱一顿，大体平整了荒滩，全部种上了竹子。竹子成林了，德留就砍来成竹，自学成才做起了篾活，把竹器挑到市场上，块儿八毛地积累，日子渐渐滋润了起来。

渐渐地，老村长和村里人明白了德留心中的端倪，原谅了他。德留懂得感恩，村里人家有个大事小务，偶尔需要几棵竹子，从来不需要打招呼，自己去砍就是。若是忙不得亲自来砍，只要和德留说一声，德留便砍好了送上门。村里人的竹制器具，有破损的，送到德留院里，小东小西一袋烟工夫就好，大件物什一两天后去拿，一准结结实实地修好，分文不要。

有竹林的回馈，德留娶了贤惠漂亮的妻子，养育了听话懂事的儿子，风风光光地把妹妹嫁了人。

黑柱，自己的亲外甥，居然要动竹林，还是从中间动，这是想挖德留的心窝，掏出心肝来，一剖两半。

看见舅舅回来了，黑柱赶紧从石碾子上跳下来，毕恭毕敬地凑上前："阿舅，您回来了。"伸手想要帮着接住竹捆子。

德留哼了一声，耷拉下眼皮，让过一旁，把肩上的竹捆子重重地摔在地上。一顺手，从腰间扯出砍刀，重重地丢了出去，噗的一声，那刀狠狠地插进地里一尺有余，露在地面上的一截，锋利的白刃映着清晨的阳光，冷冷的。

德留连身上的灰尘都懒得拍，背抄着手，扭头就朝屋里走去。

"阿舅，您不能老扭头就走呀！"黑柱亦步亦趋地追了上去，嘻嘻地笑道，"阿舅，您说话呀！好舅舅，别生我的气了，好不好？"

德留喜欢容忍这个外甥在自己跟前的嬉皮笑脸,绷不住嘴了,呵斥道:"说什么？臭小子，千算计万算计，算计到老子头上来了。早就跟你说了，要修路就修你的路，老子举双手赞成。想要图懒便宜，从我竹林中间走，就不行，没门儿！"

"不是，阿舅，今天我不说修路的事。县扶贫办的领导要来，想来看看您。"

"看我干什么？我又不是马王爷，长三只眼，有什么好看的。再说了，我一没什么亲戚领导，二又不是贫困户。你小子那点儿花花肠子，糊弄鬼去。"

"真的，阿舅。领导听说您的竹器做得好，想来看看，了解一下，看能不能做成一个产业，带动村里一拨人致富。"

"胡说八道，几片破竹篾，织点儿筛子、簸箕、背篓、挑筐的，这些年用的人越来越少，街上也值不了几个钱了，产业个屁！"

"不是的，阿舅，您说的那些只是平常的生产生活用具。您忘了，您织得一手好篾活，什么蝈蝈笼、小背篓、小提篮、小竹椅、小竹马、竹公鸡之类的。小时候，我和表哥可没少玩您织的那些小玩意儿。那些小玩意儿现在是时尚的工艺品，精致美观，城里人可喜欢了。"

"你吃饱了撑的，想去捯饬那些玩意儿。庄稼人不种地，不生产，喝西北风去。别以为你这两年胡搞瞎搞，把村里弄出点儿小名堂，就让我和你爹你娘刮目相看。那些种花的种菜的，别看着花花绿绿，一旦遇到饥荒年，吃稀泥巴去。你小子打一出生，捧在手心怕掉了，含在嘴里怕化了，没吃过苦。我和你娘打小吃过的苦头，几背篓都装不完。有本事，到城里去，像你表哥一样，体体面面地工作、生活，把你爹你娘也接到城里享享清福。"对这个外甥，德留心里再埋了莫大的怨气，还是生不起多少恨来。

"阿舅，您看您，又扯闲篇。我在村里不是好好的嘛，看着村里慢慢富起来，我高兴啊！"

"你最好别高兴，一高兴，就惦记起我的竹林来了，有你这样坑亲人的吗？我不是你舅舅，以后你也不要和我来往了。看见你就闹心。"

"阿舅，您说哪里的话，您永远是我的好舅舅，和爹妈一样的亲人。修路的事情，我知道您一时转不过弯来，慢慢您会想明白的。对了，还有个好消息，表哥打电话告诉我，他今天会回来一趟。叫我转告您。"

"竹青要回来？你没骗我。"德留乜斜了黑柱一眼，眼里有了光亮。

"是呀！阿舅，我什么时候骗过您呀！"

"真的？"

"当然是真的！表哥说了，他还打算带个朋友回来给阿舅看看。"

"什么朋友？你该不会是撮合着竹青玩什么诡计吧！你家老表两个，打小就喜欢一个鼻孔出气。别以为我好糊弄。"德留看着外甥一副嬉皮笑脸的神情，心里泛起狐疑。

"阿舅，您说什么呀！表哥偷偷告诉我，谈了个女朋友，想带回来让您看看。"

"啊！你家老表两个浑蛋，这么大的事情，现在才告诉我。等他回来，看我不抽他两竹鞭。"德留一脸嗔怪。"掌眼？现在怎么办，你个小浑球，家里乱七八糟的，还不赶紧收拾。竹青他们什么时候到？我得赶紧去换身干净衣服，老槐树下找老五斤割点儿新鲜肉去。"

"阿舅，看您急的，我爹我娘早准备了，他们收拾一下就过来了。表哥说了，家里什么样还是什么样，人家是个很实诚的姑娘。"

德留嘿嘿地笑，随即一板脸，嚷道："还不快去把院子扫扫，收拾收拾。事情搞砸了，看我不大竹片子抽你。"

黑柱一哆嗦，吐着舌头做了个鬼脸，一转身跳到院子里去了。

看着黑柱收拾院子去了，德留心里乐开了花。怪不得今早去竹林，那只布谷鸟叫得欢实，"老倌好过——老倌好过——"，自己还以为听错了，平日里那布谷鸟不是"布谷布谷——布谷布谷——"的叫么，今天居然改调了。老伴儿在儿子大学二年级时，突发脑出血去了。顺遂着老伴儿的心愿，就葬在竹林中央。这里竹林深深，幽静清新，是老伴儿喜欢的地儿。每次去砍竹子，德留都要到坟头去祭奠一番，聊聊天。

今天还聊到了儿子。德留知道老伴儿爱听，不厌其烦地又和老伴儿重复了一遍：儿子很争气，村里第一个考上名牌大学的学生，大学一毕业就考取公务员，在市政府的一个行政部门上班，平日里很忙，逢年过节或是公休假期才回来，一回家就帮着自己东忙西忙，农家子弟的品性丝毫不变。儿子听话孝顺，省吃俭用，除了每月非要固定给自己打一千元生活费，他也艰苦奋斗，听说写些什么网文，也有额外收入，在城里按揭了一套房子，按揭了一辆车。自己要把家里的积蓄给儿子添补一二，儿子死活不要。儿子说了好多次了，要把老屋锁了，把自己接到城里养老。可自己舍不得老伴儿，舍不得这片竹林，舍不得村里抬头不见低头见的老一辈人，去了儿子那里几次了，超不过一个星期，又跑回来了。儿子给自己买了手机，存了电话费，可自己不喜欢那玩意儿，有话当面锣对面鼓地说，用那不着边际的东西，不习惯，手机一转手被自己送给妹妹了。儿子给的生活费存进了存折，自己一直都没动过。自己还身子骨硬朗，能吃能喝，能走能跑，织点儿竹器，虽然生意大不如从前，也还糊口有余，自己也偷偷存着钱，留着给儿子娶媳妇、养孙子用。儿子老大不小了，也该找个媳妇了……

德留兴奋得有些无所适从了。他忽然想再跑一趟竹林，去老伴儿坟头，把这个好消息告诉老伴儿一声。

他兴冲冲地冲出门，和迎面赶来的妹妹撞了个满怀。

"哥，你要干吗去呀！"

"我……我去竹林里找点儿新鲜竹笋。竹青不是今天要回来嘛，他喜欢吃火腿炒鲜笋。"

"找什么呀，你今早不是才从竹林里回来嘛！刚刚我都看到了，黑柱翻出你挖的笋了，还找？嫂子那里等竹青回来了，父子俩一起去汇报不是更好。看你高兴的傻样，'八'字才写了一撇，就乱了阵脚了。你看看你，一身灰扑扑的，衣服扣子还扣错亲家啦！还不赶紧换身干净衣服，把脏衣服放盆里，一会儿我得空一把水给洗了。"

德留一拍脑门儿，自责了一声。把德秀和喜旺让进屋，德秀直奔灶台去了。

喜旺放下手里杂七杂八的东西，把肉和菜分好类，放好，笑着说："哥，要不我们俩去大垭口迎迎。每次竹青回来，进村的路又窄弯又急，车子都进不来，停在大垭口的荒地那里。今天回来了，带着女朋友，东西指定多，怕提不回来。"

德留眉头皱了一下，嘱咐了德秀一声，招呼喜旺就要出门。

"哥，你看看，鬼慌实乱的，先换衣服。"

换好了衣服，德留还特意把儿子今年过年时给自己买的新皮鞋穿上，这才和喜旺一前一后往大垭口而去。

临出门，喜旺冲院子里的黑柱眨眨眼。黑柱心领神会，瞅着他们走远，赶紧掏出手机，拨通了竹青的电话。

一路上，喜旺有一搭没一搭地和德留说话。

"哥，这几年村里变化大呀！"

"嗯！"

"哥，黑柱不争气，给你添麻烦了。不过细细一想，这小子也自有他的道理。只要肯吃苦，在农村也能干出一番事业。"

"嗯！"

"哥，这鸟路也该修修了，七弯八拐的。村里倒是建亮堂了，就这路还不得劲。"

"嗯！"

"哥，你说这路要是修好了，多好啊。就不是一般的小农用车鼓捣着勉强进得来，小轿车，大汽车都进得来。竹青的小轿车嘎吱一声，停在你家院子里，多方便多好。再把村子后山那些撂荒的地，都承包出去，种上些大洋芋、大萝卜，听说这些土得掉渣的农产品，城里人老喜欢了。"

小说

009

"嗯！"

"哥，你说我说的在理不？"

"嗯！"

"哎，哥呀！当年嫂子突发脑出血，要是外边赶来的急救车进得来，留柱的农用车能开得快一些，颠簸少一点儿，也许嫂子就不会……"

德留忽然停下脚步，猛地一回头，眼里射出针尖麦芒一般，直勾勾地看着喜旺。吓得喜旺心扑通扑通跳得厉害，像打鼓一样。

"哎，我说喜旺，平日里你三锤打不出两个屁，今天你嘴里咋一套一套的。黑柱给你洗脑了？"

"没，没，哥，我只是顺嘴一说。"

"赶紧，前头走！"

喜旺偷偷伸了伸舌头，紧走几步，和德旺并排而行。

德留心头咀嚼着喜旺的话，眉头越皱越紧，脚步变得重重的，每一步，都踢踏起一抹灰尘。

进村的路，其实就绕着竹林而走。黑柱找德留商量修路的时候，德留说得很干脆，就沿着老路修，占用点儿竹林没关系，随便砍，随便占。但是从竹林中间劈开一条道，把偌大的竹林一分为二，德留接受不了。

七绕八绕，总算绕过竹林，老远就看见大垭口，刚好有两辆小轿车拐过山头，飞驰过来，车后扬着灰尘，像两条追逐打闹的黄龙。德留皱起了眉头，有了心事：灰头土脸的乡下，儿子的女朋友会待见吗？

喜旺眼尖，嚷道："哥！快看快看，前头一辆白色的车就是竹青的。"

德留心中的疑虑一闪即过，抑制不住心头的狂喜，脚步快了起来。忽然右脚脚下一松一紧，崴脚了。痛得德留一蹦老高，脚上的鞋甩出一米开外，随即顺势一屁股坐在路边的地埂上，龇牙咧嘴。

"哥，没事吧！"喜旺赶紧挽住德留，拉过德留的脚看了看，脚踝处肿了一块。喜旺吐了口吐沫在手心里搓热了，使劲帮着德留拉扯揉捏脚踝。

一番剧痛过后，德留感觉痛感轻缓了许多。凝目一看，两辆车已经停在大垭口，"黄龙"散去，隐隐约约从车上下来几个人。

"喜旺，别折腾了，扶我起来，我们赶紧去帮竹青拎东西去。"

"哥，你崴脚了，都青了，要不你坐这儿歇会儿，我去吧。"

"没事，好多了，扶我起来。"

喜旺执拗不过，只得扶起德留。德留尝试着活动了一下脚踝，攀着喜旺的手臂，慢慢踮着脚尖走了两步，好多了。喜旺赶紧把德留的鞋拾过来，跊上，前前后后给德留拍去身上的尘土。

德留一弯腰，把鞋套好，抹了一把鞋上的灰尘。一看手也脏了，赶紧交叉着手掌使劲搓了几下，搓下几条泥垢。瞅见旁边有条小溪汩着水，凑上前洗了一回手，抹了一把脸，就着湿手，捋了捋被风吹乱的头发。

"喜旺，你说得对，这该死的路，七弯八拐的，是该修修了。"

喜旺也洗了一回手，扶着德留慢慢地朝大垭口走去。

"爹，您咋来了？咋一瘸一拐的？姑爹，我爹咋了嘛？"竹青放下手上的东西，一路小跑着迎了过来。

"没事没事，刚才走得急，崴了一下。竹青，你这臭……咋不年不节的，还忙回来干吗！回来也不提前几天说一声。"

德留嘿嘿地笑，一边和儿子说着话，一边看向儿子身后的姑娘。姑娘不错，面容清秀端庄，一笑起来，显出两个浅浅的小酒窝。看到德留打量自己，姑娘红着脸低下了头。

竹青扶着德留走过去，介绍道："爹，这是张梅，我新……刚认识的朋友，她自主创业，开了一家乡村工艺品加工销售公司，听我说起您编制的竹工艺品不错，她……她想和我一起来看……看看。梅……张梅，这是我爹。"

张梅大方地伸出手，握住德留，红着脸问候了一声："大叔好。"

德留脸唰地红到耳根子，说话结结巴巴起来："好……好……好……来就好……"

竹青扶着德留走到旁边几个人前，介绍道："爹，这几个是县扶贫办的领导，说是挂钩帮扶我们村的，刚才在路口偶遇，说起来是特意来找您的，我便带着他们一路过来了。"

德留道："听黑柱说了，来了好，来了好。不是修路吗？修呗，把路往直了修，要砍我的竹林，尽管砍，多砍宽一点儿，把路修宽些才好。"

喜旺怔怔地看着德留，呆了，德留一百八十度的大转弯让他始料不及。

县扶贫办的几个领导和竹青、张梅一脸诧异，相互交换了一下眼神，随即高兴异常。其中一个领导一把拽住德留的手，兴奋地说道："大叔，谢谢您。我们合计过了，砍了您的竹子，不论竹子大小，一律按照市场价格补偿给您。占用的地，我们县、乡、村三级商量过了，把村子南面退耕还林的五百多亩山地交给您管理，您带着村里的大伙都给种上竹子，竹子的品种我们一起商议，多种点儿经济价值高的。下一步我们和张梅董事长商量一下，引来技术人员做指导，创办一个竹艺加工厂。您老多辛苦一下，把您宝贵的编织技艺教给村里留守的人们，带动大家勤劳致富，产品由张董事长负责销售，收益少不了大家的。大叔啊！我代表贫困户谢谢您。”

一席话，惊得德留半天说不出话来，看了看一旁的儿子，儿子点点头。

"好啊！你这臭小子，原来你们早有计划，就我一人蒙在鼓里。黑柱这臭小子也是整天云里雾里，也不说个清楚明白，这么好的事，我咋会不支持呢。补偿什么的就算了，一点点竹子而已，几场春雨，立马就密密麻麻地长出来了，不用补偿。实在要补偿，就把补偿的钱，拿去修路去。”

"哥！你真的想通了。”喜旺总算缓过神来，兴奋地嚷道。

"你这闷葫芦，哪壶不开提哪壶，我哪能想不通呢！”

正说着，一阵山风吹来，眼前的竹林哗啦哗啦地摇曳起来。竹林里飞出那只布谷鸟，欢快地叫着，声音深邃悠远，在竹林深处回荡，久久不散。

德留偷偷地扯了扯喜旺的衣袖："喜旺，那只布谷鸟怎么叫？”

喜旺侧着耳朵听了一遍，说道："哥，不就是'布谷布谷——布谷布谷——'地叫吗，怎么了？”

德留咬着喜旺的耳朵，小声说道："我怎么听着像是在叫'老倌好过——老倌好过——'呢！”

"啊！”喜旺又仔细听了一遍，小声说，"哥！还真是这样叫呢！难不成那只布谷鸟被你的竹林养成精怪了。”

声音虽小，还是被众人听见了，大家哄的一声笑出声来。

德留偷眼看见张梅含情脉脉地看着儿子，心里忽地浸泡过蜂蜜一样地甜起来。

# 苹果红了（长篇节选）

刘继慧

## 1

2016 年仲春。

云南省梨叶县的某个偏僻小山村。

李晓瑞看见土路边那个水泥牌子上写着的"杨家沟"三个字时，差点儿就热泪盈眶。说实话，外语系毕业的姑娘没有几个多愁善感的细胞，她的时间大多数贡献给了英语单词。但千真万确，在 12 点的艳阳下，"杨家沟"三个字真的让李晓瑞想要大哭几声。路上遇见的村民在给李晓瑞指路时候，都说三公里吧，一个小时怎么都可以到。李晓瑞半天才回味过来，庄稼人本就对时间和公里数没有个准确的概念，就是个大概的数字罢了。可怜她整整花了两个半小时才走到这个小村子，而且这个路程绝对超过 8 公里。在她 24 年的人生经历中，除了逛街，平时走路从来没有超过一个小时。绝境可以激发人的潜力，李晓瑞感叹自己再当几年老师，一定可以轻松地参加马拉松比赛了。已经红肿的脚后跟，似乎在蓝色的凉鞋里呐喊，我要停下来，我要停下来。李晓瑞苦笑了一下，在水泥牌子前停了下来。

顺着水泥牌子，土路顺着一个缓坡蔓延，最后消失在半里外的村口。村子不算大，目测有二十几户人家，散落在半山腰，有几幢小洋楼，夹杂在瓦顶之间。房子周围各色果树，风景明丽。路的两边是快要成熟的豆、麦，蚕豆饱满，麦穗粗实，黄绿相杂，有风吹来，庄稼在微风中起伏。倒是个勤快的，李晓瑞在心里赞叹了一声。外婆说过，庄稼就是主人的样子，懒惰和勤快那是一目了然。

正是午饭时间，坡地上一个人影都没有，李晓瑞在半坡上徘徊。贸然进村李晓瑞可不敢，山村里大多数人都养狗，那些土狗可不是宠物，人家是要看家护院的，凶得很。似乎为了验证她的想法，村子里有狗叫了起来，然后此起彼伏，半天不停息。

"有人吗？"李晓瑞叫了一声，声音不敢太大，她担心狗听见叫声跑出来。

"有事？"一个声音从蚕豆地里传来，吓了李晓瑞一跳。地里有条排水沟，有个人蹲在沟边摆弄着浇水的管子，一个土埂刚好遮挡了她的视线，难怪她刚才没有看见他。

"我想进村，害怕狗咬，你能不能带我去一下？"李晓瑞看着男人的背影，怯怯地说。

"等我。"男人没有起身，继续摆弄着一圈圈的管子。李晓瑞只好站在路边等，感觉嗓子要冒烟。因为判断失误，没有带零食，只带了一瓶水，而那瓶水，早在11点之前就喝光了。还好带着把太阳伞，要不然就被晒晕了。

"走吧。"几分钟后，男人终于站起身来，几步就到了李晓瑞的身边。那么快？李晓瑞吓了一跳，觉得这个人处处透着诡异。一顶白色的宽边遮阳帽拉得极低，只露出鼻子以下的面部，下巴棱角分明，李晓瑞竟然看出些坚毅的感觉。绿色长袖T恤，迷彩裤，身姿挺拔，很有几分军人的风采。只是，脚上的绿胶鞋沾满了泥巴，破坏了整体的美感，李晓瑞确信这个男人是正在干活儿的庄稼汉。

"你当过兵？"李晓瑞奇怪男人竟然都不问问她的来历，只好找个话题。

"嗯。"男人哼了一声，似乎没有想搭话的欲望。

"我是老师，要到杨明亮家家访。他有一星期不来学校了，家长的电话也不通。"李晓瑞只好自报家门，两个人都沉默得有些尴尬。

"他去春城了，他爹在春城打工，他不喜欢上学。"男人言简意赅。

"那电话为什么不通？"李晓瑞紧走几步，试图追上男人的步子。

"换卡了。"男人终于发现了李晓瑞的艰难，放慢了速度。

"初二还是属于义务教育，不喜欢上学也要上。"李晓瑞有些气喘，"他家里总有人在家吧，我找他们说。"

"没人。"男人不肯多说一个字。

"我不信，到了村子了，一定要到他们家看看。"李晓瑞咬牙，当个乡村老师，不容易。

"好。"男人不再废话。

穿过了半个村，来到一个有些陈旧的院子外，果真大门紧锁。正是午饭时间，如果这个时间段都不在家，那是真的不在家了。

"怎么会一个人都不在家啊？李晓瑞奇怪，爹妈打工，他就没有爷爷奶奶吗？"

"爷爷去世了，奶奶也打工去了。"

"怎么只留一个孩子在家呢，难怪他不肯去学校！"李晓瑞叫了起来，14岁的孩子周末一个人在家，大人怎么放心。

"还有他妹妹，五年级。"男人言简意赅，"没钱。"

看着大门上的大锁，李晓瑞欲哭无泪。家长没有见着，别说吃饭，连口水也喝不上。

"带我去村长家。"李晓瑞咬牙，总得喝点儿水，要不然怎么回学校。

"好。"还是一个字，李晓瑞很无语，干脆闭了嘴。

男人带着李晓瑞进了村路左前方的一个大铁门，大门漆成朱红色，大门外是一棵高大的核桃树，枝繁叶茂，几乎遮了半个院落。院子不大，估计可以摆放六张吃饭桌子。院子不是水泥地板，而是由半米左右的石板铺就，很干净，没有如大多数村子里的院子一般有鸡粪猪屎什么的。正房三间，左右耳房各有两间，白墙黑瓦，窗框是朱红色。

"汪！"一声低沉的犬吠，从墙角传来，一只大黄狗前爪伸出，似乎马上就要扑过来。李晓瑞吓得赶紧躲到男人的身后。回去，是客人！男人低声呵斥，大黄狗缩回爪子，躺回墙角。

"爸爸！"听到动静，一个3岁左右的男孩从左边的耳房跑出来，抱住了男人的大腿。

"你儿子？"李晓瑞愣住，不是去村长家吗？男人不出声，抱起孩子，进了耳房。李晓瑞只好跟了进去。"你是村长？"李晓瑞有些尴尬。

"嗯。请坐。"男人招呼李晓瑞一声，把孩子放到凳子上。厨房里有个妇人在炒菜，是烧柴的灶火，李晓瑞舅舅家也是用灶火，炒出来的菜比用电的要好吃多了。妇女看见李晓瑞，似乎有点儿吃惊，但瞬间就淡定下来，还对着李晓瑞笑了笑。

"妈，这是学校的老师，来杨明亮家家访的。"男人说，"你再炒个火腿。"

"好好好！"妇人似乎很高兴，笑着答应。"老师坐，饭一会儿就好。"

男人转身出了灶房。李晓瑞在小男孩旁边坐了下来，才发现小男孩实在好看，皮肤白皙，睫毛很长，两个酒窝若隐若现。

"你叫什么？"李晓瑞非常喜欢这个小娃娃，捏了捏他鼓鼓的脸颊，手感不是一般的好。

"嘟嘟。"小男孩摆了摆脑袋，想要摆脱李晓瑞魔爪。"姐姐，你是来找我爸爸的吗？"

"嘟嘟，名字真好听。"李晓瑞把手缩回来。"姐姐，不，不，阿姨来找一个小男孩，找他去学校读书。"

"哦。"嘟嘟伸手抓住李晓瑞小挎包的带子，似乎很喜欢上面的水晶。

"喝水。"男人从门外进来，递给李晓瑞一个纸杯，里面飘着几片碧绿的茶叶。谢谢。李晓瑞接过纸杯，抬头望向男人，随口道谢。男人摘了帽子，洗了脸，短发上还有几滴水珠。李晓瑞端着杯子的手停住了，她张大了嘴。这个男人也太清爽了吧！不不，是好看，而且是非常好看。眉眼清隽，神情淡然，挺直的鼻梁如刀砍斧削，简直就是嘟嘟的扩大版。当然，没有酒窝，这样才是男人的样子，如果有酒窝，肯定很娘。只是，他的眼神也太冷了吧，就像谁欠了他几万块钱！

"姐姐，这是什么？"嘟嘟轻轻晃了晃李晓瑞的手。纸杯瞬间落到地上。李晓瑞的脸烧了起来。

## 2

李晓瑞觉得自己很久没有这样丢脸过了。她也很久没有吃过这样香甜的饭菜了。寒假回来，每天忙着备课、上课、家访，食堂的大锅饭，哪里有村子里的老火腿香。李晓瑞边吃饭边赞叹，惹得嘟嘟笑嘻嘻地看她。

喜欢吃就常来。妇人慈祥地笑，不停地给李晓瑞碗里夹菜。村子里别的没有，就是自己家地里种的菜，新鲜。

李晓瑞很不好意思，慈祥应该是形容60岁以上的老人，但嘟嘟的奶奶不会超过50岁，只是眉头紧锁，即使笑着也含着些悲苦。但李晓瑞就是感觉她的笑容很慈祥。

深山里赚钱不易，国家级贫困县，大多数山民的日子，也就是解决了温饱。李晓瑞的父母都在县城工作，从小她就是很多人羡慕的对象。如果不是外婆家在农村，加上这两年做老师经常家访，李晓瑞绝对想不到，县城和山村的生活，差别是如此之大。梨叶的山，太大，绝大多数的农村人，都要在山坡上，悬崖边讨生活。

吃饱饭，男人离开了厨房。李晓瑞想要帮忙洗碗，被大婶赶回了凳子上，只好逗嘟嘟玩耍。

"你妈妈呢？去哪里了？"李晓瑞把小男孩抱到膝上，孩子实在可爱。

"妈妈？不知道。"小男孩摇头，脸上的笑容消失了。小嘴紧紧抿着，似乎马上就要哭出来。

"怎么了？她不带你出门不开心了吗？"李晓瑞用手指点了点小孩子鼓鼓的腮帮，"阿姨带你去学校玩，好不好啊？"

"不好，姐姐讨厌！"小男孩挣扎着从李晓瑞的膝盖上下来，跑到他奶奶的脚边，抱住了奶奶的大腿。

"怎么不高兴了？"李晓瑞有些尴尬，虽然是小孩子，但是在人家家里吃饭，逗主人不开心，有些丢脸。

"他妈不在了。"洗碗的大婶口气很淡，听不出情绪。

"不在了？！"李晓瑞怔住，村子里避讳那个字，知道自己太冒失，一时间不知道说什么才好。

"老师，出来院子里坐吧。院子凉快点儿。"男人在院子里喊，李晓瑞如蒙大赦，赶紧跟妇人打声招呼就跑出了厨房。

男人站在核桃树的阴影下，脸上没什么表情。看到李晓瑞出来，指指脚边的凳子："老师坐。"

"你不坐吗？"李晓瑞坐下去，仰头看他，做老师的站在讲台上，习惯俯视学生，李晓瑞看着高高站着的男人，有些不自在。

"嗯。"男人惜字如金。转身进了右边的耳房，端了一盆热水出来，放到李晓瑞的脚边。泡一下。

"不用了，真的，我马上就走。"李晓瑞脸皮再厚，也觉得不好意思，除了小时候爸爸妈妈给自己倒洗脚水，8岁后再也没有这样的待遇。

"你不用热水泡一下，怎么回去？"男人看了眼她露在凉鞋外的脚跟，皱起眉头。

脚跟红肿，李晓瑞很少走那么长的山路，又贪图凉快，穿了凉鞋。想着来时候的那些山路，李晓瑞打了个寒战。

不想在村子里过夜，就泡一下脚。男人有些恼，觉得李晓瑞有些拎不清，解决问题才是最要紧的，面子和骄傲不能当饭吃。

李晓瑞终于把脚从凉鞋里解放出来，放到热水里。滋，肿痛的脚跟接触到热水，马上就放松下来，李晓瑞幸福地闭上了眼。

活儿没干完，老师自便。男人丢了一句话，就出了大门。李晓瑞没有睁眼，感觉疲累像一团雾，轻轻包住了自己。

李晓瑞看见了外婆。外婆笑着，脸上的皱纹，如一朵深秋怒放的黄菊。晓瑞，外婆给你炸酥肉。晓瑞，外婆摘桃子给你吃哈。好好好，都要，都要。外婆不是去世了吗？她怎么帮我摘桃子？意识里闪过一丝疑惑，但靠近外婆的暖洋洋的感觉，让李晓瑞浑身舒泰。呃，外婆，我还要桃子。李晓瑞幸福地舔了舔嘴唇，突然睁开了眼睛。

"老师，你醒了？"妇人花白的鬓角在李晓瑞的眼前放大。什么情况？李晓瑞有些蒙，这个妇人是谁？

"姐姐，你怎么也跟嘟嘟一样，洗脚都能睡着。"软萌的声音终于让李晓瑞回过神来。嘟嘟的笑脸在李晓瑞的眼前摇晃，"姐姐，你说梦话哦。"

"啊，我睡着了？还说梦话？"李晓瑞想起自己刚才在泡脚，低头看看，没有洗脚水，连盆都没有。自己靠在院子角落的摇椅上，身上还盖着一床轻薄的踏花被。被子里隐隐有阳光的味道。

"奶奶把你抱过来的啦。"嘟嘟笑嘻嘻，姐姐抱着都不醒。还淌口水。

"啊！"李晓瑞羞愧莫名，继而大惊失色，赶紧摸了摸嘴巴，后知后觉没有什么口水。"小鬼头。"李晓瑞长舒一口气，把脸上的阳光赶跑了少许。"谢谢你，大婶。"李晓瑞想，泡脚睡觉的习惯，午睡的习惯还真是强大，到陌生人的家里也照样运转。陌生人？李晓瑞微微一惊，为什么不觉得是陌生人？意识深处的防线，没有拉响警报，那么，是不是自己压根儿就没有把这个第一次踏足的小院当作陌生的地方？为什么？为什么？是男人生动如画的眉眼还是妇人慈祥的笑容，抑或是嘟嘟脸上隐现的酒窝？

"喝点儿水吧，老师。"妇人递过来一杯水，温度刚好合适。

"谢谢大婶。叫我晓瑞吧。"为什么那么自然，莫非每个老师都会自然而然把聊天对象当作家访的学生家长？李晓瑞又是一惊，觉得这个村子，这家人都很诡异，自己的警惕性一再减退，为什么？仲春的艳阳？核桃树的阴影，还是那盆洗脚水？

"晓瑞老师，你是县城来的吧？"妇人笑了笑，"我们村偏僻，外面的人没有几个来。车子进不来，人家不愿意走那么远。"

"嗯，到乡中学两年了。之前的班主任生孩子去了，我代她管学生。"李晓瑞把被子拿开，轻轻喝了口水，"我是老师，学生住得再偏僻，还是要看看。今年村子的路肯定会整成宽阔的水泥路，以后会有很多人进来的。"

"真的吗？村子的土路会整成水泥路？路会通到村委会，通到乡政府？"妇人沉静的面容有了一丝波澜，"我们可以坐车去赶街？"

"是的，是的。"李晓瑞笑，很显然，那个男人作为一村之长，这些事情肯定清楚，但他竟然没有告诉自己的母亲。想想自己的心事不会告诉李医生或者夏老师，李晓瑞释然。因为和外婆的相处，她自然不会跟村中的妇人说梨叶要脱贫摘帽的蠢话，村民关心的只是路通不通，庄稼地里种出来的菜可不可以变成钱，鸡圈里的鸡能不能卖个好价！

"啊啊啊，这样的日子才是好日子！妇人似乎想到了什么，脸色沉了下来，可惜，嘟嘟的爷爷看不见。嘟嘟的妈妈也……"妇人沉默，把坐在一边推凳子的小男孩抱到怀里，可怜的嘟嘟！

"热，奶奶。"孩子挣扎着推开妇人的手，跑到墙角找黄狗玩去了。

李晓瑞不敢接话，她小时候经常去外婆家，知道村子里有很多忌讳，有些话，别人可以聊，听的人却不太好回。甚至，人家也就是倾诉一下，不一定要你发表什么看法。

"大婶，你们村都姓杨？"李晓瑞想，再喝杯水，赶紧回学校。要不然天黑了，莫非要在村子里睡上一晚？

"还有三家外姓的。"妇人给李晓瑞的杯子里续了点水，慢腾腾地说，"28户人家139口人，大多数在外面打工。我们家青山不舍得嘟嘟和我，才窝在这个山沟沟。"

"杨青山？"李晓瑞想，这个名字还不错。他真的当过兵，为啥回来当村长？好奇害死猫。李晓瑞一向不是喜欢问东问西的人，但在这个偏僻的院落里，她心中的八卦之火熊熊燃烧。

"是的，杨青山。"妇人叹了口气，"他高中毕业，老村长说我们没有钱供他上大学，那就当兵去吧。晓瑞老师，你不知道，我们村除了烤烟能卖点儿钱，其他都不值钱啊！核桃，板栗，苹果……每家都有一些，但也就是够自己家孩子哄嘴。上大学，听说一年伙食费都要一万多，我们家，哪里有那么多钱！还好，老村长找了村委会，村委会找了乡政府，青山当了空军。那一年，他妹妹刚好上高中，他参军了，妹妹也有书读。他18岁当兵，20岁转士官，他的领导喜欢他，不让他回来，可惜，青山的命不好。在他23岁的时候，他爹生病了，脑梗，医生说劳累过度。人在县医院抢救过来了，就是不会说话。我一直身体都不太好，常年胃痛。生气或者着急，更严重。他妹妹在省城上大学，就想着要退学，他在电话里骂了妹妹一个小时，后来就转业了。24岁，他结婚了，25岁生了嘟嘟。26岁，嘟嘟的妈妈走了。他爹觉得拖累孩子，不肯吃饭，不肯吃药，也走了。一年多快两年了，青山都不喜欢多讲话。前年，老村长生了场大病，硬是压着头让他当村长，村人也投票选他。嘟嘟在，我在，青山没法到省城打工，他几乎县城都不去。"

妇人的声音渐渐低落，夹着几声叹息。李晓瑞不敢搭话，在她有限的24岁的时光里，这样沉重的命运，很少触及。为什么妇人要对第一次见面的陌生人说这些话，李晓瑞猜想是妇人心中积攒的悲伤太重了，她需要减压。熟悉的人熟知她的家事，她不好诉说，也可能不愿意诉说。不熟悉的人她也不敢诉说，那李晓瑞的到来，给了妇人一个机会，她凭着女性的直觉，感知到了李晓瑞作为一个老师，一个女孩子的善良。作为大山深处的一个女子，她虽然只上了五年的小学，但是因为自己的一双儿女，她比一般的村妇要多一些见识。李晓瑞愿意到山沟沟里动员一个不想上学的孩子去学校，那么她一定愿意听她说话，听她讲自己的儿子。她也没想着李晓瑞有什么应答，她只是需要一双倾听的耳朵。当然，本着农民式的狡猾，或者说生活重压下还残存的一线骄傲，这个叫王明慧的妇人，把这个故事做了适当的修改和保留。这一点，也是李晓瑞在很久很久之后才知道的。

## 3

李晓瑞后来试图回忆她是怎么走出那个小院的，但一直有些稀里糊涂。她好像说了点儿什么，但好像又什么也没有说。她甚至都没有和嘟嘟告别，就仓皇地退出了小院，来到斜坡的土路上。在看见满坡的麦子时，李晓瑞深深吸了口气，她明白，作为生活阅历极其简单的乡村教师来说，杨青山的人生，实在太沉重了。作为才见第一次面的陌生人，李晓瑞也不认为，他们往后的日子，会有什么重合。她几乎逃跑一样离开讲故事的妇人，只是因为她发现已经快要四点了，再不走，她真的赶不回学校了。

"嗨！"在土路上，李晓瑞遇见了杨青山。李晓瑞知道这个招呼自己必须要打，毕竟自己才在人家家里吃了午饭。

"还没走？"杨青山奇怪，老师家访都是这样磨蹭吗？一个女孩子，在大山里晃悠，心真大。

"和你妈妈聊天来着。"李晓瑞没好意思提自己睡着的事情。"谢谢你家的午饭，还有洗脚水。"

"不客气。"杨青山看了看满脸灿烂的女孩，"路上注意安全。"鬼使神差，他多说了一句。

"好。告诉我你的电话。"李晓瑞说完才发现自己说了什么，又说，"我要随时问你杨明亮的事情。对了，还有他爹的电话也要告诉我。你是村长，肯定知道。"

"好。"杨青山当然记得李晓瑞为什么跑到这个偏僻的山沟沟，掏出电话，念了一串数字。

"你的呢？"等了一会儿，李晓瑞追问。

"我又不是学生家长。"杨青山不认为自己有告诉她电话的必要。

"万一杨明亮他爹电话又换了呢？或者他关机，欠费呢？我不找你找谁！"

"你还真是执着！"杨青山皱眉，老师都是这样死缠烂打的吗？

"当然，要不然我们的学生怎么叫回学校上课！"李晓瑞发誓，她在追问杨青山电话的时候，真的只是为了找到她的学生杨明亮。"作为村长，以后希望你能配合我做好杨明亮还有他家长的工作，让他到学校上课。"

拿到了电话号码，李晓瑞得意地看着杨青山，至于他的悲惨人生，李晓瑞暂时不觉得跟自己有什么关系。

"你确定自己要在杨家沟住一晚？"杨青山看了看手机，又看了看李晓瑞的脚，

020

善意的提醒。

"啊！"李晓瑞醒过神来，想着还有漫长的八公里山路，等着自己红肿的脚跟去丈量，一下子哭丧着脸。你们村有没有电动车？自行车也可以。李晓瑞满怀希望，大眼睛急切地盯着杨青山。

"服了你。等着。"杨青山还是想到了作为一村之长的责任，他急速朝村口走去。

大约十分钟，李晓瑞看见杨青山从斜坡上下来，推着一辆自行车。

"真的只有自行车？可是，那些大坡我怎么骑上去啊？扛着自行车上坡，你以为我是大力士？"李晓瑞想，看来自己只好再把脚走肿了。

"我送你。"杨青山面无表情，知道女孩自己走到乡中学，恐怕天都黑了。按照他的想法，女孩是来自己村里家访的，那么，她的安全，作为村长，他必须要负责。为自己身边的人负责，这是他曾经作为一名空军战士的人生信条，虽然现在不是军人了，但植根于心底的东西，早已变成了一种习惯。

"真的？"李晓瑞笑起来，圆润的小脸上，每寸皮肤都写着意外和开心，"我还害怕路上不安全呢。"

"你就不想想带个人什么的，一个人在大山里瞎跑。"杨青山无语，这个老师看起来也不是小孩子，穿着花裙子在深山乱窜，就不担心遇见坏人？

"我哪里知道那么远啊，他们说只有三四公里，不要一个小时就到，路上都是村子。"李晓瑞说起这个事情，也是一肚子火气，"我也定了下位置，百度地图也会骗人。"

"大山里信号不好，人家一般定位的都是村委会。"杨青山再次无语，不知道这样单纯的性子是经历的事情太少，还是智商有些问题。就不会叫个学生带路？

昨天去茂张康倒是有学生带路的，今天不是找不到人吗？李晓瑞一脸委屈，周末好多人都在家里休息，只有自己在大山里乱窜着找学生。城里的孩子各种找家教，而大山里的娃娃，要老师各种找。说好的起跑线在哪里？明明是没有什么起跑线，对很多山里孩子来说，国家的义务教育都很难顺利完成。

"那你不会找到人再来？"杨青山觉得自己见到李晓瑞后讲的话，比他一个月讲的话都多。"女孩子，安全第一。"

"我是老师，让学生进教室上课，也非常重要。"李晓瑞本来想说这个是任务，但觉得有些滑稽，官腔可不是什么好东西，特别是跟农村人说话，人家只希望你说人话。

说话间，走完了斜坡，土路变得平坦了些，杨青山停下来，骑上自行车，示意李晓瑞坐上去。车子在土路上急速行走，带起的风吹散了空中的热气，李晓瑞感觉浑身舒爽。鼻腔里传来杨青山身上的味道，有些咸，有些青草香。李晓瑞咬着唇，呵呵呵笑起来。

爬坡上坎，穿林过村，有时候车带人，有时候人带车。一个多小时，杨青山把李晓瑞带到了乡中学的大门口。等她下了车，杨青山掉头就走。

"哎哎哎，你这人怎么那么急，我请你吃饭。"李晓瑞一点儿准备都没有，送人到家，一般不是要说几句话的吗？"我叫李晓瑞，杨明亮回家记得告诉我哈。"看着杨青山越骑越快，李晓瑞只好提高声音叫喊。

杨青山的身影消失在街头，李晓瑞才慢慢转身进了学校大门。篮球场上有几个学生在打球，那些都是离家太远，一个月才能回家一次的。

"你男朋友？"一个四十几岁的女老师突然出现在李晓瑞的眼前，吓了她一跳。我刚才在大门口好像看见一个男的骑车带你。女老师一脸八卦。上课备课训学生太过枯燥，年轻老师的婚恋就是点燃老教师激情的兴奋点。

"啊！"李晓瑞半天才反应过来，那是学生家长！

看着很年轻，怎么会是学生家长？女老师的眼睛闪闪发亮，看样子不一般啊。

"杨明亮的哥。"李晓瑞发现说谎话真的很简单，说了后大脑才后知后觉。"包老师，我要回宿舍了，有空聊。"

"哎哎，说几句嘛。"包老师意犹未尽，觉得自己有好多恋爱经验可以分享给这个县城考来的小姑娘参考。看着走远的姑娘，包老师遗憾地回了家，她决定有机会一定要感受一下做人生导师的感觉，那样，应该比教学生理解古人说话更有趣吧。

## 4

星期一下午 5 点 40 分开教师会。因为白天的课程 5 点 30 分结束，晚上的自习要到 7 点才开始，所以，这个点开会最合适，当然，吃饭的时间要自己调整。

学校的会议室其实是阶梯教室，上大课用的，可以坐 200 人左右，所以，40 多个教师坐在里面感觉很空旷，稀稀拉拉的。教师坐在学生的位置，校领导自然坐在讲台上。学校领导排班值日，轮到值班的领导负责主持会议。这一周恰好轮到校长周志华。

坐到前面来，每次开会都往后缩，周校长皱眉，语气不太好。今天的会议很重要，听不清楚怎么抓落实？

每次的会议自然都很重要，不重要也没必要开会了。坐在后排的老师赶紧站起来朝前挪。在学校里，校长是最高行政长官，是这方天地的霸主，校长的话敢不听，除非你不想在学校混了。

这些年工作不好找，千军万马考公务员，教师的竞争也非常激烈，能够有个事业编的身份，每个月拿着几千块的工资，是很多年轻人的选择。这个选择虽然无奈，但生存面前，梦想还是要靠边。梨叶县是国家级穷困县，春城第三板块县份，但因为隶属省城，属于一小时经济圈，进不了第一、第二板块的年轻人，越来越多把目光放到了梨叶，也把梨叶的各种招考难度大大提升。政府部门，学校医院，操着普通话的人日渐增多，县城的版图逐渐扩大的同时，梨叶人的心胸也随之不断开阔。

　　李晓瑞所在的这个乡中学，距离县城120公里，交通闭塞，但也有12个老师是这些年陆续从外地考来的。乡级中学只是权宜之选，如果你够努力，进军县城也不是难事，每年县城的几所中学都会遴选式考试，教学实绩所占比例很大。教学实绩要从两方面来看，一个是你必须有水平，另一个是你的学生要能领会你的水平。就是说，在教学水平相差不大的情况下，你教什么样的学生就是关键。当然，如果你是教书育人的天才除外。决定你教什么样的学生，那是校长说了算。学校教书育人，但学校的老师也要求进步，所以，校长的身边就经常围绕着些想要进步的人，就如同党委书记的身边围绕着各类委员和代表。所以，年级组长的话可以不听，教研主任的话也可以不听，副校长的话也可以半听不听，但是，校长大人的话，那是一定得听。

　　这个会议真的很重要，不是学生的考试，是老师的考试。周校长很严肃，他一贯是个严肃的人，在他做一般老师的时候，他可以随意说笑，在他当上教务主任的时候，遇见顺眼的老师，还是会开几句无关痛痒的玩笑，但是当他成了校长的时候，他一般就不怎么笑了。虽然没有谁规定当了校长之后不能随便开玩笑，事实上就没有一个校长随便开玩笑。

　　"我们县今年要脱贫摘帽，事关每一个梨叶人。"周校长少见的严肃。"1月20号，县上开了精准扶贫精准脱贫工作推进会，省级的2个贫困乡，有一个就是我们清水乡了，20个贫困村要出列，3万多建档立卡贫困户要脱贫。我们县啊，山大，自然环境恶劣，脱贫摘帽，难度不是一般大！政府机关的大小领导，一般干部，都要挂钩贫困户，多的挂十几户，少的也要挂四五户。学校暂时没有挂包贫困户的任务，但是我们有一个更重要的任务，那就是保证学生的辍学率不能超过百分之一。就是说我们学校有500个学生，辍学的孩子不能超过5个，这个是底线。县上的意思是一个都不能有。就是说我们要保证所有应该上学的孩子都能在学校上课。这个就是教育的均衡发展，在2月17日召开的全县脱贫摘帽第一个百日会战动员大会上明确了的！"

　　"这几年，国家对教育的扶贫力度非常大，看看我们全县上下，哪所学校不是标准化建设？校长说完这些话，很满意地看着下面老师交头接耳的场面，那就是说老师们都听进去了，也有了该有的反应。他顿了顿，给了老师们足够的反应时间后，又继续说。乡镇，村委会，最好的建筑都是学校。两免一补，小餐桌，助学贷款……前几年县委书记就明确表态，全县范围内，不会有一个学生因为贫穷而辍学。可以说我们迎来了教育的最好时机，但是为什么还是有那么多的孩子不来学校？老师们，你们有没有想过这个问题？我们自己读书的时候，辍学率几乎是百分之五十，那是因为穷，交不起学费，一般的家长也没有意识到读书多么重要，但现在不一样，你到哪里都得有文化，有文凭。就算是到城市里打工，也要文凭。以前说知识改变命运，现在也是，你只有读书，才有改变命运的可能。不要相信读书无用那些鬼话，有些家长死脑筋，觉得孩子大学毕业还不是打工，但是他不会想想，如果不读书，你的孩子连打工的机会都没有。"

李晓瑞想，作为一个校长，周志华的口才还是不错的，其实，即使最不喜欢说话的人，做了老师之后，一天说那么多的话，口才都会好起来。而且还喜欢长篇大论，不接受反驳。这个倒是要警惕，李晓瑞想，自己才做了两年多的老师，就已经往话痨的方向狂奔了。如果再进一步，对着谁讲话都如同面对学生，那就离孤家寡人不远了。想到教了三十年书的母亲，李晓瑞整个人都暗淡下来。

大多数老师都已经动起来，平时电话联系，周末家访，了解学生辍学原因。这个很好。周校长激动了，声音也越来越大，还伴随着不明所以的手势。大多数人都这样，有足够多的听众，有喜欢的话题，那就会有表达的欲望，这个欲望会激发出人们的演讲潜质，把一开始的吐露心声，慢慢变成了眉飞色舞的表演。李晓瑞看了看周校长有些涨红的大圆脸，低头看自己的手指甲，但是，校长有力的声音还是如飞流直下的瀑布，冲击着她脆弱的耳膜。这个势头很好，但是还不够，远远不够，我们要做的不是了解原因，我不管是什么原因，也不管你们用什么办法，我要的是这些孩子必须要来学校，要坐到他的座位上听老师讲课。现在请班主任说说班级学生的辍学情况，我看看你们都做了些什么工作。

李晓瑞脸色有些难看，自己班上除了杨明亮，还有一个学生缺课一星期，没有请假，也没有留下任何的联系方式。问他的同桌，也说不清楚。50个学生有2个不来上课，简直是要命的事情，按照校长的说法，她的班级只能有半个学生辍学。辍学率决定巩固率，巩固率决定是否表彰，是否表彰决定你是否有机会回到县城任教。看来，以后的很长一段时间，她是不用想着回县城家里了。想到妈妈每个周五的电话连环 call，李晓瑞把头深深地埋到了膝盖上。

春暖大地——昆明地区优秀扶贫作品选辑

# 石头村

李存梅

## 1

村里石盘头的女儿石梦楠六岁，要到山外黑石凹小学上学前班了，同龄的还有寡妇王老花六岁半的独女杨玉苗。村长张二牛家十岁的大儿子张大春，七岁的小儿子张小虎，一个四年级，一个一年级，也在黑石凹小学读书。来回近八公里的路程，俩孩子寄宿学校，学校按行政区域招生，学生大多是周围六个自然村的孩子，从学前班到四年级。每周日下午，家长送孩子到学校，下周五下午接回家。

石头村地广贫瘠，苦死苦活，种一年到头的庄稼，也就能解决简单的糊口而已，成年劳力大多外出打工挣钱，留在家里的大多是老人和孩子。张二牛是石头村的村长，媳妇有腿疾，这两年也是因为要接送孩子读书，回家务农。他见过些世面，不论说话做事，都拿捏得妥帖，每周他骑个摩托接送两个儿子读书。

石盘头的婆娘玉莲眼看女儿要上学了，石盘头又不在家，咋个接送孩子上学，是个大问题。她要到村口大核桃树旁王老花家去问问，孩子上学的事。

玉莲老远就看到寡妇王老花灰头土脸，正在驾小骡子拉粪，那牲畜不听话，扭着屁股躲开。玉莲见状，笑道："老花，粪还没拉完？"老花抹一把脸上的汗和尘土，抬头看看玉莲，张开干裂的嘴唇笑笑："唉！这死砍头的骡子闲懒了，不听话，还有几车呢，玉莲有事嘎？""老花，我来问问你，苗苗今年要去上学了？"老花边驾车边回答："要上了。""那到送孩子报名我们一起去？""要得！""你忙，我再去村长家打听一下，问问他家俩孩子上学咋个办呢。"玉莲边说边往张二牛家走。

一路上，玉莲想，老花男人病死后，留下一个瞎婆婆和半岁的女儿苗苗，别人也曾为老花介绍过对象，可对方到她家一看，穷乡僻壤，拖累太多，就不愿意娶她。

前年瞎婆婆也死了，老花既当爹又当妈，犁田耙地，农活儿家事，事无巨细都靠她，三十多岁的年龄，看上去至少有四十岁。俗话说，人强不如命好。一个女人，命不好，叫天天不应，喊地地不灵。老花这死鬼男人也是坑人，竟然丢下一家人不管不顾走了！

玉莲走后，老花叹口气，一铲一铲将粪撮到车里，她今天得把剩余的粪全送到村对面山梁上的地里，等洋芋挖了，种上冬籽，可以多得一垡收成。待卖了冬籽，给女儿苗苗买套冬衣。这样一想，老花灰土的脸上露出没人看见的笑容。人活着就要有希望，有寄托。老花为医死鬼男人，欠下一屁股两肋巴的债，这几年，除了奶孙三人的生活，自己没日没夜劳作，都是为还债。人生最怕爬连根坡，前年婆婆也走了，又欠下五千多元债务。如今，跟她相依为命的就只有女儿苗苗了。

记得男人死后不久，热心的乡亲为她牵线搭桥，介绍山外村那个婆娘得肺癌死了几年的老毛狗。老毛狗是两个孩子的父亲，比她大十五岁，她觉得这样的两个特困家庭组合一起，日子难过，没同意，还是各人讨各人的日子吧。老毛狗也是个善良朴实之人，他憨憨一笑："等着，我把两个娃养成人，再来娶你！"看着老毛狗踏着"咚咚咚"的脚步声随媒人远去，老花说不清为什么，眼里的一汪泪水，不由自主地流出，是感动？是悲哀？她背过身子，用粗糙的右手抹了一把泪水。后来，山外又有几个媒人来过，她都婉言谢绝了，她不想背着债务，带个孩子和瞎婆婆拖累别人。

自从男人死后，婆婆知道一家三口过日子不易，还得有个男人来帮儿媳支撑这个家。她对儿媳老花说："狗剩（老花的男人叫杨狗剩，乡间传说，孩子起名越土，越好养活）他爹死时，狗剩才八岁，怕儿子受气，我就带着他讨日子，孤儿寡母的，过得很艰难，常常暗自落泪。后来狗剩大了，娶回你这个好媳妇，可我又瞎了这双眼，更没想狗剩这短命鬼也无福消受，跟他那死鬼爹去了！有合适的男人，你还是找一个吧。"婆婆多次劝她，老花未应，实在说不过，老花说："妈，你就不要再提这件事了，等过几年，有合适的再说吧！"婆婆虽然眼睛看不见，但她心底明镜似的，她也不再说什么，尽量摸黑为儿媳分担家务。苞谷掰回来，她摸着撕去外壳，洋芋挖回来，她摸着分开大小……特别是孙女苗苗，整天无微不至地照顾着。在婆婆的帮衬下，奶孙三人虽然贫穷，日子也过得安宁，特别是看着女儿一天天乖乖长大，老花就像看着自己种的庄稼苗壮成长，心中得到不少安慰，也有了盼头。

老花也常常想起死鬼男人咽气前拉着她的手，眼巴巴乞求道："花，我走了，最放不下的就是咱妈和女儿苗苗，再难，你也要照顾好她们，要是撑不住了，你就找个男人，只要他对你好，妈和苗苗有口饭吃就行！"老花含泪摇摇头，又点点头。男人喘了一口气，两眼白翻，拉着她的手渐渐凉了……男人的生命，就像风中飘落

春暖大地——昆明地区优秀扶贫作品选辑

的枯叶任由老花拼命呼喊，再三挽留，依旧晃晃悠悠，回归了他生活二十七年，想逃离，又逃不脱的脚下这块生养、埋葬他的红土地。

老花欲哭无泪，排解不了心中的苦闷，迷茫的她，去三盘寺求佛，摇了一签："子有三般不自由，门庭萧索冷如秋；若逢牛鼠交承日，万事回春不用忧。"她想问佛自己的境遇，却得到这个结果。她虽然不大清楚签指之意，解签人释疑，人生没有处处是平路，走截平路爬截坡。人遭难，不被灾难压倒，静下心来，多做善事，忍耐忍耐就过去了。人修三世，凡尘烟云，此生的孽缘善缘，都是上辈子修来的。老花小学文化，对解签人的话似懂非懂，每当暗自落泪时，就想起签上之言，咬牙忍耐着，认命却不屈服于命。她不停地抗争着——上辈子没修好行，这辈子不能再错了，即便做牛做马，也要无怨无悔，善待别人，盼下辈子有个好报。

老花带着婆婆和女儿讨日子，过得十分辛酸。她下地干农活儿，女儿苗苗交给婆婆，因为婆婆眼睛看不见，怕孙女出危险，常常将孙女抱在怀里，或者背在背上。每天早晚饭，婆婆背着孙女摸黑煮。山里人，燃料都用柴草。老花不在家，婆婆生火做饭，柴草点燃后塞进灶膛里，不知道柴火是否已燃着，婆婆总是站在灶边，用右手食指摸摸锅底，锅烫了再放水煮饭。婆婆的食指，被锅烙起一层厚厚的老茧。有时，婆婆看不见，会抹着一些灶门上的黑烟子，又去抱孙女，奶孙俩都变成了"花猫脸"。渐渐地，苗苗会走路，会说话了，她就告诉奶奶：火着了，水开了，饭涨了……苗苗成了奶奶的眼睛，老花出去干活，也放心多了。可在苗苗四岁那年，一个寒冷的冬夜，婆婆无病无痛，一觉睡下去，就再也没醒来！

## 2

玉莲走后，老花突然感到，孩子这回要上学了，读书来去咋个接送？三不远两不近的路程，还真是个头疼的问题！她一下理不出个头绪，越想越心烦，也没有个可以商量的人！

玉莲径直往村长家走去。

村长张二牛家独门独院，三间土木结构瓦房，右边两间耳房是厨房，左边是三间猪、牛、马圈和鸡鸭鹅舍狗窝。屋后有一大片地，种着一些果树蔬菜。门前围了一个大院子，场院已经打成水泥地板。村口那条硬化路面是县里的"村村通"项目，上个月才正式通车，新路正好经过他家门前，距老花家五百多米远。村长张二牛家在石头村算得上富人了。远远看见一辆小货车拉着一些货物，几个干部模样的人下来，张二牛拉开铁门，货车直接开进他家院子里。一会儿，张二牛往距离他家一百多米的社房走去。

玉莲纳闷，村长家又要干啥了？这么多人拉东西来，自己是去他家还是不去？正犹豫，突然拴在村中大梨树上的高音喇叭响了。

　　"喂——喂喂——喂！村民同志们注意了，县上扶贫送温暖工作组进驻咱们村，各家各户务必赶快到我家场院上，认亲家，领物资！"张二牛连续三遍高喊后，喇叭戛然而止。听到此声，玉莲想，自己一个山里农妇先去，不好意思，得有个伴儿。她转身去喊老花。

　　此时，老花装了大半车粪，骡子套着车，拴在旁边的老核桃树上。老花刚一抬头，看见又回来的玉莲。未等她开口，玉莲抢先说："你听见喇叭里说啥了？走，跟我去村长家看看！"说着就动手拉老花。

　　老花有些难为情："玉莲不要拖，你看我这灰毛老鼠的，咋好意思见外人？""怕哪样？咱脸朝黄土背朝天的农民，哪儿比得上那些坐办公室的城里人！"老花拗不过玉莲，被其趔趔趄趄拖着去村长家。

　　一路上，村民陆陆续续来到村长家场院上。一进门，只见一个干部模样的人拿着一个文件夹，一户户念名字。念到名字的，一户两袋化肥。旁边还有四大箱衣物，村民们除了抬化肥，衣物无人问津。

　　当喊到王老花，老花似未听见，如木头般站着不动。张二牛补充道："王老花，赶快过来认亲家！领化肥咯！"老花仍未有任何反应，玉莲扯扯她的衣袖："你整哪样呢？呆了不是？叫你领化肥，认亲家啦！"老花如梦初醒，灰土土的脸上，露出了不易觉察的羞涩。她想，这个和蔼的中年男人，人家是干部，咋个和他认亲家？羞死人了！

　　老花在玉莲的推攘下，往前走了几步，她依然无所适从。只见那个中年男人向她走过来，微笑着问："你是王老花？家中就有两人，一个六岁半的女儿杨玉苗和你！"老花不知道此人怎么会知道她家的情况？疑惑，不知该咋个回答。他又说："我叫杨帆，县里派来的扶贫工作队员。你家是石头村特困户，我的帮扶对象。"顿一顿，他笑道，"我们真是有缘啊，从今天开始，我就是你家扶贫结对户的亲家了，有什么难事，尽管对我说。"老花看着眼前这个陌生男人，不知所措，傻乎乎地点点头。

　　张二牛和村中另外两个过来的男人，帮老花家的两包化肥顺一边。

　　那几大纸箱，装的是扶贫工作组募捐来的七八成新的童装和部分成人衣物。村民有的带着孩子，有的空着两手，三三两两围拢到村长家场院上，照名单，与县里来的几个干部认亲家，领化肥，就是没人要那几箱衣物。

　　杨帆与村长媳妇水芬悄悄说了几句话，村长媳妇打开纸箱，招呼大家来看看，有合适自家孩子穿的，各人来找点儿拿回去。见没人应，村长媳妇拿起一件粉红色羽绒服、两条连衣裙和几条小裤子塞给老花。她说："抱着！这些好看的童装，你不要？赶快再找几件拿给你家苗苗穿！"老花被动地抱着水芬塞来的衣物，脸上露出了山里人特有的质朴笑容。她说："嫂子，够了，那些留给别家的孩子吧！"看到此，村里老幼一齐围过来，嘻嘻哈哈，你一言我一语，各人翻找适合自己家穿的衣物。

玉莲翻到两件大衣，塞一件给老花。半个小时后，化肥分完，村民们互相帮忙用小马车运到各家。村长和二狗帮老花家送。趁送化肥之机，杨帆陪着他们一道去老花家看看。老花抱着衣物，是惊？是喜？一路上她不知该说什么好，机械地跟着村长他们往家走。

到房后，杨帆看见那只套着车，拴在老核桃树下的骡子，他问："亲家，这是你家的？"老花答："是呢，刚才装粪，准备拉去地里。""种些什么庄稼？""洋芋，荞籽，苞谷……"

说着，已到老花家场院上。两间红土墙撑着的破瓦房，陈旧古老，门口是一块红土场院，没有院墙，场边拴着一条黄牛在吃干苞谷杆。老花的女儿杨玉苗听到有客人声音，手扶开了一扇的门，伸头偷偷往外看。见有陌生人，也不认生，跑出来拉着她妈妈老花的手，一边与村长张二牛、二狗打招呼，昂头看看杨帆，不知该喊什么？小声问："你是叔叔吗？"杨帆摇摇头，微笑道："叫老亲爹！"看着小女孩疑惑的眼神，杨帆用右手轻轻摸摸她的头："你叫杨玉苗，六岁半了，该上学了吧？"小女孩惊讶地："老亲爹，你认得我嘎？妈妈说要送我上学了。"杨帆早就了解到此地孩子上学离家远，学前班至小学四年级都在山脚下那所寄宿学校就读。

杨帆故意逗这活泼的小女孩："苗苗，离开妈妈去读书，你不会哭鼻子吧？"苗苗嘻嘻一笑："妈妈整天出去干活儿，奶奶没有了，就我一个人在家，不哭。"接着苗苗又说，"我还在家喂鸡、猪、鹅呢！"穷人的孩子早当家，看着小大人一样的苗苗，在场的大人不免有些心酸。

老花嗔道："野丫头，也不知害羞？一边玩去！"苗苗不在意妈妈的嗔责，转向张二牛："二大爹，大春哥哥和小虎哥哥回来了吗？我要跟他们去上学！"他们说着，帮老花将化肥抬进屋里。

老花的家里，进门前半间是堂屋，后半间是她和女儿的卧室。堂屋里靠隔墙处，支着一个老式橱柜，有几个四只脚的旧木板凳，一张吃饭的陈旧小方桌，一个半新的花布长沙发。靠墙边，有一个火塘，火塘边炖着一把黑乎乎的茶壶，已看不清材质。家里就那个半新的沙发算是最好的家当了。另一间前半部分是厨房，靠面墙边有一个老式灶台，上面有一个大铁锅；后半间原是婆婆的卧室，婆婆走了，堆一些杂物。

一把扯手楼梯搭在响木板的楼口上，上面看不见堆些什么。场院边用石棉瓦搭有简易牛圈猪圈马圈，还有鸡窝狗舍。

家里虽然很穷，但收拾得规规矩矩，光滑的水泥地堂屋，打扫得清爽干净。老花将抱着的衣物往里间一放，出来拿起木凳，很难为情地招呼客人坐。杨帆对村长张二牛说："等等，趁今天这机会，详细了解一下情况，我们一起为亲家们制订一个扶贫计划吧。"他们分析来分析去，最后征得老花和村长张二牛意见，圈养小肥羊。羊羔和养殖技术由杨帆到县里与牧业公司联系提供，采取公司＋农户的养殖方法，羊出栏由牧业公司收回。具体如何操作，待牧业公司派人来指导。牧业公司王总是杨帆的表弟，杨帆知道这种养殖方式最适合山区农户，说回去就联系人来落实这事。

有这等好事，村长张二牛和二狗高兴得心花怒放，并央求杨帆协调，他们村在家的劳动力都来养羊。就地取材，羊饲料可用自己地里种出的粮食作物配制，羊粪又用作种地的肥料，综合利用，生态环保。

扶贫工作组临走时，杨帆向老花摆摆手道："亲家，安心等着，等联系好会有人来指导你们如何养殖的！"

## 3

一周后，村里来客了，一老一少两个人，村长在高音喇叭中喊话，按名单顺序，各家各户在家等候，县里牧业公司的技术员来指导建羊圈。

老花听了，心"咚咚"直跳，预感会有什么事发生。公司技术员首先到村长张二牛家指导羊圈选址，测量下线，接着到二狗家，玉莲家，老花家……

俗话说，寡妇门前是非多。平日，村里男人们无事是不会去老花家的。这一周多的时间，竟然有好几个男人到她家，是福是祸，老花也说不清楚。

两个技术员到老花家，老花微笑着招呼他们。那个年长的向她笑笑，也不多言。老花想，似乎在什么地方见过他？一时想不起来。待他们房前屋后到处看看，叫过老花，说羊圈合适建在门口的场院边。那里阳光好，通风暖和，有利牲畜成长。

老花说，听他们的，只要羊好养就行。年轻那个技术员将下线的皮尺忘记在玉莲家，他返回去拿。年长那个看着老花憨憨一笑："还记得我吗？"单独与男人在一处，又是这么近的距离，老花有些不自然地脸一红："你是？""你忘了？几年前那个发誓要回来娶你的老毛狗！""你？真是你！"他们一进门，老花就觉得此人面熟，这下，老花羞涩得两腮如桃花般艳丽，千头万绪，不知该如何说。

"那次媒人带我来，短暂一面，我知道你是个善良勤劳的女人，你不同意嫁给我，我不勉强你。回去后，为了供两个儿子上学，我去县里打工，几经周折，最后在牧

春暖大地——昆明地区优秀扶贫作品选辑

业公司落脚，慢慢学得一些养殖技术，这次被公司派来出差，没想到却来到你家！"顿一顿，老毛狗又说，"如今，我家大儿子大学毕业工作了，小儿子在读大一。他们催我找个老伴儿，可我一直放不下你，没想到你依然一个人带着孩子过！"老花静静听着眼前男人的肺腑之言，眼泪不由自主落下。她想，眼前这个男人，倒是个过日子的人！

他们都是同病相怜的苦命人，老毛狗用有力的大手掌，轻轻为老花抹去泪水。随即将老花拥抱住，老花闻着男人的气味，感觉有些眩晕。她离开男人的怀抱已经很久很久了，男人的味儿早已变得模糊不清。老毛狗搂着老花的双手越来越紧，呼吸变得有些急促。

老花感觉体内有一种沉睡的魔咒被唤醒，她想推开那双有力的臂膀，却感觉四肢无力，仿佛整个人要被燃烧似的。她着急道："快放开我，一会儿那个年轻人回来见到，羞死人了！"老毛狗说："花，你要答应嫁给我我才放开，不答应就给别人看吧！"这突如其来的逼婚，老花说："你放开我再说！""不！答应我才放！"听到外面由远及近的脚步声，老花结结巴巴道："你……你这……这老鬼！快……快放开，答应你不就是了！"老毛狗得到老花的话语，松开双臂。

"妈妈，我回来了！"门外传来女儿苗苗的声音，"我在玉莲大妈家玩，这个叔叔说要来我家，我带他来。"老花故作倒水，提着黑乎乎的茶壶到门口，老毛狗端起那个旧玻璃杯喝水，他们之间似乎什么也没发生过。

苗苗一进门，看见老毛狗在喝水，她说："妈妈，这个大爹我认得，在小虎哥哥家见过！""野丫头，一天这家串到那家的，也不害臊！"老花斥责苗苗。苗苗虽然父亲早逝，但她那时太小，就没有父亲这个概念。山村孩子少，她家又困难，村间老幼都把她当成自家的孩子照顾，加之苗苗从小生性活泼开朗，不论到哪家，大家都喜欢她，石头村十六户人家，老老小小，没有她不熟悉的。

老毛狗笑笑："是啊，我们已经是老熟人了！"说着转向老花："苗苗说，开学她要跟小虎哥哥去读书。"老花说："野丫头，你就是个破铃铛！"说着，老毛狗他们又去屋外下线量地基。

真是无巧不成书，老花做梦也没想到，会在自己家中见到这个几年前来提亲，她没同意嫁的老毛狗，且自己仓促中，稀里糊涂地答应了他的求婚，她不知该如何对女儿苗苗说。且苗苗这野丫头，竟然在之前就认得老毛狗。正当老花胡思乱想之时，突听玉莲家女儿石梦楠在门口喊："大婶，苗苗姐在家吗？"老花一惊，回过神来，手指着场院边："她在那边看热闹呢！"石梦楠蹦蹦跳跳跑过去。

老毛狗他们下好线，要回公司了。临别时，他悄悄对老花说："你等着，我还要来呢！""我，我……"老花话还没说出，老毛狗摆摆手，走了。老花本想说，刚才答应他的不算数，是怕他搂着不放，别人看见了，她一个寡妇，不好面对父老乡亲。可老毛狗就不让她说，也不给她解释的机会。

看着老毛狗走了，老花的思绪如一团乱麻。她深深呼吸了几口，使劲定了定神，又去接着拉粪。

那天，玉莲从老花家去村长家问孩子读书的事，因人多不便问，隔一周，玉莲又到张二牛家打探。进门，只见村长家两个儿子大春和小虎在堂屋里的方桌上做作业。见到玉莲，两个孩子与她打招呼后，又专心写作业。张二牛在场院上，坐在一个小木凳上吸水烟筒，见玉莲进来，他随手拉了一下旁边的另一个小木凳，示意玉莲坐。

张二牛使劲吸了一口，张嘴吐出几圈烟雾："春他妈，玉莲来了，泡杯茶来！""茶就不喝了，我来问问石梦楠和老花女儿杨玉苗两个娃娃读书的事，可不可以我们几家联合接送？"张二牛慢慢悠悠地，水烟筒放面前，左手搂住水烟筒的腰，右手三个指头撮起一点儿黄烟丝，大拇指一转，捻成团，放水烟筒嘴上，拿起旁边燃烧的香棍，往烟丝上一点，"咕噜咕噜"又吸了一折。他抬起头道："你个老娘们，急毯些哪样？村里孩子读书的事，我早有打算！""村长，你看我家石盘头不在家，我们女人家头发长见识短，哪能与你村长相比，有事不来找你找谁？！"玉莲连玩带笑，与村长张二牛逗嘴。正说着，村长婆娘水芬穿一件荷花衣裳，捧着一玻璃杯热茶出来，笑呵呵道："玉莲喝茶！"玉莲双手接过热茶，道了声谢谢。玉莲向来能说会道，张二牛听了很受用，笑道："玉莲，一个村的婆娘就你嘴甜，会说话！听了安逸，我能不帮你？""村长，老花那闷葫芦你也得帮啊！"玉莲是个热心肠，做事说话，有意无意，都会帮老花。玉莲这么一说，张二牛有意冲玉莲："你个刀子嘴婆娘，给你点阳光就上火！就是我不帮你，也要帮老花，更何况我已经帮你了，自然要帮她！"玉莲一听村长之言，已达到目的。她母鸡啄米一样连连点头："那是那是……"如来纵彼，张二牛交代玉莲，待开学报到那天该准备的东西，要她记着告诉老花。玉莲记下娃娃开学报名要带的户口本、生活用品、学习用具等。

晚上，玉莲到老花家，她说与村长张二牛商量了，开学一同带着娃娃们去学校报名，三家三个孩子每周接送，由村长张二牛去，若他有事去不了，玉莲或者老花赶小马车接送。老花听了长长舒口气，女儿读书接送的事终于有着落了。老花微笑道："谢谢玉莲姐！"玉莲说："谢哪样？帮别人就是帮自己嘛！"临走时，玉莲特意交代老花为娃娃上学准备些什么东西。

几天后，村委会李主任带着马乡长到石头村，了解村民建羊圈的进展情况，说是后年要全县脱贫，乡里筹集扶贫资金，帮助解决村民建羊圈的材料费，羊崽由县牧业公司供给，村民出力养殖，出栏后由牧业公司按预订价格收回。临走时，马乡长说，要将全县最贫困的石头村打造成县里的小肥羊养殖示范基地，帮助村民脱贫致富，建设最美乡村。

一石激起千层浪，建立小肥羊养殖基地的事一下成了村里的头等大事、热门话题，村民到哪儿都在议论，这是天上掉馅饼的大好事，千载难逢的脱贫机缘，那些在外打工的村民听说，纷纷返乡，他们也要借此东风，发家致富，建设家园。

不到一周，石头村十六户村民，都愿意养羊，忙着热火朝天拉砖头，拌水泥，砌羊圈房。老花家自那日老毛狗他们下线后，村民各忙各的，还没请到人帮她家砌墙。老花有些着急，可着急也没用，只好暂时放着，等村民有空再说。

半个月过去，老花看着村里的各家羊圈已经建得差不多了，自家的还没动一块砖。中午，她去村长张二牛家，想请村长帮忙找几个工，给她家砌墙。她走到村长家院墙外，听到有几个人在院内说话："二牛哥，我们帮你家没说的，你还要叫我们白白去帮寡妇王老花家？不是我们不愿帮她家，你看见了，我们各家的事都很多，忙不过来呀！"这声音是村东头三狗的声音。三狗是村里二狗的弟弟，平时在外打工，因听说村里要养小肥羊才回来的。"二牛叔，三狗说得也没错，现在不像前两年，劳动力也值钱呢！"是张六的声音。"好你两个兔崽子，出去两年就不认亲了？我安排帮助王老花砌哈墙，竟然嚼筋拌蒜呢，你们敢说以后不求人了？"接下来是村长张二牛的声音。"老花也真是的，狗剩死了那么多年，早该嫁个男人，也就不用她到处求人了！"三狗的声音。张六接上："就是，都什么时代了，还守活寡！""你两个龟儿子，好话不会说，哪哈学会和老娘们一样嚼舌头了？小心鬼割舌根！"这是村长张二牛的声音，接着又听他说，"全村养羊户，务必在十天内砌完墙，建好羊圈房，等牧业公司送小羊来……"俗话说，隔墙有耳，老花在墙外听得清清楚楚，她站在院外墙角边愣了一会儿，这个时候，她不宜进去，随即黯然转身离开。

老花想，这几年也难为他们了，自己再努力，毕竟是个女人家，有些事情总得请男人帮忙。她突然感到，自己的脚步越来越沉重，两眼迷糊，仿佛中邪般，不知何去何从？脚下的路变得越来越长。能怨谁？谁都不怨，只怪自己的命不好。要是死鬼男人活着，哪里轮得着她去求人？可命运总会捉弄人，当年那些到她家提亲的人，她唯独看上狗剩这死鬼，虽说石头村是山区，当时觉得这个人家单净，婆婆还能帮忙照顾家，没想到在她怀上苗苗期间，婆婆因为常年流泪，眼睛慢慢看不见了，去医院检查，说是眼角膜坏死，换眼角膜需要不少钱，家里承受不起，婆婆主动放弃复明手术。祸不单行，一年后，狗剩这死鬼也不顾这个家，撒手走了！

老花就这么胡思乱想着往回走。"嗨！老花，你去哪儿了？"石盘头站在老核桃树下叫老花，老花没有任何反应，低头走着。他又大声喊："老花！老花……"猛然，老花吓了一大跳，她抬起头，吃惊地看着石盘头，答非所问："你……你……你去哪儿了？""哈哈哈，想些哪样？这么专注呀！"石盘头笑呵呵地看着出神的老花。老花脸一红，回过神来："没想哪样！""玉莲让我来问问，你家羊圈要砌墙了吗？要砌墙的话，我去邀约村长张二牛来帮你！"

老花呆呆看着石盘头，一时无语，刚才在村长张二牛家院墙外听到的对话，想想这些年村里人对她家的照顾，她无以回报，很是惭愧！石盘头看出老花有心事，他说："老花，你倒是给句话，砌还是不砌？""砌呢，可你一个人不好整！""咋才一个人？我去找村长，喊几个人来，一天就砌好了。""难为你了，难为大家了！"

说着，石盘头向村长家走去。老花不敢说刚才听到的话，她心中似有一只小野兔在乱蹦乱跳，担心石盘头遇到张六和三狗。要是他们也对石盘头说难听话，那该咋整？老花平时就不善言语，也就任由他去。

老花看着石盘头走了，她回家，不见女儿苗苗。她自言自语："这野丫头，又跑哪里疯去了！""妈妈，妈妈，我在石梦楠家见到小虎哥哥了，他说下星期一学校开学了，叫我与他们一起去上学！"苗苗欢天喜地，蹦蹦跳跳，未进门就大呼小叫。老花一听，打起精神，温和道："好，到时我们一起去报到。"老花不愿自己不好的情绪影响女儿，在这个世上，女儿是她活着的希望。顿一顿，老花又说，"在学校可不能像在家一样疯了，要听老师的话，不要和同学吵架打架！"苗苗一连串"好好好"应着妈妈。一时间，老花忘记在村长张二牛家墙外听到的对话，到卧室里打开那个婆婆留下的老式木柜子，翻找苗苗读书要带的东西。

对于山里人来说，孩子小小年纪就要离开父母去读书，寄宿在学校，家长真是不放心，可也没有什么办法，不放心也得送学校。特别是第一次送孩子，家长们不知要对孩子交代多少遍，注意这，小心那……在孩子幼小的心中，对于上学，总是既向往又害怕。

临送孩子的头晚，张二牛交代老花和玉莲，第二天各家吃过早饭，准备好，石盘头赶着小马车，拉着石梦楠、老花母女和张小虎去黑石头凹小学，他先骑摩托送大儿子张大春去乡中心完小。回来与他们在黑石头凹小学会合。是夜，苗苗因第二天要去上学，兴奋得半夜才入睡。

周一，天麻麻亮，老花起床，忙着为孩子准备早饭。她想，苗苗去学校就是一周，不知学校伙食咋样？她要焖一顿女儿爱吃的火腿洋芋饭，叫她吃饱去上学。苗苗听到妈妈在做饭，一骨碌爬起来："妈妈，我是不是要迟到了？"她边揉眼睛边问。

老花听女儿问，她刮着洋芋道："早呢，你再睡会儿，饭熟我叫你。"

一个小时后，母女俩吃过饭。老花换了一身干净衣服，苗苗穿上前几天水芬塞给老花的童装，等待石盘头来接。

不一会儿，石盘头赶着马车到老花家屋后，在老核桃树下拴好马车，玉莲叫石梦楠和张小虎在车上，她和男人石盘头下去接老花和苗苗。他们帮老花提着为苗苗准备的东西，一齐上车。一车人，三个孩子穿着干净衣服，三个大人也穿得整洁。虽说农人干活儿泥一脚水一脚，外出，他们都会换上干净漂亮的行头，不让别人见笑。

张小虎似一个小向导，一路介绍学校情况：学校有七个老师，一个煮饭的阿姨。有男生宿舍，女生宿舍，吃饭有饭厅，每四人有一张饭桌，每顿三个菜，放学各人提着缸缸排队去打饭吃，吃饭也不要钱。有五个教室，老师们白天上课，晚上每两个轮流守夜……张小虎滔滔不绝地讲述着，杨玉苗和石梦楠羡慕得不得了，一个小时的路，不知不觉就到了。

到学校，学生不多，张小虎把他们带到学前班门口，自己要去找他们老师报到。临走时，他对杨玉苗和石梦楠说："在学校有什么问题就来找我嘎！"俨然一个大哥哥的模样。

每个班的老师在门口支张课桌，班主任在迎接学生报到。学前班门口报到处，年轻的小王老师笑盈盈地问杨玉苗和石梦楠叫什么名字，几岁了，逐一核对姓名，登记后，由宿管员马老师带去宿舍。宿舍里两个孩子一张床，石梦楠和杨玉苗睡靠窗子边的一床。床上用品俱全，清洗得干干净净。两个小姑娘高高兴兴爬上床，试睡一下很满意。安顿好住宿，马老师又带他们去吃饭处，告诉孩子们，下午两点半到教室集合。家长可以放心回家了，记得下周五下午五点前来接孩子，有什么情况，老师会及时与家长联系。

石梦楠和杨玉苗两个从小经常在一起玩，有伴儿，听老师催促家长回去，她们与大人道别后，在校园里这里看看，那里瞧瞧，到处都是新鲜事。

看着两个孩子这么高兴，石盘头、玉莲和老花刚要出校门，遇上送张大春回来的村长张二牛。听说孩子入学已办妥，他又到校园里转一圈，与儿子小虎道别，还特意交接学前班小王老师，有什么事就联系，多关照一下山里孩子。

老花回到家，苗苗去读书了，家里就她一个人，走出走进没个说话处，感觉空落落的，有些不适应。

不过，寂静的家里也有好处，老花下地干活儿，不用牵挂家里的孩子，只管把鸡、猪喂饱，把那头老黄牛拴场院边吃草，赶着那只小骡子，一下地就是半天。他们石头村山高皇帝远，村民们去地里干活儿或外出，从来就不锁家门，苞谷收回来，撕开挂坠在房前屋后树上，或干脆用树干在场院一角搭个平台，直接堆上去晾干。村中外来人员极少，历来没有哪家东西会丢失，谁也不会要别人家的东西，是个夜不闭户，日不锁门的村庄。

老花挖了一车洋芋回来，正准备煮晚饭吃，村长张二牛在屋后路上喊她，让准备一下，明天村里来几个男人帮她家砌羊圈。老花应着，热了一碗中午剩下的冷饭吃了，把平时舍不得吃，挂楼杆上那只烟熏得黑乎乎的老火腿拿下来，在火塘上翻烧，洗净，砍好用砂锅炖着，准备招待明天来砌墙的村民。

第二天，村里回家准备养羊的男劳力，在村长张二牛和石盘头的带领下，包括背地里有意见的三狗和张六也来了，他们一天就帮老花家建好羊圈。张二牛说，后天牧业公司派人来对大家进行养殖技术培训，在家的都要参加，学习咋个养羊，小肥羊是不能用平时养老山羊的土办法的，要科学养殖。

第三天一大早，村里的高音喇叭就传来张二牛的声音，他咳了两声，清清嗓子："喂——喂喂——喂！村民同志们，各家各户，大家听好了，今早十点钟，准时到社房里参加圈养小肥羊技术培训！大家记好嘎，不要迟到啦！"一连三遍后，喇叭又安静了。

村里的社房在老花家屋后三百多米的地方，是过去大集体建盖的，三间土木结构瓦房，门口有一块大土场，土地承包责任制时，张二牛他爹是队长，说不能把村里仅有的社房也分了，留个给后人做念想。后来，村里哪家有个大事小务，红白喜事，都集中到社房办理。

平时忙农活儿，一年也没几次在这里集合的机会。九点半，村民们已迫不及待，各自提个小木凳，纷纷赶到社房处，等待听课。趁老师未来，村民们有坐屋檐下吹牛的，有嘻嘻哈哈开玩笑的，大家嘘寒问暖，说些外出打工的见闻，一年庄稼收成好坏，小娃读书和家长里短的事，更多的是猜测这回养小肥羊的事，玩笑中也是荤素搭配，互不计较。

正当大家嘻嘻哈哈时，牧业公司的一辆微型面包车到了，车上下来那个上次来下线的老毛狗和另一个年轻人。张二牛指着来人给大家介绍："大家都见过了，他是上次来的毛师傅，他是小李！今天请他们给大家讲小肥羊养殖技术，大家好好听，不懂的要多问问！"

老毛狗先讲，说小肥羊养殖要分群、定质定量、定时饲养，养殖中如何预防疾病等常识。年轻人讲饲料配置：玉米、麸皮、豆粕、麻粕、钙石粉、食盐、矿物微量元素、小苏打要按规定比例配制。一般六个月出栏，每只羊可长达 15—20 公斤。老花在人群中，专心致志听讲。生怕漏了什么到时候不知道咋个整。老毛狗在讲课中，不时瞟瞟老花，看她一脸认真的表情，他含笑继续讲课。

老花听着听着，不由自主地走神，眼前这个男人，已在记忆的脑海中沉沉浮浮，仿佛很熟悉，又很陌生。

技术培训完，老毛狗在培训课上说，午饭后，他和小李分头到各家各户检查羊圈建盖情况，请各家回去等候。他们在张二牛家吃过午饭，老毛狗说他已经来过，知道哪家在哪里，让村长带着小李去路上边那几家查看，他去路下边这几家。

山里的九月，秋阳热烈，空气中除了泥土的味儿，弥漫的就是甜甜的瓜果香。老毛狗心旷神怡，他要与老花单独见见，在分工时就有意安排。村民不知老毛狗的心思，各自回家等候。老毛狗先检查其他几家，最后来老花家。老花趁老毛狗去别家之机，回来换了一件玫红色衬衣，配上轻薄的黑裤子，穿上那双自己做的梭跟绣花鞋，将头发梳理得一丝不乱，高高挽在后脑勺儿。她拿起那块用了多年的小圆镜，照了照，仿佛自己是新嫁娘，不觉羞红了双颊。正当老花期待老毛狗时，村长张二牛带着小李来了。张二牛说："老花，老毛狗还没来？"老花被问话一惊，抬头看看是村长他们，她急忙答应："还没呢！"老花招呼他们进屋坐，为他们泡了两杯热茶，小李没喝水，到羊圈查看，说砌得标准，不用改动。老花笑笑说："是村长带人来帮忙砌的，村长做的粑粑哪有歪的？！"平时不善言语的老花，今天突然冒出这句，张二牛听了眯个眼睛看着她，似发现新大陆般："咦，老花，你今天很好看啊！"村长当着外人表扬老花，老花有些不好意思，不觉脸一红："我这泥菩萨也好看？"正说着，老毛狗赶到。

老毛狗说，查看到张六家，发现他家的羊圈有几处不规范，他又特意提出修改意见，要他在一周内完成，指导完，兴冲冲赶到老花家，看见村长和小李已在老花家。他讪笑道："你们查看完了？快呢嘛！"老毛狗想与老花单独见面的计划落空，他含情地看了老花一眼，老花羞涩地低下头。老毛狗看老花今天打扮，特别那低头的羞涩，心底荡起缕缕柔情。他故意问："小李，给看过她家的羊圈了？"小李说："看过了，很标准呢！要不你也再瞧瞧？""好！"说着，老毛狗走到羊圈旁，仔细查看后，回头看看跟着他的村长和小李，他权威地说道："对，就要这样砌！"刚说着，公司打来电话，说某地养殖户发现疑似疫情，要他们赶快回去处理。

挂了电话，老毛狗看看村长，又瞟一眼老花，他说："公司里有急事，我们得赶回去。"停一停，他又说，"村长，你们做好准备，两周后我们送羊羔来，你们村有四百只的养殖能力。"说着，老毛狗摆摆手，上车，回头特意看了老花一眼："你们回去吧，过几天我们又来！"老毛狗知道老花听得懂他话里有话。村长张二牛看着旁边发愣的老花，他说："老花，发哪样呆？回去吧！"

张二牛说着，转身去张六家。张六正在他家羊圈房那里往高度不够的墙上加砖。见村长来了，张六说："人家技术员讲，我砌得不合规，要再加两层砖。"张二牛哼哼鼻子："我就认得你小子不是什么好鸟，干事总是偷工减料！"张六被村长拿着七寸，咧咧嘴："二叔，不要说得那么难听嘛，我是为自己做，又不是帮人！"说着，张六放下手中砖刀，从上衣口袋摸出一支红云烟递给张二牛，自己也抽出一支，掏出一次性打火机，为张二牛点着火。几口烟圈，张二牛说："整好点儿嘎，半个月后人家送小羊来，要是你家拖后腿，看我咋个收拾你！"张六忙答："二叔，你说哪里话？我保证按要求做到！"看张六拍胸脯保证，张二牛说："说话算话嘎！你砌着，我走啦。"

张二牛转身，走着走着，他突然想起今天老花与技术员老毛狗的表情似乎有些蹊跷，莫非他们？不会吧，看那样子老毛狗是有家室的人。张二牛回到家，未见媳妇，他大声喊："春他妈——春他妈！"无人回应，他自言自语："这憨婆娘，也不知跑哪儿去了？"说着，他拿起铲子，将建羊圈房清理出来的土铲入粪箕里，挑去院外空地里。

晚上，张二牛与婆娘水芬睡在床上，他突然想起老花与老毛狗的异样，悄悄问水芬："老毛狗有没有婆娘？"水芬道："你这话问得没头没脑，一个牧业公司技术员，咋会没婆娘？"张二牛停一停说："好像谁说过，他老婆几年前死了。我看老毛狗看老花的眼神似乎不一样。""你一个村长，不要说无屁眼的话，老花这么些年不曾有闲言碎语，看你乱说哪样！"说着，婆娘水芬使劲掐了男人大腿一把。"哎哟！哎哟！"张二牛哼哼着，拉住婆娘的手，"你这母老虎！我好歹一村之长，咋能乱说？"张二牛婆娘水芬虽说得过小儿麻痹，落下一点儿后遗症，走路稍微有点儿瘸，却是个绝顶聪明之人，听了男人的辩解，轻轻在男人额头上一吻："我就知道你不敢昏说乱讲！要是谁敢在我面前讲老花瞎话，我定饶不了他！"二牛被婆娘打一巴掌喂颗糖，虽然被掐处还疼，婆娘亲那一口，心里却甜蜜蜜的。他搂着婆娘："我是说，要是老毛狗没婆娘，我们是否在当中撮合撮合，成人之美？"婆娘一听男人的话有理，笑道："你早说这话，也就不掐你了！老花孤儿寡母呢，等我先去她那儿试探一下，若她有意，再从侧面打听一下老毛狗的真实情况，不叫老花上当。"甭看张二牛在村里是村长，有头有脸，在被窝儿里，他服服帖帖听婆娘的话。水芬这一说，他搂着她柔软的身躯，闻着她的体香，晃晃悠悠入梦。

水芬是个有心人，第二天，她从可靠处得知，老毛狗婆娘死后，一直未娶。第三天中午，她到老花家，名义上是告诉她，周五张二牛去接小虎、苗苗和石梦楠，实则是与老花聊聊家常。问问老花女儿去上学了，她习惯不？老花说，女儿不在家，家里空落落呢。水芬说，这些年你也不容易，要不就找个伴儿，有没有觉得合适的？要是有，这事得趁早。老花不好意思说与老毛狗的事，红着脸说："没有！"水芬故意说："若没有，你看看技术员老毛狗咋样？"老花说："怕人家看不上我！""老花，只要你愿意，我去帮你们撮合撮合。"看老花不说话，水芬又说，"这事包我身上，我去对他说。"说着，水芬起身回家。

到家，晚上二牛回来，水芬说老花同意了，这回只要跟老毛狗说就是了。张二牛哈哈一笑，拍拍胸脯："这事准成！"

很快，牧业公司送小羊来，送小羊来的除了几个驾驶员，还有技术员老毛狗和小李。按养殖能力，村长家养四十只，老花家养二十只，其他户有养三十只，或二十只的不等。小羊入户，老毛狗和小李可忙乎了，一会儿到这家指导，一会儿到那家讲解，忙到半夜才得休息。村长家条件相对好些，他们住宿村长家。

那晚，村长张二牛一直等着他们，待小李睡后，二牛悄悄对老毛狗说："老哥，听说你老婆没了，一直未娶。"接着，二牛又说，"这男人嘛，家里没个女人还真不行，冷被窝儿里空荡荡呢，伸手无抓无拿，想说句话也没人应，日子不好过！"老毛狗一听村长张二牛提起话题，他说："谁说不是，我也早有想法，可两个孩子读书，负担重，不能拖累人家。""有没有心仪的女人了？没有你瞧瞧王老花咋样？""她人你已见过，你瞧得着的话，明天让水芬去说。"老毛狗一听，瞌睡遇着枕头，这是他早已盼望的事。他说："兄弟，就有劳你和弟妹费心了！"

第二天一早，张二牛两口子带着老毛狗去老花家，一来老毛狗要看看小羊情况；二来是带老毛狗说媳妇。

他们到老花家场院上，见老花在招呼小羊，他们走过去，老毛狗教老花如何喂养小羊，张二牛和水芬在旁边插话打圆。老花有些歉意地说，还是进屋喝杯茶，别老站着说话。

他们进屋，坐老花家堂屋里，老花用玻璃杯为他们一人泡了杯茶水。水芬发话了："老花，今早我们来是有事要对你说，要是不好意思说，同意你就点点头，不同意就摇摇头。"老毛狗默默看着老花，水芬当面说了给老毛狗提亲的事，老花一下子脸红到脖子。"老花，明人不做暗事，你的意见咋样？"看老花羞怯，老毛狗说："老花，只要你愿意嫁给我，我会一辈子对你好的！""老花，给个明确态度，同意还是不同意？"事已挑明，老花当着三人面，红着脸点了点头。

"话说在前，老哥，你得做石头村的上门女婿嘎！"张二牛故意清清嗓子提醒道。

"这没问题，只要老花愿意。"老毛狗看着老花，等待她回答。

老花抬起头，怯怯地说："只要你不嫌弃，我没意见。""这下好了，咱们石头村养羊不愁没人指导了！"

没有不透风的墙，牧业公司领导知道老毛狗与老花的亲事，每次到石头村检查指导，都派老毛狗去。"亲家"杨帆和乡里的干部隔三岔五，也来看看羊群长势，问问村民们有什么困难，需要什么帮助。

转眼半年过去了，因为有老毛狗的指导，分配各家各户养的四百只小肥羊膘肥体壮，平均每只十九公斤。出栏那天，石头村比过年还热闹，村民穿着新衣新裤，在村长张二牛的统筹下，宰了一头大肥猪，在社场上搭起青松枝大棚，张灯结彩，置好酒席，喜笑颜开等待着即将来临的大喜事！

牧业公司来运小肥羊的几辆大卡车前面，是三辆红色轿车。车子刚进村，社场上即刻鞭炮齐鸣，锣鼓喧天，哩啦（方言：喇叭）吹响。轿车上走下刘书记、贺县长、马乡长、牧业公司王总、扶贫驻村队组长杨帆、村委会李主任、扛着"长枪短炮"的电视台记者等十几个人，他们簇拥着胸戴大红花，身着新郎装，双手抱着"石头村小肥羊养殖示范基地"牌子的老毛狗，满面春风，笑盈盈踏步走向村民包围着的穿着新娘装，身挂一匹红绸，头顶红盖头，有些羞涩、满怀期盼的王老花。

瞬时，高音喇叭里传来村长张二牛铿锵有力、喜形于色的声音："喂——喂喂——喂！村民同志们，今天是个好日子——好日子！石头村三喜临门了：一喜，大家期待半年的石头村小肥羊养殖示范基地授牌一事，今天正式挂牌了！二喜，石头村养的第一批小肥羊出栏，村民脱贫了，咱们今后生财有道，致富有门了！三喜，王老花迎娶牧业公司技术员老毛狗同志，他们的结合，是党的阳光晒着石头村了，是你情我愿的结合，是夹皮沟里飞来了……飞来哪样来着？这个……这个……飞来了……哈哈哈——飞来了金凤凰。"

# 淬炼成钢

李 超

见到志光，已经是去年的十月。

他一米七的个子，身材瘦削，头发稀疏，坐在墙角简陋的矮凳上，十足一个小老头儿……

"志光，你好呀！"我笑着主动上前握手。他怯懦地站了起来，却始终把目光落在他的父亲身上，刚伸出的手，又很快弹缩回去，像被某些细微的东西戳动了他敏感的神经。此时，我留意到：他手上戴着一双线织的旧白色手套，腕至肩部裹着一双紧致的弹力袖筒，俨然不让半分肌肤裸露在日光下。

志光是建档立卡贫困户，是我帮扶的对象，此前携年轻的妻子一直在广州务工。2015 年，他不幸被确诊尿毒症，是个典型因病返贫的家庭。俗语说，"久病成良医"。其间，他硬是克服各种困难，学会自行透析，坚持边治疗边务工。很难想象，一个脐部长年插着针管的他，究竟是如何抵受长年累月的病魔折磨，又是如何克服沉重的精神负担，来完成日常的工作？

去年 10 月，志光一度情绪低落。他所在的企业忽然倒闭，他失业了。随之而来的一个棘手问题，如大山一般矗立在我的面前。年关，这个时候已经到了脱贫攻坚的最后阶段，任何"闪失"都极有可能影响到脱贫攻坚的全局胜利。我丝毫不敢轻率。

于是，我一有空便找志光交流谈心、嘘寒问暖。作为驻村扶贫干部，无论前方是高山抑或大海，我都有责任为他再次扬起生活的风帆。一方面我尽可能打开志光的心结，让他重塑自信；另一方面，通过志光爸，做好亲情引导工作。此时此刻，我相信，亲情、友情，乃至爱情是治愈医学难题的良方。

一天上午，下着淅淅沥沥的小雨。我骑着摩托车赶往志光家，可刚拐过村头那片遮天蔽日的青竹林，不料，车子在满地湿滑的叶片上打滑。"哐当"一声，我连人带车被重重地摔到路边的篱笆上。当我忍着剧痛一瘸一拐地抵达志光家，浑身早已湿透。

　　"超哥，你？"

　　"嘿！没什么，衣服被竹枝蹭了一下。"我抖落身上的雨水，装出一副轻描淡写的样子来。

　　"你，你犯不着这样……"志光见状，嗓门儿陡然哽咽。他边说边埋头为我清除身上残留的黄叶。"唉！都怪自己身体不争气……"他一口蹩脚的广州话，顿时让我冰凉的身体暖和了起来。

　　我打断了他的话，安慰他说："请放心，脱贫路上，我们绝不会遗漏一户，放弃一人。事情总有解决的办法。"

　　"办法？"他张了张嘴，荒芜的眼睛一下亮了起来，但很快又像流星划过天际，一闪而逝。

　　"嗯！办法。"我说，"只要我们凝心聚力，肯定会像涓涓细流一样汇聚成一股磅礴的力量。"

　　"我——"他嗫嚅着说，却欲言又止。

　　"志光，你是不是有什么想法？不妨大胆告诉我。"我鼓励他。

　　"我，我想开个店……"他倏地瞪大眼睛，怔怔地盯着我。

　　"好啊！"

　　志光的想法竟与我不谋而合。

　　"真的？"他惊讶地拉着我的手。

　　"当然。我们还会尽最大努力为你提供帮助。"

　　我感到他那双隔着手套的手，微微有些颤抖，有些发烫。一股前所未有的力量同时在我心底里激荡：我要帮助志光重拾信心，扶贫扶志，这是党和人民交给我光荣而神圣的使命。

　　说干就干，是扶贫干部的一贯作风。第二天，我陪志光在几公里外的小镇上盘下了店面。那时，离2020年元旦已经剩下不足半个月，离农历春节也不过是个把月了。我和志光决定，亲自装修店面。

　　那些天，我们从铺地板、安装水电，再到进货、拉货，排货架……所有工作，几乎都是亲力亲为。

终于，志光的乐乐商店赶在元旦前的一天开业了。看到每天进进出出的客人，我心坎上悬着的那块巨石总算落了下来。

安稳的日子，总是让人觉得短暂。1月23日，一场突如其来的新冠肺炎疫情肆虐各地。倏地，城市乡村仿佛一夜之间人间蒸发，四处冷冷清清，所有的一切，像被蒙上了一层灰蒙蒙的阴霾，宛如你所处的这个世界骤然停顿了。唉！我内心五味杂陈，跌至冰点。不难想象，在这场中华人民共和国成立以来前所未有的疫情当中，百业维艰，在所难免。可志光的小店才刚刚开业……我无时无刻不为志光的小店忧心忡忡。

1月28日，我紧急返回驻地，迅速投入疫情防控一线。趁着午膳小憩的间隙，我匆匆赶往乐乐商店……

"欢迎光临！"隔着马路我远远听到志光在招呼客人。

"志光，新年好！"我怀着忐忑的心情进了店门。

他一怔，旋即认出了我这个"蒙面侠"。"哎呀，超哥！"他三步并作两步。刚伸手，又缩了回去，然后像个小孩嘿嘿地笑着，连连向我作揖，"响应倡导，响应倡导……"须臾，他那绽开的笑容像一缕金色的阳光嵌入我的心田……由于春节期间志光照常营业，送货上门，给蜗居在家的人们提供了极大的便利，因此，志光的店非但不受影响，而且，在这个乍暖还寒的特殊季节里，成为小镇上难得一见的亮丽风景。

"承蒙关照。"

"好咧！——稍后送到——"

店里，他充满阳光！

店外，刚刚还寒风瑟瑟，此刻消停了。阳光下的绿色深翠一片，延展远方，志光那笃定而自信的声音在我的归途中不断回旋……

# 就送你个媳妇

张菊兰

"李小刚，开门！李小刚，开门！快开门！"王一军拎着一只蛇皮口袋，边推开破得无法关严的木大门，边大声喊着，走向正房。

农家小院脏得无法下脚，猛烈的暮春风裹着垃圾，呜呜扑打着拴紧的堂屋门；长满青苔和荒草的房皮上，两只老鼠在吱吱叫着追逐嬉戏。除了蛇皮口袋里，小猪娃忍受不了长时间没见天日的寂寞，发出可怜的唉唉声外，院里没有半点儿生气。

"李小刚，你给我起来！再不起来，我可踹门了啊！"经过几轮回访调查，王一军把李小刚的情况和脾气摸得一清二楚。

李小刚七岁丧父，母亲辛辛苦苦把他和姐姐拉扯长大。姐姐出嫁后第二年，刚满十八岁的他，像山里许多年轻人一样，不甘心脸朝黄土背朝天刨食，跟着村上几个男人去昆明打工。由于吃得苦，又憨厚老实，不会偷奸耍滑，深得机床厂老板信任，不到两年，他就当了管理十多个人的班长。

本来就帅气的李小刚，加上满脸春风得意的神色、越来越讲究的穿着，更加英气逼人，成了厂里女职工心目中的白马王子。几轮明争暗夺之后，他的心终于被外省一个苗条秀气的姑娘小丽掳走。小丽攻势很猛，半年下来，两人便形影不离、如胶似漆，生米早已煮成熟饭，住到了一起。可瞬息万变的时代，不要说煮熟的饭，就是煮熟的鸭子，也说飞就飞。

那年秋天，天高云淡，李小刚的心情无比舒畅。他把省吃俭用攒下的所有钱交给小丽，小心地提出年底结婚的建议。小丽时而望望手上绿色的银行卡，时而看看李小刚俊俏的面庞，笑得像马缨花一样灿烂，愉快地点头答应。

趁国庆节放假，李小刚带着小丽回家，一来让她认认门；二来和母亲商量商量结婚事宜。两人提着大包小包的东西，换了两次车，然后走半个小时小路，才到村口。路途算得上辛苦，可小丽的心中阳光灿烂，一路叽叽喳喳说个不停，偶尔还哼几句欢快的流行歌曲，笑容挂在脸上，就一直没卸下来。

可万万没想到，一进李小刚家破旧的小院，小丽的脸色就晴转多云，话也戛然而止。等见了李小刚体弱多病的母亲，小丽的脸上简直是愁云惨淡了。当李小刚提到婚事，小丽的态度前后判如两人，以"条件不成熟"为借口推脱。

板上钉钉的事，为什么变成这样？李小刚丈二和尚摸不着头脑。要说嫌弃家庭条件，李小刚早就跟她交过底，没有半点儿隐瞒。两人别别扭扭地在家待了两天，小丽吵着有事，便一同回昆明。更没想到的是，回去后的第二天早晨，瞅准李小刚去买菜的空当，小丽匆匆收拾行李，逃出他们租住的屋子。

李小刚人财两空，心急如焚，找遍大街小巷，问尽所有认识他俩的人，可终究无果。

李小刚从小生活环境艰苦，但因母亲和姐姐的溺爱，心灵非常脆弱，接受挫折能力极差，哪里受得了失恋的打击？几番寻寻觅觅而不得后，他心灰意冷，经常借酒浇愁而耽误工作，结果被厂里开除。

回到家乡，他仍旧沉沦在痛苦中无法自拔，把家里能卖的东西都换成酒，连老母亲拖着病体打下的粮食也不放过。喝醉酒就睡，醒了又想办法弄酒喝，喝了又醉，循环往复，也不分白天黑夜。

母亲哭骂哀求，不起作用；姐姐苦口婆心劝导，没有效果；村长威胁恐吓，瞎费功夫。不到一年，把本来就穷的家，喝得丢个石头进去都砸不到一样东西，他也成了半个废人。母亲本就痨病缠身，加之忧虑过度，在他回家后第二年严冬，丢下他去了。

母亲一走，李小刚更加心灰意冷，但酒倒是喝得少了。家里能变钱的东西，早被他喝下肚，母亲的后事都是姐姐和村里张罗呢，哪有钱买酒，只能流着口水忍着。

没杯可贪，渐渐不再那么嗜酒，姐姐暗自高兴，经常抽空回来帮他料理家务、种地。可李小刚真是扶不起的猪大肠，脱掉了"醉鬼"之名，又贴上"懒汉"的标签，成了方圆几里出名的懒人。他不是闲游乱逛，就是"背床板"（村里人对睡觉的诙谐说法）。

衣服再脏，等姐姐来洗；房屋再乱，等姐姐来收拾；肚子再饿，等姐姐来才生火做饭。这样说，大家肯定会想，衣服脏可以穿，屋子乱可以不管，饿了怎么办？李小刚自有他的办法。饿了，吃生食；渴了，喝冷水。蚕豆、豌豆那些就不必说，连生苞谷籽、生麦子、生米，他也能嚼着吃。

天气这么热，李小刚保准在床上睡觉。王一军笃定地想，他有把门一脚踹开，从床上把他拎起来的冲动，可他知道不能这样做。他认真分析过，扶贫对象可以概括为两种：一是遭遇天灾人祸者；二是不务正业者。前者还好办些，给他们经济上帮扶，让他们渡过难关即可；后者却成了扶贫钉子户，如果不转变思想，无论在物质上如何帮扶也无济于事。可移山易，变人心难啊！何况像李小刚这种"咬头又硬，咬屁股又臭"的茅厕里鹅卵石般的主呢？

但事情偏偏让他摊上，能有什么办法？再艰难，也只得硬着头皮去克服了。如果得罪了李小刚，让他产生逆反心理，以后工作会更难开展。王一军思前想后，咬咬牙，硬生生忍住。他把装着猪娃的蛇皮口袋放在院脚，抹了一把额头上的汗，转身踩着小猪唉唉的哼声，去取摩托车上的猪饲料。

"谁呀，这么讨厌？巴巴地跑来，扰我美梦。我正和媳妇亲嘴呢！多漂亮的姑娘啊，奶子那么大，屁股那么圆，腰身那么软……"李小刚披着脏兮兮的夹克外衣，顶着一蓬乱草样的头发，揉着浮肿的眼睛，流着哈喇子，嘟囔着，打开堂屋门出来。

"你……你……你真是白日做梦！唉——"已到春耕春种时节，人家忙得脚板翻天，他像没事人一样挺尸，还好意思开这种不荤不素的玩笑？王一军哭笑不得，气得涨红着脸，结结巴巴。

"哦，是你啊？你都跑好几趟了，也不见你拿根毛来，还大言不惭地说，要帮我这个建档立卡户脱贫。扶贫，扶贫，扶个鬼的贫！"见是王一军，李小刚哈欠连天，斜着眼睛抱怨。

李小刚啊，李小刚，你有手有脚，年轻力壮，却懒得烧死蟒蛇吃，年年伸手要救济，还觉得应理该当，就像国家欠你的一样。看着李小刚那没羞没臊的嘴脸，鬼火一股一股窜上王一军脑际，他心里骂着，一口接一口喘着粗气，真想狠狠捆他一耳光，却不得不再一次强压怒火，无奈地摇摇头。他放下饲料，做了几个深呼吸，平静了片刻，才温和地说："这次送来一个猪娃和一包饲料。你先把猪养好，以后还会送别的来给你。房子问题嘛，争取尽快给你解决。"

"要我养猪？我连自己都没心肠养，养什么猪？拿走！拿走！谁爱养谁养，反正我不要猪！"要他养猪，这不是要他的命吗？李小刚黄白的脸，陡然变成绿色，一个劲摆手。

"你有什么要求可以提，只要在我能力范围内的，我都会帮你。但这猪你必须养，还得养好！记住，不准卖，不准杀，不准送人，不准请人喂！否则其他事情免谈！"

春暖大地——昆明地区优秀扶贫作品选辑

我会随时来督促检查。"王一军加重语气。

"都不准，把猪养到自然老死啊？" 李小刚撇嘴讥笑着嘟哝。

"你可不要挑我话里的语病。要卖也得养个半把年，成了大肥猪，卖得上价才行。"

"我都三十五岁的人了，就想要个媳妇，你能送吗？送个媳妇来，正好帮我养猪，连做饭、洗衣、洗脚的人也都有了。丑话说在前，你让我自己养猪，我没养过，养死了莫怪我啊！呵呵呵——" 李小刚听了王一军的话，软了下来。他知道，要是没有国家救济，他的生活无法想象。他滴溜溜转了几下眼珠，计上心头，想缓和一下气氛，便嬉皮笑脸地开玩笑。

王一军望了他一眼，挺拔的身躯，棱角分明的脸庞，鼻梁高挺，眼眶微凹，要不是这么邋遢，还真算得上是彝家美男子呢。第一次见李小刚，他就觉得很眼熟，现在仔细一端详，眉眼确有几分像表妹夫呢。

表妹张燕嫁给妹夫的第二年，在昆明一家装修公司打工的妹夫，不慎从脚手架上摔下来，医治无效身亡。怀孕在老家养胎的表妹，由于惊吓过度流产。身体恢复后，表妹像变了一个人，整天沉默寡言，行尸走肉般陪伴着失去独子而悲痛欲绝的公婆，一晃就是五年。亲戚朋友给她介绍了不少小伙子，她连眼睛都不睁一下。她爹妈为她的事愁得整宿整宿睡不着觉，她的公公婆婆也替她着急。

"要是……不，不行！瞧他那懒散样！"王一军脑海里突然冒出一个奇怪的念头，却即刻被自己否决，自言自语。猛然醒悟过来，怕李小刚看出他愣神儿，赶紧微笑着打趣："渴媳妇渴成这样了？"

"咋不渴？长长的黑夜，寂寞难耐，恨不能见个母蚊子都搂着亲嘴。呵呵呵！"笑容中夹着苦楚。

"就算送你个媳妇，你养得起吗？你不出去打工赚钱，地也不好好种，没来钱的门路，连猪鸡都不想养，咋个脱贫？"王一军的鬼火又一次被勾起，语气有点儿强硬。

"我一个光棍汉，两个肩头扛一张嘴，咋样都是个活。没心肠想那么多。" 李小刚低下头，嗫嚅着。

"你这思想就有问题！坐下，坐下，我跟你好好聊聊。"王一军边说，边拖过一个布满灰尘的竹凳，噗噗吹两下，坐在屋檐下。

"姐姐骂我，村长骂我，你也想骂我？我成了受气包了。"李小刚呶呶地说着，不情不愿地面对王一军，坐在堂屋门槛上。

"那你就喜欢受气，喜欢让人看不起，喜欢没有尊严地活着？"王一军像老师给学生做思想工作一般，和蔼可亲地望着李小刚，开始循循善诱。

"谁愿意啊，可我实在……" 李小刚欲言又止。

"你提不起兴趣，是吗？这么聪明的人，咋就想不透呢。如果自己都看不起自己，没人能看得起你。一个堂堂男子汉，老揪着过去那点儿小失落不放，自暴自弃，活着还有意思吗？再说了，你那点儿小挫折算得上事吗？往前看，想开些，你会发现生活还是美好的，人生还是有意义的。你好好想想，从思想上彻底转变才行。"

"村里的男人说，'嘴巴里有吃的，裤裆里有捣的'，就是幸福。可我什么什么都没有，哪儿来的美好？只有梦中，才能享受到快乐，所以我喜欢上床等梦。"李小刚低着头，忧伤地说。

"什么都没有，上床能等来？没有就得去找，去创造，只要你转变思想，改掉身上的惰性，什么都会有的。听说你们村当年和你一起光屁股长大的伙伴，一个个日子都过得不错，是吧？"王一军咽了一下口水，停下话头，意味深长地望着李小刚。

"嗯嗯，嗯。"李小刚低声答，脸上掠过一丝愧色。

"我也是农村出来的，从小见我妈为那些猪、鸡起早贪黑地忙，知道养牲口得有很强的责任心，也是改变人惰性的最好办法。"王一军说着，站起来走到院脚自来水龙头边，咕嘟咕嘟灌了一气凉水，又坐回原位，苦口婆心地接着劝说，"养好这个小猪，你就进步了一大截，后面的事一步步慢慢来。我了解过你的过去，你曾经是个很优秀的小伙子，人又俊俏，只要稍作改变，改善一下自己的生活环境。日子过好了，何愁找不到媳妇呢，我相信你行！"

听到王一军夸自己，李小刚脸上浮出一丝笑意，他不置可否地点了点头，又摇摇头，没出声。

王一军看看手腕上的表，站起来拍拍李小刚的肩膀，说："我得走了，你先把猪安顿好。"

李小刚听后，站起来伸了个懒腰，找来一根草绳，把猪拴在断墙残壁的牛圈里，回头不知所措地望着王一军。

"先烫点儿饲料喂喂。记得，以后每天按早、中、晚喂三次。饲料一定要用开水烫，找点儿猪草剁碎拌进去更好。"王一军看到李小刚的表情，走到大门的脚，又缩回来。

"你走吧，我慢慢喂！"李小刚摆摆手。

"我等你喂完再走。"王一军用不信任的目光打量着李小刚，背着手来到猪圈旁。

李小刚偷懒不得，阴沉着脸从房后找来干柴，生火烧水，拌猪食。

王一军看到小猪有滋有味地吃着食，转身驾着摩托驶向村长家，请村长帮他监督李小刚。之后，他又找到李小刚姐姐家，劝说她不要再去帮李小刚的忙，以便改掉他的惰性。

十七的月亮爬上东山顶，王一军才骑着他那辆半新不旧的摩托车，带着倦意和满足进家。

王一军说的话，对李小刚多少还是有所触动的。

当晚，李小刚不仅耐心烫饲料喂猪，还用姐姐帮他碾好的米，在火塘里做焖锅饭吃。

第二天午饭前，村长抽空悄悄躲到李小刚家围墙外偷看，见他边喂猪，边用石头、土块堵猪圈上的窟窿。村长连续观察了三天李小刚家破旧的小院上空，每天按时升起袅袅炊烟。

望着渐渐变淡变薄，最后融入蓝汪汪天空的烟雾，村长满是沧桑的脸上，弥漫着踏实的笑。他认为替李小刚操了十年的心，终于可以放下了，打电话向王一军汇报后，带着媳妇上县医院治类风湿病去了。

开始两天，李小刚觉得喂猪、做饭太麻烦，心烦得要命，又不敢不做。如果不按时起来喂，那小死猪就唉唉叫唤，还一个劲儿地拱圈门。他担心猪把圈门拱倒逃跑，给自己惹来麻烦，又怕村长听见后告他的黑状，只得每天耐着性子按时喂养。三四天后，他发现小猪也没有那么讨厌了，甚至觉得它圆头圆脑的样子还有些可爱呢。那晚喂猪时，他还开天辟地第一次摸了摸小猪的头。

假如就这样一直下去，李小刚是可以改掉身上的臭毛病，重新回到失恋前的状态的。可事情往往出乎意料，第四天夜幕降临时，他刚想上床等梦，却看到多年没见的同村朋友三狗子，拎着三瓶五粮液和一些日用品来找他玩。三狗子跟他同岁，比他小三个月，两人从小一同玩大，一同上小学初中，一同去昆明打工，一同进同一个工厂。不同的是，在厂里他是班长，三狗子是下属。

可听说，后来的三狗子，混得相当不错，成了分厂的经理。早些年就在昆明买了房子、车子，带着老母亲搬走了。要不是他大哥前不久摔断腿到昆明住院，他开车送他哥回来，三狗子是没闲心回家的。回来，当然得看看老朋友。

见到春风得意、衣着光鲜的三狗子迈着矫健的步伐走进破旧脏乱的小院，李小刚羞得恨不能钻进耗子洞，但还得硬着头皮，堆着笑脸迎上去。

三狗子没注意李小刚脸上的窘态，热情地跟他问好、拥抱。走进满是灰尘、挂着灰暗白炽灯的堂屋，亲眼看见李小刚的处境，三狗子的心情有些沉重，没有了说话的兴致。他一面拉过一个竹凳，掏出纸巾擦了擦，坐在火塘边，一面叫李小刚找碗来喝酒。

刚开始，两人都找不到话说，只一个劲儿推杯换盏。可俗话说，麂子是狗撵出来的，话是酒撺出来的。几杯酒下肚，话头就来了，而且滔滔不绝，一发不可收拾。李小刚酒量明显不如三狗子，几巡之后，开始咒天咒地，咒到最后涕泪长流，叽叽不休地骂那该死的小丽。三狗子酒兴发作，管不住嘴，没考虑后果，便把憋在肚里很久的话，一股脑儿倒出来。

三狗子告诉李小刚，其实小丽没有逃出昆明。在他被工厂开除回家没多久，小丽就在昆明开了一个小酒吧，生意还不错。一年以后，嫁给一个常来酒吧喝酒的房地产老板，成了全职太太。住着大别墅，坐着宝马车，在家有保姆伺候，出门有司机接送，购物、美容、打牌、旅游，活得滋润透顶、风光无限，现在已是两个孩子的母亲。

李小刚听到小丽的事，酒似乎醒了半截，耷拉着脑袋，结结巴巴梗着脖子嚷："她……她……她，她简直不是人！不是拿了我的钱，她开我裤裆里那个酒吧。"说完，仰头把一碗酒，咕嘟咕嘟倒进肚里。

"别！别！悠着点儿！"三狗子见这阵势，吓得酒意立马飞到九霄云外，连忙伸手去拦，但为时已晚。

看着李小刚极度痛苦的神情，三狗子后悔自己没有锁住嘴巴。可转念一想，也许这番话可以成为禅宗所说的"棒喝"，能把李小刚彻底打醒。免得他这么放不下，走不出，把生活弄得一团糟。

"兄弟，喝，喝，喝死……喝死算了！"三狗子正想着，李小刚涨红着脸，大着舌头，又要去倒酒。

"哥啊，我求求你，别这样！别这样！"三狗子哀求着，紧紧勒住李小刚，不让他动弹。

夜深了，房后山间猫头鹰凄厉地叫着，木板楼上耗子肆无忌惮地追逐打闹，堂屋里两个男人扭作一团。一袋烟工夫，李小刚的身体慢慢软下去，沉得像死猪一般，醉得不省人事。三狗子过度用力，累得直喘粗气，连拖带抱把李小刚弄到床上。

醉酒的人，最容易口干舌燥。三狗子担心李小刚半夜要水喝，只得和衣躺在身边。可李小刚却睡得十分酣畅，莫说找水，就是连身也很少翻。三狗子却望着黑漆漆的四壁，浮想联翩，翻来覆去在床上折腾。和李小刚一起去吃山酒（吃山酒，彝语"敖意硕"，意思是找乐子，寻乐趣，是彝族罗婺部青年男女说笑、对歌、交流感情的一种方式）的快乐时光，像电影镜头一样，一幕幕在脑际浮现，挥之不去。当年的李小刚是那么英俊，山歌又唱得好，彝乡四山八寨的姑娘没有不喜欢他的。可如今却成这样，该怎么办呢？

　　李小刚刚回乡那几年，三狗子每个春节回家看老母亲，都少不了找李小刚玩，真心实意地劝导他，希望他忘记过去，振作精神好好生活。可李小刚总认为，三狗子看不起他，才这样教训他，每次都弄得不欢而散。结婚生子后，三狗子就没回来过，也没机会劝李小刚，只托人带过几次东西给他。这次见面，本应该好好劝劝，有效无效尽份心，也好图个心安嘛。可见到李小刚，又不知如何开口。

　　"小丽，小丽，我想你！想死你了！让我俩好好亲热亲热！嗯，嗯，嗯嗯嗯……"三狗子迷迷糊糊入睡，却被一个沉甸甸的东西和一阵哼哼声弄醒。睁眼一看，李小刚赤身裸体地压在他身上，一张臭烘烘的嘴巴贴着他的嘴巴，舌头拼命往里拱。

　　"啊？你……你……你……"三狗子大惊失色，迅速挣扎着起来，一脚把李小刚踹下床，夺门而逃。

　　"哎哟！哎哟！哎哟……" 李小刚的光屁股重重地砸在硬邦邦的泥地上，痛得一迭声大叫。

　　村里的公鸡次第喔喔啼叫开来，房后核桃树上的鸟儿也开始叽叽喳喳，敞开着的堂屋门透进缕缕亮光。赤裸着身子坐在地上的李小刚，被疼痛惊醒，才回过味来。他忆起：太阳落山不久，金色余晖还在山顶缠绵。他和小丽搂肩搭脖，说着绵绵情话，在山脚开满红色樱花的公园里漫步，两只花蝴蝶绕着他们旋舞，几只翠绿色的鸟儿在头顶飞翔。看着这景致，小丽高兴得大叫"漂亮！漂亮！"挣脱他的手，在地上转起圈来。

　　清风徐徐，红色花瓣纷纷飘落，小丽和蝴蝶在花雨中共舞，白色连衣裙轻盈地飘飞。花瓣越积越多，在地面铺成一张大红毯子。小丽越转越快，令人眼花缭乱，最后躺倒在花瓣上娇喘微微，却张来双臂示意李小刚扑入她的胸怀，李小刚激动得脸红心跳，四顾无人，便立即刮掉身上的衣裤，如饥似渴地扑到小丽身上，紧紧搂着她丰腴而性感的胴体，正行鱼水之欢，却重重地挨了一脚。

　　使劲敲敲脑壳想，李小刚记得头晚和三狗子喝酒来着。三狗子说起小丽，说着说着，他就喝醉了，后来就断片了。哪儿来的小丽？哪儿来的公园？这不是做梦吗？做梦就做梦呗，咋被踢下床了呢？摸摸自己光不溜秋的身体，他明白了。

　　羞死人了！以后还有脸见三狗子吗？他可是好心好意来看自己呢。李小刚狠狠甩了自己两个响亮的耳光子，上床躲在被窝里啜泣。

　　等他探出头来，卧室墙上的蜘蛛网都能看得清清楚楚，小猪唉唉叫唤着不停地拱圈门。李小刚用手掌揩了两把眼泪，翻身坐起，感觉脑袋像要裂开一样疼痛。他强撑着，穿好衣裤，想生火烫猪食、做饭，却被想象搅得心神不宁。一会儿，小丽小鸟依人，噘着小红唇嗲声嗲气地对他撒娇，让他酥到骨头里；一会儿，小丽趾高气扬，挎着一个大款的胳膊，鄙夷地哼着鼻子，从他面前过去，恨得他牙根痒痒。

哐当一长声，李小刚不慎踢倒卧室门旁那个大锑盆，把他从浮想中拉回现实。小丽嫁人了，小丽有孩子了，小丽过上了锦衣玉食的生活。她把他的钱骗个精光，把他的初恋情捣得粉碎，让他生不如死，自己却逍遥自在。天理何在？他的心酸酸地疼，疼得像要碎成粉末。

李小刚越想越恨，越恨越放不下，越放不下越没兴致。他双手放到额头，挡住刺眼的阳光，走到院子里的水管边，咕嘟咕嘟灌了一气凉水，用衣袖擦擦下巴上的水渍，踏着小猪唉唉声进屋。

"老子连自己都没心肠养，哪有心肠养你？饿死算了！" 李小刚边嘟囔着，边抓起油漆剥落的供桌上昨晚剩下的半瓶酒，一口气倒进喉管，爬上床继续蒙头大睡。

李小刚正在梦中和小丽如两条蛇相交一般缠绵，却被小猪歇斯底里的大叫唤醒，此时已是正午时分。醒来才发现，肚子饿得咕咕叫唤，喉咙干得要冒烟，尿急得难受，他急忙起床。解决完问题后，把头晚的剩饭用冷水泡开、吞下，然后舀了一瓢饲料放在猪槽里，接半瓢凉水浇进去，边说"死猪，爱吃不吃"，边转身进屋，又躺到了床上。小丽，小丽，他满脑子又都是小丽，实在没心情做事。

三狗子做梦都不会想到，喝一顿酒，说了几句小丽的事，却又把李小刚一耙子打回过去。李小刚刚萌生的一点儿生活情趣，彻底丧失了，整天在失恋的事上纠结，垂头丧气。他又开始摊在床上等梦，又开始吃生食度命，懒得一天只喂一次猪。小猪饿得扁着肚子，唉唉叫唤不停。

李小刚知道，再这样下去，肯定会惹麻烦，得赶紧想办法！

"收猪咯！收猪咯！仔猪、肥猪、老母猪，是猪就收！收猪咯！收猪咯……"每逢周六草坪乡街，猪贩子都要开着拖拉机，高声喊着走村串户，把农户家里想卖的猪收来，拉到距村十多公里的街上去卖，从中赚点儿辛苦钱。

猪贩子雄浑高亢的男高音，在凉凉的晨风中飘荡，钻进范老村每一户人家的门里，把睡梦中的李小刚扯醒。他伸个懒腰，正想张嘴大骂，突然眼前一亮，计上心来。"挂钩员说，不准卖，不准杀，不准送人，不准请人喂。没说不准死啊！再说，谁能保证猪不会生病？哈哈哈！"

李小刚得意地想着，急忙起床。他怕村里人知道他卖猪，传出去惹麻烦，不敢出声音，贼头贼脑地四处张望着鼠窜而出，把刚好经过大门外的猪贩子拖进院。也不敢让猪贩子停留太久，没有过多讨价还价，却意外地卖了一个好价钱——600元。扶贫之风吹遍山里的村村寨寨，搞小型养殖的人增多，哄抬了价格。他拍拍裤兜里的钱，满意地回屋，准备找点儿东西充饥，再去街上撮一顿，然后买点儿酒和副食品回来，过几天神仙日子。

从木柜里翻出姐姐留作种子的豌豆，从水龙头里接来一大口缸水，坐在堂屋火塘边"吃饭"。嘎嘣嘎嘣猛嚼一阵，咕嘟咕嘟喝一气水；又嚼一阵，又喝一气水。反复多次后，才打着饱嗝站起来，脸上挂着一抹自嘲的笑，边低声吟诵着小时候母亲不止一遍告诫过的话——"饿死老娘，不吃种粮"，边往外走。

由于心不在焉，李小刚不慎被堂屋门槛绊了一下，差点儿来个饿狗吃屎。赶紧双手扶住门框，呸呸呸吐唾沫，想把晦气吐掉。按照村里老人的说法，出门前摔跤或被什么东西绊着，预示着出门不顺。

"咋会这样？难不成今天有麻烦？不会是卖猪的事败露了吧？"李小刚一只手依旧扶着门框，另一只手挠着头。不行，得把猪病死的事告诉挂钩员，以绝后患。村长不在家，四五十公里的路，挂钩员不会巴巴地跑来看。老天爷又这么成全，竟然下起小雨呢。一下雨，门口的泥土路泥泞难走，车子不容易上来，摩托车也够呛。对，得这么做！差点儿大意了啊！李小刚想着，转身去找手机。

从昆明回家后，李小刚那老式摩托罗拉手机，似乎派不上多大用场。因此经常欠费不说，随时记不得扔在哪里。姐姐为了方便联系，时不时给他交点费，也很难打通他的电话。找了半天，终于在床脚阿妈生前用的那个针线笸里找到。插上充电器，开机，找出电话记录本，翻出王一军的号码，在心底打好腹稿，才拨出去，竟然没欠费。

"喂！王哥，真抱歉！有件事我不得不告诉你，你听了莫生气哦！我为这事都伤心了一早上了，再让你难过，我罪过就更大了。"李小刚语气低沉，佯装心情沉重地对着话筒说。

"咋个了？咋个了？你说！说嘛！"这个季节恰是森林防火高峰期，林业局工作人员王一军忙得焦头烂额，连周末都得加班。把猪送给李小刚已经整整一周，他只和村长的通话中了解过两次。正想着第二天抽空去看一趟，却接到电话。他对着话筒着急地喊。

"猪……猪……猪病死了。"李小刚结结巴巴。

"猪病死了？死了才告诉我，早干什么？你……你……唉！"王一军尽力克制自己。

"王哥，我把它当祖宗一样服侍着，昨晚喂得饱饱的。哪想今早却死在圈里了，我也不知咋个回事？气死我了！唉——"

"哦，这么突然？"李小刚听似真诚的话，让王一军信了七八分，他不愠不火地说，"既然这样，也是没办法的事。你在家等着，猪先不要处理，我来看看再说。"

李小刚听到挂钩员要来，吓得"啊"一声挂断电话。心底一迭声急喊："咋个整？咋个整？"

走出堂屋看，外面的雨更大了，李小刚的心又宽松了一些。雨越大，挂钩员来的可能性就越小。他在心底默默祈求：雨下大些，再大些！雨似乎懂他的心，越来越大，可他的心依旧平静不下来。踌躇了一会儿，打算干脆上街转转，然后进馆子撮一顿，暂时躲开王一军。

李小刚打着那把积满灰尘的黑伞，踏着泥泞的土路，心事重重地往草坪街方向走。雨时大时小，心时喜时悲，裤脚沾满斑斑点点的黄泥。走了二十分钟左右，终于上了硬化路。摸摸包里的钱，心里踏实不少，可看看擦身而过的车子，竟没有一辆是载人的。睡了几天，又没好好吃饭，整个人软绵绵的，没有力气，只能撑着伞慢慢前行。

"侄子，走路看着点儿啊！不长眼睛吗？差点儿把我老倌又撞下坡去。"李小刚正迎着公路边低头走，突然撞上一个背着破竹篮、拄着拐杖、戴着篾帽，从坡下上来的老倌。老人心情本来就不好，加上被李小刚撞了个趔趄，生气地道。

"哦，是大叔啊！您老上街卖猪吗？"李小刚看清背着装有小猪的竹篮，站在面前的，是法波村的周大叔，便客气地问。

"卖鸟的猪哦？倒霉透顶！小猪死了，要背到山上去埋。"老倌没好气地说。

"小猪死了？太好了！太好了！"李小刚看着竹篮里的猪，正和被自己卖了的猪一般大，又都是小白猪，欢喜得情不自禁地脱口嚷着，打着伞手舞足蹈，笑意在脸上一波一波荡漾。瞌睡遇着枕头的好事，他能不兴奋吗？

"哼，什么人啊？我的猪死了，你这么高兴！以前我只听说你懒，没想到你烂心烂肺。你……你……"周大叔气得脸红脖子粗。

"大叔，莫生气！莫生气！我是说您遇到我，太好了。我可以帮您。您老人家岁数大了，上坡下坎的不容易，万一磕着碰着，就麻烦了。"李小刚关切地说。

"是啊！我老倌七十多岁，还得撑起一个家。可有什么办法呢？儿子儿媳都去昆明打工了，逢年过节才回来一转，不得给他们收拾好家嘛。前不久老贵八贵的买个小猪来，原想养作过年猪，等儿子家回来过年。没想到，昨晚偷跑出去，吃了邻居家园子里下耗子的麦子，闹死了！唉……"周大叔伤感地说。

"要搁过去，您老的确到享清福的年纪了。这世道，真真苦了老人！我看着都心疼，就帮你背去埋了吧！"李小刚殷切地说，连忙去接竹篮。

"谢谢侄子了！你不是要上街吗？我不好耽搁你，你快去吧！我老倌慢慢去处理得了。"周大叔感激地望着李小刚，心想，人都说李小刚好吃懒做、惹人厌，却没想到他那么懂事。

"我不上街，又没钱买东西。下雨没事，想去姐姐家看看，早去晚去都一样。大叔就莫客气了！"李小刚找了个借口，紧紧拽着竹篮，生怕一不小心竹篮和猪就会飞走一般。

"哦！刚才我见你姐搭村里的车上街去了。你不会事先打个电话问问再来，大雨天的，这不是白跑吗？"李小刚姐姐家跟周大叔家同村，姐夫在昆明打工，一双儿女在县城读书，周大叔替他着急。

"没事。在家闲着也是闲着，出来透透气也好！"

"真的吗？那太好了！猪太胖了，我老倌从家中背到这里，就气喘吁吁了，还得背到无人的山上。想想都要命！"周大叔放下竹篮，用浑浊的目光打量着李小刚，叮嘱说，"这猪是被毒死的，你一定得背到猫、狗和猪、鸡不会去的地方，还得埋深一点儿啊！"

"晓得了，大叔！下着雨呢，您赶紧回去吧，别感冒了！"李小刚满脸真诚的样子，补问一句，"竹篮还要吗？"

"不要了。谢谢侄子帮忙！我回去了，家里就这么一个小猪，就指着它过年呢，没想到死了。你大婶伤心得哭天抹泪的，我得赶紧回去劝劝。哪天上你姐家，我请你喝酒啊！"

"莫客气，快走吧！"李小刚说着，背起竹篮，健步穿过公路，往山上走去。之前的虚弱一扫而空，浑身似乎有使不完的力气。

到半山腰，李小刚放下竹篮，躲在一棵枝繁叶茂的青冈树背后，探头探脑望向山下。等周大叔走远，他又背起竹篮慌慌张张地下山，一溜烟跑回家。人运气好起来，水喝到嘴里都能变成蜜。一路上，李小刚连半个熟人都没遇到。

顺畅地把死猪放在圈门口，李小刚压在心头的一块巨石终于卸下。他"呼"地舒出一口长气，掇个竹凳坐在屋檐下，脸上掠过一丝邪笑，装出很落寞的神情，等着挂钩员王一军。

当王一军穿着衣摆上沾着星星点点黄土的雨衣，推着两个轮子裹满泥巴的摩托，出现在李小刚面前时，太阳嘲讽地露出笑脸。

"来了，坐吧！"李小刚看到王一军的狼狈相，忍不住双手蒙住嘴笑了一会儿，站起来客气地说。

王一军如释重负般"嘘"一口长气，来不及打整身上的泥浆，也没搭理李小刚，急忙跑到死猪旁，说："我是学畜牧兽医专业的，只是分工时阴错阳差到了林业局。我得弄清楚，猪到底得了什么病？如果是传染病，得给圈消消毒，过段时间才可以养猪。"

"唉，我不懂，你瞧吧！"听王一军要查看死猪，李小刚的心咯噔一下往下沉，表面却装作若无其事的样子说。

王一军蹲在地上，掰开猪嘴看看舌头，摇摇头说："这猪不是病，是中毒而死。"

"不……不……不会吧？我就只喂……喂饲料，没……没掺着猪草啊！"李小刚眼神有些慌乱，把头扭到一边，不敢看王一军。

"真的？那小猪有没有出过圈门？"王一军用怀疑的目光打量着李小刚。

"没有，没有！"李小刚佯装镇定，一口咬死。

"这就怪了！"王一军低声自语，又翻来覆去观察猪的整个身躯，突然厉声说，"这猪不是我给你养的猪啊！你给我说清楚，到底咋个回事？"

"啊，就……就……就那头猪啊！哪里来别的猪？"王一军的话，把李小刚吓蒙了。他无法相信，同样大小、毛色一样的猪，王一军能辨别出来，只能像死了的鸭子嘴硬。

"我送来那猪娃，两只耳朵下边都有指尖大小的一个黑圆点，像小纽扣样的，你看看这猪！有吗？"

"啊！啊啊！可能……可能……"李小刚涨红着脸，张口结舌。

"可能什么？你不会说，你喂了几天，黑点就消失了吧？笑话！你自己相信吗？你……你……唉——"王一军拿准猪被调包，气不打一处来。但他没时间生气，更没时间跟李小刚磨牙，他得立刻采取行动，让李小刚心服口服。

王一军把摩托停在草坪林业站院子里，扯下雨衣塞在摩托后备箱，向林业员打声招呼，连口水都没喝，就匆匆向牲畜市场奔去。

雨后正午的阳光格外刺眼，牲畜市场熙熙攘攘，王一军脸上挂着长长的汗，在牛哞羊咩马嘶猪哼的嘈杂声中穿来梭去，不时蹲身细视，不放过牲口市场上任何一个猪娃。忙活了两个多小时，终于在一辆拖拉机上找到了那头纯白可爱、两只耳朵下有墨黑斑点、脖子上拴住麻绳的小猪娃。

当猪贩子笑眯眯地把700元钱塞进勒在腰上的皮包，正准备把猪绳子递到买主手里时，被王一军一把接住。望着买卖双方惊异地瞪大眼、张圆嘴出不得声，王一军赶紧致歉，然后耐心解释一番，出了720元钱，又把小猪从买主手里赎回来。

王一军踏着余晖、吹着口哨，抱着小猪走回林业站，林业站食堂的饭菜正冒着热气上桌。他一早忙得忘了吃午饭，闻着菜肴的香味，禁不住直咽口水，记不得讲客气话，当即坐下，饱餐了一顿。之后，找来一个蛇皮口袋，装好小猪，拴在摩托上，告别林业站的同事，一口气驶到李小刚家。

望着王一军猝然转身出大门，李小刚丈二和尚摸不着头脑，连忙撵出来，只见王一军的摩托溅起一串泥点，驶向草坪乡街方向。李小刚愣愣地站在门口，他本来想去街上潇洒一回，这么一来，不知如何是好了。许久，许久，他才从衣兜里掏出那600元钱，哗啦哗啦当风抖着回走，心情无比沉重。如果王一军真的找回小猪，那他再想要赖也没办法了。可看王一军那舀干海水也要找到鱼的执拗样，找回来的可能性非常大。

"这亲亲的'毛主席'哟，还没捂热，就得交出去了。这还不算，准定得挨挂钩员一顿臭骂。人要脸，树要皮。该咋整？" 李小刚自言自语着，掇条竹凳坐在屋檐下，双手不停地搓揉着那几张钱，从未有过的脸红心慌。

坐着思索了好一会儿，李小刚才收好钱，火急火燎地背着死猪去埋了，然后生火烧开水，把家里仅有的一只八把水壶灌满。此时，正午的太阳从云层里露出嘲笑般的红脸，他的心一颤，有了羞愧之色。人家挂钩员也不容易，为了他可能连早饭都没顾上吃呢。就算为了少挨几句骂，他也不能干坐着。

李小刚翻箱倒柜找了半天，拿出姐姐藏好的一块巴掌大的老腊肉，洗掉上面的霉烟，装在黑漆漆的锑锅里，支起三脚架慢慢炖着，然后收拾家、打扫院子，等肉煮得差不多，拎下来放在火塘角的火炭上，找米煮焖锅饭。

微红的余晖映红了屋檐，饭菜的馨香满院飘荡，李小刚沉着一颗心，手搭凉棚站在大门口张望。他希望该来的快点儿来，以免内心煎熬的时间过长。可等了整整一个小时，天地已披上黑色的薄纱，还没见王一军的影子。当他误以为王一军不会来，暗自庆幸，想转身回屋时，猛然听到由远而近的摩托声，随即"突"一声停在他面前。

"王哥，回……回来了？我做好饭等着呢，进屋吃饭吧！" 李小刚赔着笑脸，点头哈腰地巴结。

王一军翕动鼻翼，吸了一下饭菜的香味，毫无表情地望了李小刚一眼，没作声，自顾自去解摩托车上的口袋。小猪唉唉哼着，在蛇皮袋里踢腿蹬脚。

李小刚窜回堂屋，双手捧出一口缸冒着热气的水，凑到王一军脸前，毕恭毕敬地说："王哥喝水！我就摆饭！"

王一军还是没出声。他灵巧地让过李小刚的手，拎着蛇皮口袋，走向牛圈，关好小猪。然后烧水、烫饲料喂猪，自然得就像做自己家里的事一般。

"啊！啊啊！"李小刚望着王一军忙碌的背影，尴尬地搓着手站在院里，等着王一军骂他。

莫说喝水、吃饭，王一军连话都不想说一句，只自顾自地做事。他知道，说了也没意思。做完一切，他就摸黑走出大门。

这么一来，李小刚意识到问题严重，反倒慌了。他赶紧撵出来，一只手拽住王一军，另一只手掏出那 600 元钱，塞在他手里。

王一军瞪了李小刚一眼，还是没出声，只把钱装进衣兜，驾着摩托消失在迷蒙的暮色中。

这次算彻底惹恼了挂钩员了，这比挨一顿揍还让李小刚难受。他想，以后他肯定不会管自己了。还是先把猪喂好，以后才好说话。可没料到，第三天午后，王一军像没事人一样，又骑着摩托来了。这次，他又给李小刚带来了一只猪娃和一包饲料，说是用那 600 元钱买的。

王一军有说有笑，绝口不提之前的事，这倒让李小刚更愧疚了。他猜出王一军憋着这样的想法：你越懒，我越不能让你得逞。一头猪不想养好，我就让你养两头，看谁犟得过谁。

俗话说，硬处莫钉桩。王一军较起真来，李小刚心虚了，他只能尽力克制惰性，每天按时烫猪食喂猪。

事也凑巧，王一军走后第二天，村长带着病情转好的媳妇回家了。离家半个月，家里地里堆满活计，但村长仍然一天一趟到李小刚家查看，两天一个电话打去跟王一军汇报情况。王一军也不时抽时间来检查。这样一来，李小刚想偷懒也不敢。不出十天，李小刚竟然不觉得喂猪、做饭是累赘，还有点乐在其中的意思呢。

心情回暖了一些，李小刚觉得姐姐割倒晒在地里的麦穗烂了可惜，赶紧背回家打下麦子。又见别家大春都种完了，连忙把地锄翻过来，点上苞谷。整天忙来忙去，生活也仿佛有了乐趣。

懒人有懒福。李小刚的苞谷籽刚下地，就下了一场透雨。等王一军驮着化肥来到李小刚家时，地里的苞谷苗像锥子一样探出了头。王一军高兴得忘乎所以，紧紧勒着李小刚，恨不能亲他两口。他高兴的不是李小刚的猪养得好、苞谷长势好，而是提起了李小刚的生活兴趣，改变了他的思想。

王一军知道，庄稼最好多施农家肥，他的下步扶贫计划可以实施了。正巧又逢中草坪街，他掏出钱夹看看，确认工资卡在里面，就迫不及待地把李小刚拖上摩托车，驶向集市。他想，按国家扶贫政策，可以扶持建档立卡户养一头牛，不如先从自己工资卡里取出钱，替李小刚垫付一下，让他能早点儿养上牛。

农家肥加上少量化肥，刚薅过头道，李小刚的苞谷就绿得发黑，审到膝盖一般高了。王一军抚摩着苞谷秧，就像爱抚他许久不见的儿子，笑容满面。他暗下决心，一定让李小刚过上像模像样的日子。

经过几天奔波，求了不少熟人，磨碰几层嘴皮，王一军终于说动在县城搞建筑的一个同学，先垫钱为李小刚盖房子。条件是，房子建好后，王一军帮着落实国家扶贫基金和贷款等事宜，不让老同学贴钱。可县城到李小刚家的路程不远不近，老板认为工人每天来回成本太高，食宿是个问题。

王一军、老板、李小刚三方多次商讨，决定掀掉李小刚家破破烂烂的木瓦正房，重新盖一楼一底的钢筋水泥房子，让建筑工人住在李小刚家简陋的偏厦里，李小刚暂住牛圈楼上，伙食费由老板支付，王一军帮忙找炊事员。

禾苗疯长的时节，李小刚家的房子在热火朝天地施工，张燕每天三顿按质按量给十几个工人做饭，李小刚忙完地里，就来帮忙提水摆饭。时光飞一般逝去，房屋盖好，开始装修时，李小刚和张燕成了无话不谈的朋友。

思念亡夫成疾的张燕，猝然见到相貌有几分似丈夫的李小刚，一股亲切感不由涌上心头，有事没事想接近他，渐渐喜欢上了李小刚。多年沉浸在失恋痛苦中的李小刚，误以为失去小丽后心已死去。哪承想，张燕的勤劳能干、善解人意，越来越吸引他，让他禁不住爱意翻腾。

一个干柴，一个烈火，本应该马上爱火熊熊，把生米做成熟饭。可张燕担心李小刚嫌她是寡妇，李小刚担心张燕嫌他的过去，两人都绷着，不敢说出口。

如果双方还不捅破这层窗户纸，装修完毕，建筑队就该撤了。建筑队一走，张燕没有留下的道理，这可怎么办呢？王一军早就看出苗头，也有心为他们牵这根红线。但他知道，李小刚不敢表白的原因是自尊心作祟，想多培养培养他的自信心，便真诚地表扬了他的进步，拐弯抹角地暗示他大胆一些，等着他自己有勇气说出口。

日子风一样飘过，火把节的气氛弥漫着山寨，建筑队的收尾工作也做得八九不离十。老板决定，火把节前夜，在李小刚的新房里摆一场宴席，也算帮李小刚搞进火仪式。

夕阳的小红脸搭在西山顶上，正眨巴着眼睛饶有兴致地打量着山寨，李小刚家小院子里摆好的十张饭桌旁坐满了人。饭菜和小锅酒的香气中，人们推杯换盏、笑语喧哗，有一桌还齐声唱起嘹亮的彝家《敬酒歌》。

主桌上，建筑老板神侃海吹，黄段子一个接一个，笑得王一军和村长等人一个劲抹眼泪。这么热烈的气氛中，李小刚却失魂落魄地坐在王一军和村长中间，一言不发，只一杯接一杯喝酒。村长觉得李小刚这样不礼貌，替他过意不去，便用胳膊悄悄蹭了他两下。李小刚像从睡梦中猛然惊醒，立刻站起，脸上挂上不自然的笑容，给同桌一一敬酒道谢。

王一军看到李小刚的表情，明白他还没把事情处理清楚，也替他着急。当李小刚举着酒杯来到他面前，王一军拍了拍他的肩膀，语重心长地说："房屋竣工了，家里生活也渐渐好起来，你的生活之路会越来越亮堂的。兄弟，媳妇的事要趁热打铁啊！等水过三秋田才后悔，可就来不及了哦！"

"是啊！是啊！"大家也知道李小刚的心思，纷纷附和。

"哦！哦哦哦！" 李小刚听出话外音，尴尬地红着脸，仰头一饮而尽。

此时，张燕正好端着瓷盆过来，见到李小刚，她的眼神慌乱了一下，赶紧调开，装作若无其事的样子，微笑着为大家添饭。

"表妹，坐下一起吃吧！我有事和你聊聊。"趁着酒后那几分兴奋，王一军想推波助澜，把事情搞定。

"我……我……"张燕不知如何是好，结结巴巴。

"小张，这些天你把大家服侍得这么好，李小刚的房子按质按量完成，你功不可没。真是辛苦你了。坐下，坐下！"建筑老板一贯看眼神行事，赶紧站起，拉张燕坐在李小刚身边。

村长也识相地站起，接过张燕手里的饭盆，去找李小刚姐姐，让她去添饭。

李小刚见张燕坐在身旁，又看到同桌七八个人的目光都意味深长地聚焦在他脸上，脸更红了，头恨不能塞进裤裆里。

小院里歌声更响，笑声更脆。王一军凑近张燕耳旁，低语了好一会儿，然后拉着张燕的手，把她交到李小刚手上，半玩笑半认真地说："小刚兄弟，这次扶贫，谢谢你的配合，效果大家有目共睹。我就送你个媳妇，咋样？"

"啊！啊啊啊！" 李小刚羞得脸红赛马缨花，却紧紧地拽住张燕的手，眼里绽放出阳光般灿烂的光芒。

散文

**一个闻得见稻花香的名字，**
有着这样一个美好的名字的地方，
难道不该拥有以上我憧憬过的画面吗？

# 扶贫路上洒热血

曹卫华

  刘军，1977 年农历六月初七出生在山东省乳山市一个贫困的农村家庭。作为家里的长子，他从小懂事、听话、孝顺。1996 年，他以优异的成绩考取解放军军事交通学院，2000 年毕业，被分配到驻河北故城某空军部队，同年六月，他光荣地加入了中国共产党。这期间，刘军认识了后来成为他妻子的孔令娟。2004 年，部队号召广大军官驻扎边疆，作为一名党员，他第一个报名。但一开始却遭到家人和妻子孔令娟的反对。但刘军铁了心，孔令娟只能目送他坐上南下的火车。第二年，孔令娟辞去教师工作，跟随刘军来到云南陆良一个山沟沟里的部队，照顾他的饮食起居。父母年事已高，刘军来到云南，照顾父母的重任就落在弟弟刘伟身上。刘伟只好放弃在陕西的事业和爱情，回到父母身边。刘军曾经打电话对刘伟说，哥哥对不起你，哥哥欠你的这辈子还不清，下辈子哥哥还给你！2014 年 3 月，刘军从部队转业，分配到昆明市旅游监察支队工作。

  2016 年 2 月，市旅游监察支队队长张波找到刘军，希望他接替同事刘青到新田村驻村，刘军没有丝毫犹豫，当即就应了下来。走之前，刘军特意找到刚回到单位的刘青，向她详细了解新田村的情况，他问了很多问题，有多少户贫困户、每一家的情况有什么区别，刘青说的情况，刘军一一用笔记下来。

  刘军不喜欢开车，平时上班他要么走路，要么挤公交。从昆明到新田村有四个小时车程，刘军只好把妻子平时用的一辆旧车接过来。刘军先到红土地镇扶贫办报到，看到扶贫办的书柜里放着《为民服务工作记录本》《惠民政策汇编》《论党的建设》《立党为公 执政为民——昆明市领导干部党风廉政专题教育学习心得体会选编》等书，刘军向镇扶贫办主任一样要了一本。"我是新手，得好好学习。"刘军笑着对主任说。

刘军自己从镇上开车来到新田村，村委会主任周应贵已经接到镇上扶贫办主任何云的电话，在村委会等他。刘军到村以后，周应贵向他介绍了基本情况，把他安排在村委会二楼一个简陋的小房间住了下来。住宿条件太差，周应贵有点儿难为情。刘军似乎看出周应贵的心情，拍拍周应贵的肩头乐呵呵地说："挺好！我是来工作的，不是来给你们增添麻烦的！"

房间不足十平方米，用纸板隔成两间，外面是办公室，里面是卧室。办公室只有一张旧书桌，一把破椅子。新田村海拔两千多米，属高寒山区，昼夜温差大，一到夜晚，寒风刺骨。吃过晚饭，周应贵怕刘军晚上凉，又来村委会看了一下，推开门，刘军正坐在桌前，认真地学习《惠民政策汇编》。

周应贵进里间看了一眼，原本脏乱不堪的屋子已经被刘军收拾得干干净净，整整齐齐，床上的被子叠得像豆腐块，一块洗脸毛巾整齐地搭在盆边上，牙刷、牙膏整齐地插在杯子里。

刘军刚好烧开一壶水，他给周应贵泡一杯热茶，两人就坐在床上聊了起来。

进村第二天，刘军就开始进村入户走访。刘军不抽烟，从昆明出发前，他却买了几条烟丢在车上，进村入户时就揣上一包。新田村大多数年轻人都外出打工去了，村里留下来的全是老人。刘军进了村，见了老人就迎上去，恭恭敬敬地给老人递一支烟，给老人点着，然后拉老人坐下来聊，从来不说自己是上级派下来的扶贫干部。他向农户提得最多的问题是：家里有什么困难？参没参加新型农村合作医疗？对国家扶贫政策有什么看法？对今后的日子有什么打算？

第一天，刘军就单独走访了七户农户。其中有一个叫张开文的老人后来知道了刘军是驻村工作队第一书记，就在进村的路上把刘军堵下来，向他反映，听说政府给了低保户每人1000元的药费，他没有拿到。另外，去年政府还发了一笔临时救助款，他也没分到。刘军并不了解情况，只好对张开文老人说："容我了解了情况再给你答复。"过后刘军打电话问过村支书李兴旺和村委会主任周应贵，知道确实有过这两笔补助，但不是每个人都发，张开文去年领过其他临时补助，所以这两笔补助就发给了没有领过其他补助的贫困户。情况清楚之后，刘军到镇上开会时，顺便买一袋米，回到村里，他扛着米来到张开文家，把米送给他，向他做了解释，答应明年有救助优先考虑他。

新田村距离红土地景区不远，距离昆明也不算太远，令刘军没有想到的是，这里的农户竟然如此贫穷，绝大部分人家住的都是低矮的土房子，没有窗户，里面黑漆漆的。特别是那些贫困户，有的人家墙体斑驳，屋顶上苫盖着黑漆漆的茅草，看上去整栋屋子不经意间就会倒塌。村子里牛屎马粪，污水横流，出村进村全是坑坑洼洼的土路。

那段时间，正是扶贫工作最忙的时候，对建档立卡贫困户和非建档立卡贫困户的精准识别涉及每一户农户的切身利益，也涉及党和国家扶贫政策执行的精确度，稍有差池，农户抱怨，后患无穷。刘军每天和村组干部及其他扶贫队员一起，一家一户走访，一项一项询问，一张一张填表，一项政策一项政策解释。晚上回到宿舍，村组干部回家休息了，他又带着其他扶贫队员，清洗过去的错误数据，重新整理、录入资料数据，几乎天天熬到深更半夜。

刘军来之前，新田村的整个扶贫工作，基本上是在等政策，上面有什么安排，他们就干什么；上面给多少资金，他们就干多少活儿。从来没人考虑集体经济利益和产业发展的问题。就此，刘军召集村组干部和全体扶贫工作队员开会，他在会上说："新田村贫困程度这么深，但不是没有改变面貌的可能，眼下国家对扶贫攻坚的支持力度很大，我们要学好政策，用好政策，多争取惠农支农项目和资金，发展集体经济，抓紧产业扶持，尽快让农户摆脱贫困。"刘军还在会上对大家的工作进行了分工，明确了各自的任务。

新田村的进村道路不算太长，也就一公里多，却一直是坑坑洼洼的土路，汽车进去颠来簸去，连摩托车进出都不好走，不但给农户生产生活带来不便，还严重阻碍了集体经济发展。刘军向李兴旺和周应贵做了交代，开始到各职能部门去跑，反映村上的困难，请求资金支持。跑资金、跑项目不是一件容易的事，刘军刚从部队上下来不久，关系也不广，跑起来更难。可就算失败了，他也从不气馁。其实刘军平时话不多，也不太善长交际，从来没张口为自己的事求人。但是为了帮新田村争取项目资金，他一次次地闯职能部门，三番五次到企业化缘。

刘军跑下来的第一笔资金，用来修进村道路，原先道路三米宽，刘军想，将来经济发展了，大货车进出会车时很不方便，他提议把路修成五米宽，打上水泥。但算算钱不够。"算了！有多少钱就做多少事，就按照原来的宽度打上水泥算了。"周应贵说。刘军反对，"不行！还是修宽点，资金不够我再去找。"

路开始按五米宽修，刘军继续跑资金。随后，他又跑来一笔资金把剩余的六百米进村道路修好，把从村子到新田小学门口的七百多米道路也陆续修好。

短短一年多，刘军为新田村争取到项目资金五十多万，除修好了进村道路外，还硬化了入户道路，修通了入户的自来水管，结束了新田村农户吃沟水的历史。

还对村小学破败的教室进行了修缮。

新田村以种植业为主，洋芋、苞谷、苦荞、萝卜之外，不产其他农作物。而且缺水，农民靠天吃饭，遇到不好的年份，农户肚子都吃不饱。上级发放了 112 只种猪，作为扶贫项目，鼓励村里发展养殖业。种猪发下来，怎么养，怎么分，大家意见不统一。有村干部提出来，把这些种猪全部分给贫困户，让他们自己发展。刘军不同意这么办，他说，种猪全部发到贫困户家，喂猪的饲料就是个问题，弄不好被农户卖了，应该利用这次难得的机会，由村党支部牵头，成立养殖合作社，留下一部分种猪在合作社，培育壮大集体养殖业。有村干部提出成立合作社是好事，但是建养殖场缺资金，村上拿不出钱，农户也凑不出这笔钱。刘军安慰大家，集体发展这条路必须得走，资金的问题我想办法。

刘军又开始跑资金，他先从一家企业找到帮扶资金 5 万元，又找到镇上领导要了五万元。轿子山国家级自然保护区管理局也是新田村的挂钩扶贫单位，刘军带着他们单位的扶贫队员跑到他们单位，找到他们单位领导，又争取到 10 万元。通过农机站的小额贷款，贷款 20 万元，在三家村小组把养殖基地建起来，成立了养殖合作社。112 头种猪，66 头分了 18 户贫困户，剩下的四十六头以贫困户入股的方式由合作社集中养殖。

集中养殖的 46 头种猪三个月后就繁殖出 70 多头小猪，还有大部分母猪没有产仔，预计翻过年去会繁殖四百余头小猪。按照刘军的计划，合作社第二年就会给 18 户农户每户分 25 头猪仔，年底还将对卖猪所得进行二次分红，仅此一项，每年至少能够为每户贫困户带来 1500 元的纯收入。刘军和农户们约定，猪仔分到农户手中不许卖，一定要养大出栏，这样会有更多的收入。

合作社在当地零买猪饲料 5700 百元一吨，刘军觉得价格上还有空间，便专门跑到昆明饲料市场寻找价格便宜的饲料，他果真联系到一家公司，饲料质量不错，报价 5300 百元一吨，这让刘军高兴了半天。

刘军又在谋划更大的动作。2017 年年初，刘军与新田村村委会商量，计划在上新田村小组建设一个规模更大的养殖合作社。上新田村是新田村最大的一个村小组，全村有 147 户农户，有贫困户 46 户。按照设想，这个合作社预计投资 50 万元，建成后可以实现该村 46 户贫困户脱贫。

听说大理有个野猪养殖基地，种猪供不应求，刘军便开始琢磨，带上村委会班子成员到大理走一趟，好好考察考察，等上新田村的基地建好，把野猪种猪引进新田村繁殖。刘军给自己定的目标，要在全村 9 个小组都把合作社建立起来，根据各村的条件发展种植养殖业。按照他这个计划，2018年全村一定能脱贫摘帽。

2016年12月，上级政府给新田村安排了30万元项目资金，用于基础设施建设。秧草塘村小组没有活动场所，当时大部分村干部提议把这笔钱用来建活动室。刘军当时就提出不同意见。20世纪50年代，秧草塘村曾经建过一个水塘用于农田灌溉，可蓄水2000立方米，但因为年久失修，水塘已经干涸。刘军说："如果我们用这笔钱把水塘加固翻修，挖通沟渠，就能够解决村里灌溉用水。"最终，这笔钱按照刘军的提议用在灌溉工程上。到2017年8月，灌溉工程完工，投入使用后，解决了秧草塘村小组一千多亩农田的灌溉用水。

2016年12月19日，因为是年底了，工作特别忙，那天晚上，新田村9个村小组的干部全部集中在村委会办公室，填写各村贫困户收支情况调查表。新田村两百多户贫困户，每户都有一本独立档案，收支情况调查表只是其中的一小部分，仅这张表上就有近百个小项，填起来特别麻烦，其中有一项填不好，一张表就作废。不少村干部学历不高，填写这么复杂细致的表格显得很吃力。刘军就守在旁边，耐心细致地指导村干部们一项项填。直到每一份表格填好，核对无误、符合标准为止。让所有村组干部感到惊讶的是，驻村没多久，刘军对这两百多户贫困户的姓名、家庭情况和致贫原因了如指掌。

刘军不以为然地笑笑，解释说："这些调查表都要我签字，我当然得把每户贫困户的基本情况了解清楚。"

所有表填完，已经是深夜，估计大家也饿了，刘军绾起袖子说："大家都辛苦了，我给你们煮面条吃。"其他人抽烟、聊天，刘军一个人洗番茄、剁番茄，烧了一锅番茄鸡蛋汤，接着烧水煮面条。小锅小灶，忙活了半天，等大家都吃完了，他才端起碗来。

刘军来的时间不长，和村干部相处得却十分融洽。

2017年清明节放假三天，得知刘军不回老家，村干部纷纷邀请刘军一家到村子里玩几天，刘军爽快地答应了。当天，刘军一家人一进村委会副主任舒兴顺家，就和他们拉起了家常，孔令娟十分随和，姐姐长姐姐短，叫得舒兴顺的妻子心里乐滋滋的。看见她在做饭，二话没说，卷起袖子就要给她打下手。舒兴顺的妻子担心他们吃不好住不惯，孔令娟却乐呵呵地说："农家菜绿色健康，我们在城里想吃还吃不到呢！"刘军的儿子嘴特别甜，逢人就喊叔叔好！大爹好！

吃过晚饭，刘军带妻子和儿子出门来到田野散步。

夕阳西斜，微风吹拂，正是油菜花开放的时节，田野里金灿灿的一片。刘军满怀深情地对妻子说："这地方空气清新，风光好，但老百姓太穷了，有许多家庭连温饱都没有保障。这几年国家扶贫的力度一年年加大，我相信通过我们这些扶贫工作队员的努力，要不了多久，老乡们的生活一定会发生巨大的变化。"

"这也有你们的功劳！"妻子认真地说。

"如果我两年期满，走的时候，老乡们都脱贫了，过上小康生活了，我也就问心无愧了。"

2017年4月底，刘军开始四处为上新田村养殖场寻找项目资金，他还打电话与大理野猪养殖基地联系好，准备过一段时间过去参观考察。那天他从镇上回村，突然想到，孤寡老人李天存家里的米可能吃完了，于是他在镇上买了一袋米，一桶油，准备给老人送去。车开到进村路上，一个满脚是泥的老人正挑着担子吃力地上坡，刘军赶紧停车，摇下车窗问老人要去哪里。老人一看是刘军，乐呵呵地说："我刚从镇上买粮食回来，要回上新田村。"刘军马上下车来，帮老人把粮食搬上车，把老人扶到副驾驶位坐好，开车把老人一直送到上新田村。

一个多月后，刘军筹集到25万元项目资金。为此，他专门上昆明与捐款单位签订协议。

2017年6月18日是个星期天，吃过晚饭以后，刘军给东川区红土地镇新田村党支部书记李兴旺打了个电话，告知李兴旺25万元的扶贫资金有着落了。刘军兴奋地在电话里说："这笔钱拿到手，上新田村小组野猪养殖合作社的资金你就不用犯愁了。"

刘军是市旅游规划发展委员会派驻红土地镇新田村的驻村队员，扶贫攻坚工作队第一书记。他在电话里继续对李兴旺说："我明天一早过来，这笔钱到了具体怎么弄，我到了以后再商量。"

这天晚上，刘军给红土地镇扶贫办的何云也打了个电话，他在电话里告诉何云："我明天一大早要来新田村，看看新田村产业发展还存在的问题怎么解决，与村干部商量一下现有项目的拓展，中午我在村上吃完饭，要到镇上来找你，有几张表要请你盖章，麻烦你等我一下！""好的，我等你！"何云说，接着提醒刘军，"这几天天气不好，村子里不少地方发生了泥石流，路况差，你开车一定要小心。"刘军在电话里冲何云轻松地笑了笑："没事，我又不是第一次进村。"

第二天一早，外面哗啦哗啦下着雨，刘军来不及送孩子上学，随便吃了点早点，拎起公文包就要出门。

"雨这么大，乡村公路又不好走，你就不能推一推，明天再去！"妻子孔令娟劝刘军。她知道，刘军平时不喜欢车，很少自己开车，今天这么大的雨他自己开车去，遇上点事儿怎么办？

"算了！已经和村干部说好了，不能让他们白等！"刘军还是出门，开车走了。

到新田村的路，刘军走了无数次，可这时雨越下越大，刘军放慢车速，给李兴旺打了个电话，想告诉他，雨太大，自己可能会到得晚点。电话通了，没人接。

大雨下了一晚上，看样子一时半会儿也停不下来，有几户农户的土基房非常危险，李兴旺早上到村委会忙一阵，就匆匆忙忙进村去了，手机丢在办公室忘了带。还好，几户农户的房子都没事，李兴旺回到办公室，发现刘军给他打过电话，马上回拨，拨了十多次，却始终无人接听。

说好了在村委会见面，李兴旺只有在办公室耐心地等候。半个小时后，李兴旺又打了一次，还是没人接。李兴旺有点儿担心起来，他找了把伞，来到村口，朝着雨雾蒙蒙的公路远处张望。

电话突然响了，李兴旺心想，这一定是刘军的电话。他急忙掏出手机摁了一下接听："喂！刘……"李兴旺的话立即被对方打断。电话是红土地镇镇长余伟军打来的，余伟军急促地告诉李兴旺："刘军出车祸了，你赶紧带人去看看。"

李兴旺一下蒙了，他赶到事故现场，刘军已经当场身亡。

这一天，距刘军四十岁生日只有几天。

刘军走了，伤心难忍的周应贵在微信群里发了一个帖子：《刘军！新田老乡的好兄弟！》

刘军下葬那天，村委会准备派人参加葬礼，许多村民得到消息，跑来聚在村委会，要求村委会领导带上他们一起去。人太多，村委会没法安排，最后只能由新田村选派了5名村民代表，跟村委会领导一起，到昆明为刘军送行。

# 额秧的幸福画卷

马海静

## 额秧村的过去

额秧，在此之前它对我而言是陌生的，长期在机关办公室工作，每天一杯茶水一堆材料，已是亘古不变的工作模式，久而久之，我变成了现实世界里的那只青蛙，我能看见的天空就是头顶上那一方小小的天空，那也将是未来我全部的天空和宿命。

非常惭愧，寻甸有 16 个乡镇，我去过的地方屈指可数，那么多的少数民族，我知之甚少；所以，额秧村对我来说当然也是陌生的。在此之前听说过它的名字，也大体知道是一个纯彝族居住的小村庄，除此之外一无所知。

然而，这个名字却让我产生过无限的遐想，我曾经在脑海里为它憧憬过这样一幅浪漫的画面：一个山清水秀的小村庄，男人们用大碗喝酒，女人们在大树下的阴凉里纺线，姑娘眉清目秀，小伙儿高大威武。

为什么会出现这样的画面呢？因为它有一个让我一见钟情的名字——额秧。

额秧，额头上长满了青翠的秧苗，一个质朴的名字，一个充满泥巴味的名字，一个闻得见稻花香的名字，有着这样一个美好的名字的地方，难道不该拥有以上我憧憬过的画面吗？

然而， 这是我从资料上看见的 2017 年以前额秧村的样子：寻甸金所街道草海子村委会额秧村是省级贫困村，依山而建，村庄地处高寒山区，群众远离城市，远离市场，缺少发展动力。全村有 230 户 818 人，其中建档立卡贫困户 200 户 721 人，其余 30 户属于边缘贫困户。额秧村人均耕地仅 1.4 亩。全村农民人均纯收入仅 2200元。数字格外地触目惊心，看完后让人有心惊肉跳的疼痛感。这些数字绝对和浪漫、快乐、幸福等美好的词语搭不上任何关系，却和绝望、无助、饥饿、困顿、蒙昧等相关联。

原来曾经的额秧，它的额头上没有长满了秧苗，却布满了愁云。过去的额秧，贫困像一座大山遮住了视线，遮住了太阳，遮住了人们的未来。

可是，当贫困变成一种生活常态，当贫困像一条蚂蟥钻进人们的骨髓中，虽然疼，但久而久之，人们会渐渐变得麻木和习惯。彝族是一个相对豁达和乐观的民族，况且，这些年的贫困和上一代人的贫困相比又能贫困到哪里去呢？酒每顿都可以喝够喝醉，都能配以充足的肉食佐酒，同过去相比，也算是酒足饭饱的生活。

高寒，地少，播种季节简单粗糙地种下一些苞谷和洋芋，只要时节稍微风调雨顺一点儿，完全是些老天可以养活的农作物，所以农忙的日子不多；平日里，男人们带上一壶酒，牵上几只羊往山上一放，足以混完一整天，傍晚在微醺状态下归家，背篓里顺便捎点儿烧柴回去；其余大部分时间都是闲散的，无聊的，要么在家里喝酒，要么外出找酒喝。自古以来，彝族男人擅长喝酒，大部分酒量了得，每天要把酒壶里的酒全部喝光，烂醉如泥，才拖着踉踉跄跄的脚步回到家徒四壁的家里，倚在火塘边沉沉睡着。第二天又重复这样的生活，祖祖辈辈如此。只要守着火塘，只要火塘里的火不灭，只要酒壶里的酒不干，生活也算是逍遥快活的。

彝族女子格外地吃苦耐劳，后面跟着娃，脊背上背着娃，手里举着锄头，终日埋头在高原上，逐渐变成一头沉默寡言的牛，无怨无悔地为土地奉献一生，为家庭操劳一生；纵然在每一个微小的空闲间隙里，一双手也舍不得歇下来，撵线和缝补，因此她们的手骨节粗大，粗糙如砂纸。

还好，山区生活的成本很低，人的欲望相对较低，只要酒管够，肚子填饱，这样的日子虽不好，但也坏不到哪儿去。

直到有一天，一支支由省、市、县组成的扶贫工作队，浩浩荡荡地进入了这个小村庄，挨家挨户地走进他们的家，当我们的彝族同胞从火塘边抬起一张宿醉脸茫然地看向他们，他们想不到自己的生活从此发生了天翻地覆的改变，他们困顿的命运从此被改写。


**额秧村的现在**


我在 2018 年新年刚过几天后的一个清晨走进额秧村，是为了参加一个原生态的彝族婚礼，拍一些照片做"非遗"的资料。"卧底"是额秧村村长袁东生，他头天晚上给我打电话：你不是要拍点儿原生态的彝族婚礼照片吗？明天刚好有一场，十一点左右开始，你们来赶早饭就行了。

第二天清晨，我们一行人踩着薄薄的雾气走进额秧村，虽然一月的空气依然寒气逼人，而冬渐退，春渐来，初春清新的晨光像一条丝巾轻柔地覆盖着大地，如少女清澈的眼眸暖暖地看着额秧村发生的巨大变化：一排排具有彝族特色黑瓦红墙的新居格外醒目，那是属于每家一栋独立的小别墅，一楼有客厅、厨房和卫生间，顺着楼梯爬到二楼，上面居然有一个小型的晒场，晒场在农村生产生活中是必不可少的，意味着从地里收回来的农作物有了晾晒和摆放的地方。

我曾经去过几个新农村示范点，建造的房子也漂亮、完好，但缺了个晒场，收获的季节里，天晴的时候人们把庄稼搬到道路上打晒，下雨的时候通通堆放家里，村庄总是呈现脏乱差的样子。

站在二楼往下望去，房前干净整齐，屋后有水泥建造的整整齐齐的牲口圈，不得不佩服国家在建设新农村的力度和经验方面有了很大的提升，尤其是人性化方面的改进和提升。

沿袭着日出而作的农耕生活模式，村民们早已在远处的大棚地里忙开了。2016年年底，泛海公益基金援建捐赠的农光互补扶贫示范项目落地额秧村。现在，棚上发电、棚下种菜的农光互补扶贫示范项目中的大棚已投入使用，这样一来，村民除了土地流转租金，还能就近务工增收，实实在在地将扶贫政策落在实处。

这一项目是全市首个农光互补扶贫示范项目，农光互补，是将太阳能光伏发电与农业种植大棚进行有机结合的一种模式：在农业大棚的向阳面上铺设光伏太阳能发电装置，既具有发电能力，又能为一些喜阴的农作物、食用菌及畜牧养殖提供适宜的生长环境，还可以实现土地立体化增值利用。

从2017年10月开始，额秧村就因为这个大棚热闹起来。"冬天是收获羊肚菌的季节，包含设施地租、人工投入在内，羊肚菌种植每亩的成本在7000元至10000元，每亩产出在150公斤以上，在我们这里试种成功后会在寻甸推广呢。"额秧村大棚种植的技术推广员喜滋滋地对我们说。

## 额秧村的村长

额秧村的村长——袁东生，一个精明热情的彝族汉子，远远地抱着一个水烟筒笑眯眯地朝我们跑来，一边咕嘟咕嘟地吸着烟筒，一边和我们介绍额秧村的情况。

袁东生50来岁的样子，用潘长江的话来形容他最合适不过——"浓缩的是精华"，他短小精干，鼻子高挺回勾，像个犹太人，脸上堆满淳朴得让人舒服的笑容，一排镶嵌整齐的金牙，在太阳光下闪烁着夺目的金光，很是热闹富贵的样子。他用充满彝族味道的普通话和我们打招呼，称呼我们领导，很会来事的样子。我们连忙说我们不是领导，今天只是过来拍一些民俗文化的图片资料，他摆摆手说："没关系没关系，凡是上边来的人我们都称他们为领导的"。

说话间袁东生把我们引进了他的家，他是村里最早带头申请易地搬迁、最先搬入新居的农户。在得到国家易地搬迁政策扶持的基础上，他自筹了一部分钱盖起了现在的新房，一家人从此搬离了住了几十年的、位于陡峭山坡上两间低矮破败的土房子。

坐在村长家软绵绵的沙发上，看着花哨的客厅柜、电视机、饮水机，真想不起之前他们遭遇过怎样逼仄的贫困。

客厅正中端正地挂着一幅习近平总书记看望贫困户的照片，"你还挺懂政治的嘛！"我打趣道。他吸了一口烟筒，笑眯眯地说："习总书记是我们的大恩人，没有他我们住不起这样的大房子，想都不敢想。"

话闸子一打开就收不住，他告诉我们他家里有两个孩子，大女儿袁香很争气，是村里的6名大学生之一，毕业后准备回村里当一名双语老师；小儿子却不爱学习，初三没读完就辍学了，为此老袁还郁闷了许久，最后决定把他送出去务工。现在儿子已经外出打工5年，最开始在昆明工地上帮人挑砂灰，现在在广州一家电器公司上班，还谈了一个外省籍的汉族女朋友，准备明年春节回来结婚。淳朴和自豪的笑容一直在他黝黑的脸上弥漫着。

"孩子要出去打拼才会有志气。"老袁说，"我用我儿子的经历鼓励村里的年轻人走出去看看外面的世界，多挣点钱回来盖房子，讨媳妇，所以我们村是年轻人出去打工比较多的一个村子，也是单身汉比较少的一个村子，他们都知道这个道理，只要勤快就不愁找媳妇。"我在心里暗暗佩服他的眼界。

### 额秧村的超市

在村里开一家超市是盘踞在村民倪照基心里很久的一个愿望，这源于多年前他去城里走亲戚，亲戚带他逛了超市，望着超市里琳琅满目的商品，络绎不绝买东西的人，让他倍感超市这种新兴事物的便利和新奇。"如果我们村也有一个超市，大家买东西就不用远远地跑到镇上或者是县城了，而我坐在家里就能挣点钱。"

两年前，昆明市委书记程连元到额秧村和群众开了一个座谈会，程书记现场说了许多话倪照基都没有记住，但有一句话他确实听进心里去了——"美丽乡村不只环境美，功能也要齐全，应该有个小超市。"

随着额秧移民新村的建成，倪照基觉得在新村子里开家超市好的时机到了。

他找到驻村干部把自己的想法告诉他们，驻村干部很支持他这样积极脱贫致富的行为，于是帮他协调了6万元的贷款，终于把超市办起来。

我们去到倪照基家超市的时候，老两口刚刚从地里种玉米回来，放下锄头，打开超市门，买东西的人络绎不绝地来了，夫妻俩递烟、打酒、卖盐、找钱……井然有序地忙碌着。

倪照基今年45岁，两个儿子都在福建打工，家里剩老两口看守。倪照基思维活络，他对我们说："我不能光靠儿子挣钱，我把一部分土地流转出去，剩下的土地种点苞谷、洋芋，自从小超市开起来后，村民们不用再跑到镇上、县里买东西，生意比当初设想的好得多，最多两年就可以把贷款还清了。"说这些话的时候倪照基脸上洋溢着幸福知足的笑容。

### 额秧村的男女青年们

2018年1月18日，农历腊月初二，公历、农历都是双日子，是适合娶媳妇的良辰吉日。这天，一场热闹的、原汁原味的彝族婚礼在额秧村举行，新郎、新娘两家均为国家易地搬迁政策的受益者。

早上10点不到，四面八方的村民们背着背箩，朝新郎、新娘家赶去，背箩里装满新米、腊肉、烟和酒，有的竟然赶着几只羊来做贺礼，羊角上绑着红布，额秧村至今还保留着送物的传统习俗，这在今天已不多见了。

常见的婚礼现场，要不送红包，要不当场送现金，我曾亲眼看见过一个婚礼现场，收礼处竟然使用了验钞机，当时我的心里非常不舒服，觉得自己的祝福被一台机器来试真伪。我记得小时候在故乡，外婆也是如此将新米和一块红布小心谨慎地放在背箩里，带我去吃喜宴。送物，多么持重的古典情怀。

不多时，新娘家入口处排起长长的送礼长龙，在用翠绿松枝临时搭起的院子里，支起了几十张桌子，穿着本民族服饰的村民们围着桌子热火朝天地吃喝起来，桌子周围穿梭着眼疾手快的帮忙的人，酒总是及时地续满，肉大块大块地加进碗里，烟一支接一支地递在男人们手中。

我们拿着相机站在院子里，有些拘谨和忐忑，自觉是一群冒失的闯入者，结果桌子上的人纷纷站起来让座，朝我们递烟递筷。我们小心询问可否拍照，他们热情地说：想拍什么随便拍。于是我们将镜头毫不设限地对准我们想要的画面，无论是新郎新娘，还是纺线的老人、玩耍的小孩、猜拳的男子，他们都在镜头里自自然然，毫无扭捏姿态。

新郎是一个开朗大方的男子，用流利的普通话同我们交谈，他是村里第一批劳务输出的受益者，现今在天津一个家具厂工作，工龄五年，在家具厂认识了同村的妻子，共同的家乡情怀、共通的民族特质，让两个身处异乡的年轻人的心慢慢靠拢、相爱，最终走在一起。今年春节新房落成，定好婚期，一对新人回家办喜事，可谓双喜临门。

我问新郎婚后还继续外出打工吗？他说过完正月十五，小两口继续回天津家具厂上班。长期的外出务工，让他们的眼界变得更远，心胸变得更宽。新郎说："虽然现在农村的政策很好，但要趁两边父母都还年轻，暂时没什么后顾之忧的时候，多在外面挣些钱。过去我们每天的生活就是比谁喝下去的酒多，喝醉了唱山歌，半夜三更都不想回家，而现在大家比的是谁赚更多的钱回来，谁家的家用电器更多、更好。"

### 额秧村的幸福画卷

流转土地，发展产业，建设新房，安居乐业，仅仅一年多的时间，额秧村村民的生活方式发生了巨大的、可喜的变化，而更加值得敬佩的是，他们思想观念的改变，不固化、不封闭，用开放的心胸去接纳新事物、新思想，在好的扶贫政策下，他们不等不靠，积极脱贫。

年轻人勇敢地走出去，年老的人勤勉地守着故土，这样，火塘不会熄灭，故乡的炊烟才得以永恒地飘荡在天空。

"政府扶贫是帮助我们解决自己解决不了的困难，但路还是要靠我们自己走。"

"政策这样好，我们还过以前死酒烂瘫的生活，真的是对不起政府。"这是我们在额秧村听到老百姓说的最多的话。

近年，随着新一轮脱贫攻坚硬仗在全国上下打响，额秧村彝族同胞们在党和政府的帮助下，用自己的智慧和努力，揭开一页全新的历史，一幅属于额秧村的幸福画卷已经徐徐展开来。

截至 2018 年 6 月中旬，额秧村 200 户建档立卡户全部搬进了新居，如童话故事里的完美结局一样——从此，额秧村的人们幸福且有尊严地生活着。

这份幸福生活的获得，既得益于党的扶贫政策，更得益于他们积极摆脱贫困的决心和毅力。

所有辛苦的付出都得到美好的回报，是额秧村这幅幸福画卷里最动人的风景所在。

# 驻村记事

李荣文

## 走访朱家兄弟

2月8日上午11时，我们工作队从娜拥村村委会乘车出发，前往廖家沟走访朱家村、张家村两个村小组贫困户，进行摸底调查。

茂山镇娜拥村，是20个省级贫困村之一，而坐落在廖家沟的朱家村、张家村两个村小组是娜拥村最偏远而贫困的村小组。我结对帮扶的朱新德、朱新彪两户就住在朱家村。我们的车沿着狭窄陡峭的公路盘山而上，一名队员望着窗外让人胆寒的悬崖深箐说："车开稳点儿，我可不想当禄劝脱贫摘帽工作的烈士！"在紧张的气氛中，车子越过几道山梁，一个山间坝子渐渐呈现在眼前，这就是因穷而名声在外的廖家沟！坝子上段是朱家村、下段是张家村，两村一汉一苗，相隔数十米，村子里炊烟袅袅，绿树成荫，鸡鸣犬吠，村外绿茵茵的麦浪一直延到山脚，山脚有箐沟，溪水潺潺，坝子四周重峦叠嶂，松涛阵阵，这里是大山深处的一片世外桃源、人间净土。在村长的引领下，我们拾级而上，朱新德家住在村头，在犬吠声中，朱新德迎我们进门，院子大而杂乱，柴堆、草堆、粪堆、垃圾，还有农具占据着院子大部分位置，围墙是土做的，塌两豁口，连同大门有三道门，人和动物可随意出入。有正房两间，楼上楼下四墙完好，大小围没装，通气透亮，屋顶青瓦旧梁陈椽，透着岁月沧桑。家里有火塘一个，吊锅一口，木床一张，板凳三条，苞谷几串，墙角有土罐两个，所有家底一目了然。说明来意后，我和朱新德对接交谈。朱新德说："感谢你们上级领导来帮我们。以前，我家的日子过得还可以，我有三个女儿，一个媳妇，劳动力多，打的粮食也多，年底杀个小猪，一家人好吃好喝，那日子过得逍遥自在。

后来三个女儿长大了，都嫁人了，媳妇也跟着凑热闹，乘我酒醉的时候，偷偷地跟野男人跑了，家里只剩下我一个老倌，没有什么兴昌，也懒得干活儿，一天整点儿小酒，晕乎乎的，日子就王小二过年，一年不如一年了。"我说："这个苗族大姐是你什么人？"朱新德："唉，领导，不好意思讲，她是下边张家村的，命不好，老倌死了，我喊上来做做伴的，不好意思，还是给她说。"苗族大姐："啊么么，有什么不好意思呢，领导，我来说，我叫张美花，下边苗族村的，我男人早就不在啰，娃娃嘛也拉扯大啰，我瞧着这个老倌老实呢，也不嫌他是个汉族，就跑上来挨他过过试试，好玩嘛就过，不好玩嘛我就撤啰，反正我在下面是贫困户，上来挨他过也是贫困户，我也沾不着什么光啰。"我说："张大姐，你们不办手续就在一起，是不合法的。"张大姐："啊么么，兄弟，我们山沟沟里的人嘛，不讲那些合不合法啰，只讲男人靠不靠得住，要是在外面吃喝嫖赌的男人，再合法又顶什么屁用。"我一时无语。

和朱新德商谈了今后的脱贫计划、建房打算后，我们来到朱新彪家。朱新彪是朱新德胞弟，一进院子，很干净，柴火、农具放置得井井有条。家里收拾得很清爽，破旧的沙发上盖着一块浆洗得发白的蓝布，格外醒目，几条长凳，靠墙的小矮柜上蹲着一台老式电视机，两间卧室门半掩着。落座后，朱新彪的媳妇来倒茶，她40岁左右，眉清目秀，衣着朴素、干净，显出几分羞涩。朱新彪说："我家四口人，媳妇和我，两个娃，大的是儿，小的是女儿。本来家里还算过得去，可是三年前，运气不好，媳妇上山放羊，一跤摔倒，腿折了，我背着她到处寻医问药，把家里倒腾得穷得叮当响，没钱给儿子念书，他出去打工了。直到去年，媳妇的脚才勉强走得动路，稍微可以帮我点儿忙。"我宽慰他说："你媳妇脚好了，家里就会慢慢地好起来，要有信心，我们会帮助你家的。"我向他们宣传党在农村的扶贫政策，商谈下一步发展计划。临走时，朱新彪带我去看他家的两头小黄母牛、几只羊和两个小猪仔，这是他们家唯一值钱的家底，也是他们发展的希望。

### 达卧村访贫困户建房

在"精准扶贫、脱贫摘帽"的政策背景下，一方面建档立卡贫困户大面积建房，给农村一些小老板、包工头创造了极大商机；另一方面建房的贫困户大多是弱势群体，他们无能力建房，只能承包，由于对建房材料、工程质量相关标准一无所知，他们也无法监督建房质量，房子怎么建，全由包工头说了算。从而给一些缺乏良知的包工头创造了投机钻营、侵害群众利益的机会，如缺乏第三方强有力的监管，将导致贫困户的建房出现不同程度的质量问题，产生极大的安全隐患。

3月17日，我们第四驻村工作小组一行三人去达卧村，查看贫困户建房情况。去达卧村之前，我们向娜拥村支部书记了解达卧村的情况：达卧村是个依山而居的传统苗族村，全村17户村民，56人。有11户是建档立卡贫困户，村内没有一条像样的路、没有一间好一点儿的住房，就连一个厕所都没有，村民常年打野战，生活条件极差，思想观念落后，像一个古老的原始部落。11户建房户中有10户向外承包建房，仅有一户自建。

上午10时许，我们来到达卧村，看到几家贫困户在同时建房，施工现场热闹异常，施工人员在紧张地干活儿，村民三五成群，伸长脖子在看热闹。我们连续查看了四家的房屋地基，发现存在严重的质量问题，40厘米×50厘米的基础石脚，都是用一些碎石或乱石支砌的，而且所用的砂浆水泥标号也不达标，有的基沟还没有挖到坚实层，就在松土层上支砌石脚。我们又查看了工作人员正在支砌的石脚，也存在同样的问题。基础不牢，地动山摇，我们深知问题严重，立即找到负责施工的王老板，说明我们的身份以及工程质量问题，要求他停工整改。王老板很强硬，他不屑一顾地说：我们没有权利监督他的工程，他的施工合同是与村民签的，与我们无关，叫我们不要多管闲事，还赤裸裸地威胁说，让我们小心点儿，不要影响他赚钱！我们很气愤却又无奈，我们确实没有执法权。于是我们想做建房户的工作，发动他们站出来维护自己的利益，可是我们还没有找他们，几个苗族同胞就主动找上我们，说他们的房屋基础盖得挺好，让我们不要管，不要影响他们建筑队施工。一个苗族妇女说："我们这些大山旮旯里的老穷人，能盖砖房、住砖房是老祖宗八辈子修来的福，还讲究什么质量啰。"我们知道，村民已被老板"教育"得站在老板一边了，我们暂时无计可施，只能收兵回村，研究对策。

回村路上，我想如果广大的建档立卡贫困户的建房出了质量问题，那么精准扶贫再精准又有什么意义。

### 干倒支书张旺财

禄劝子虚镇乌有村，有个能人张旺财，他只念过小学，但脑子特灵光，早些年，他开石场、卖摩托、包工程，赚了不少钱。2010年，在乌有村老支书的帮助下，他入了党，进入了党组织。张旺财有钱，人缘也好，他常带一班人出入子虚镇的歌厅、酒吧、餐馆，经常喝酒冲动，率诸弟兄和别人群殴，为此，被请进派出所也是家常便饭。2013年"七一"建党节，张旺财参加乌有村党员大会。主席台上，端坐着子虚镇党委副书记江涛、村党支部书记李绍福、主任王大才。李绍福宣布大会开始，请各位党员欢迎江书记给大家讲党课。江涛微微起身，示意大家停止鼓掌，坐定后开始讲话："各位党员，各位领导，下午好！我讲的题目是'牢记党史，埋头苦干奔小康'。"江涛书记从党的历史讲到现行政策，重点讲述了中国共产党的建党历史和十一届三中全会以后，党带领全国人民全面建设小康社会的事迹。党课讲完时，很多老党员被感动了，心潮澎湃，老泪纵横，部分党员面无表情，张旺财和几个党员在玩手机，交头接耳。支部书记李绍福干咳两声，说："下面由我向大家汇报村党支部半年来的工作。"半年来，在县委、镇党委的正确领导下，通过村两委班子的共同努力，完成了罗锅山、茶花箐、大白崖三个村小组的村内道路硬化工程，龙家村的美丽乡村建设工程，朱家村的宜居农房建设工程，完成一事一议德鲁村小组活动场所建设工程……

会议结束后，相关领导和46名参会党员共进晚餐。在回家的路上，张旺财和几个相好的党员都有几分醉意，说一些家长里短的闲话，快分手时，张旺财说："村委会这几年工程很多嘛，明年换届，我们也去干几年，好事不能都落在他们手里。"几个党员都说："只要你想干，我们撑你。"

2013年年底，乌有村支部书记李绍福被匿名举报，在罗锅山村的道路硬化工程中，偷卖工程水泥12吨。子虚镇纪委书记李治法亲自带队到罗锅山村小组核查，结论是查无实据，纯属诬告。消息传开，乌有村的党员、群众还是议论开来，有的认为支部书记是无辜的，他干不出那种事，系小人栽赃陷害；有的认为是妖人作怪，别有用心；有的认为肯定有事，无风不起浪，无缝鸭蛋不生蛆，只是官官相顾罢了。

2014年3月，乌有村换届工作在即，新一届村党支部委员会支委候选人提名正在酝酿中。张旺财活动异常，他和堂兄张旺龙走村串寨，到党员群众家走动，有党员群众议论说，张旺财出手很大方，一日，有群众看见张旺财被镇党委副书记江涛送出门外，江涛书记很热情。支部书记李绍福一班人正忙碌着，按照镇党委的要求，有条不紊地做着换届选举的前期工作。3月20日，镇纪委通知李绍福到镇里接受调查，说有党员联名举报他挪用公款。3月21日，乌有村召开全体党员大会，提名新一届村党支部委员会支委候选人，张旺财、张旺龙、王德彪、王大才、杨勇等进入提名，李绍福没有进入。通过镇纪委、镇三资中心联合核查，3月22日公布核查结果：乌有村财务账目清楚，使用合法，无违规情况。4月8日，乌有村召开全体党员大会，选举村支部班子，张旺财当选乌有村党支部书记，同时兼任乌有村换届选举委员会主任。4月22日，通过村民投票选举，张旺龙当选乌有村村民委员会主任。哥俩正式接管乌有村党政大权。新官上任三把火，哥俩还真有两把刷子，他们把良种补贴扣除村民应缴纳的医疗保险费、养老保险费，剩下的钱发给村民，不足的让村民补上；火灾保险他们先私人出钱垫上，提前交到镇里，而后再慢慢向村民收取；村里的沟渠修缮，张旺财让施工队去修，让群众出钱，解决了群众不愿干公益事业的难题。2014年冬，白石崖村小组实施村内道路硬化工程，张旺财让主任张旺龙具体负责监督管理，自己却在家建新房。他家的建房工地上，夜里经常有大车送来水泥、沙、公分石等建房材料。几个月后，白石崖村小组的路修好了，张旺财家的新房也盖好了。张旺财住在岭岗村小组，村委会搞进村道路硬化，张旺财就让施工老板把岭岗村的进村路也一同硬化了。为此张旺财在岭岗村很得人心。2014年年末，乌有村年度各项工作目标考核成绩显著，受到镇里表彰。

2015年春节刚过，支部书记张旺财家就异常热闹，前来办事的群众络绎不绝。要出去打工的、办事的、结婚的、生娃的、证明我儿子是我儿子的，都要来盖章，张书记以家为办公室，热情为民服务，办事中，张支书有一条不成文的小规矩，每盖一次章，村民要出盖章费20元，村民也心领神会，相当配合，张支书一天印章啪啪响，抽屉里人民币满当当。没人的时候，张支书喜欢把玩印章，他紧握印把子，在空中挥舞、乱戳，心里美滋滋地想："唉，这玩意儿真好，一戳就来钱，嗨，这就是我的摇钱树啰。"想着想着，他贪婪的灵魂就飘飘然起来，他梦想着要盖很多很多章，赚很多很多钱……然后再当更大的官，挣更多更多的钱……他迷离的眼前仿佛看到尽是人民币在飞舞、在飘扬……

6月初，镇里下达村委会年度植树造林任务，每个村委会新植树5亩，月底检查验收。张旺财在自家门旁，挂一小黑板写道："张旺财率队进山为村植树造林，盖章办事者晚上再来。"前来办事的村民议论纷纷，有的说："张支书太忙了，真是五加二白加黑地工作，太辛苦了。"有的说："不见得，支书做事自有奥妙，你们吃不准。"一位自称高人的村民呵道："肤浅小儿，都给我住口！当今社会，玄机暗藏，你们啥球不懂，在此胡诌什么，当官者玩弄权力于股掌，或暗度陈仓，捞点儿好处；或妙手回春，玩死对手；或点石成金，名利双收；或光说不练，纸上谈兵，学问大着呢！像张支书这等小官小样儿，仅仅小儿科而已，不足挂齿。"还有不服气的在争论着。几天来，张支书正带着村委会几个铁哥们，来个声东击西，名是进山植树，实是进村喝酒。整天在村小组长家杀鸡、宰鹅、喝酒、行令、猜拳、唱小调，玩得不知天上宫阙，今夕是何年！这晚，天黑了，张支书和几个铁哥们喝酒归来，一个个喝得醉醺醺、晃悠悠，张支书嘴里哼着：

　　妹十三来郎十七，

　　小哥天天想妹你。

　　只要妹心合郎意，

　　不管三七二十一。

　　众醉汉们拍掌称："妙！支书再来一调。"

　　这天下午，张旺财接到一个电话，叫过堂弟旺龙耳语几句，旺龙心领神会，立即带上一班人持刀进山，不到半天工夫，就砍树插满6亩多荒山，超额完成"植树"任务。第二天一大早，镇里的植树造林检查车来了，在植树区对面800米处停下，只见张旺龙指着对面的山，对检查人员指画一通，检查人员就上车一溜烟返回了。在子虚镇年度植树造林表彰大会上，乌有村作为植树造林先进单位受到表彰，张旺财抱回了植树造林先进单位奖牌并500元奖金。

　　2015年的"七一"建党节，很多党员心里都犯了堵。村委会没了往年温馨舒适的景象，庭院脏乱，窗落尘埃，门结蛛网，铁锅生锈。老支书李绍福看到三年前自己亲自架设的水管被人砍了，水池也开裂了，太阳能管子无水炸裂，脸上气得青筋直冒，最后狠狠地甩了一句"一班败家子玩意儿"，就背着手走开了。几个党员议论着，油菜补贴公布的是10元一亩，咋领到的是7元呢？党员杨大彪说："我家的良种补贴也不对，少了100元，张旺财真能刮财，我们不要搜刮财的领导！"党员王家福说："还是李绍福老支书好，村委会打理得好，也肯为百姓办事，我们都被张旺财给骗了。"党员李二勇说："光抱怨有什么用，过完年就要选举，发动党员，干倒张旺财这个贪官，支持李绍福再当支书，主持正义，为民办事。"很多党员都附和着说："是的，干倒张旺财，支持李绍福！""七一"建党节后，党员群众对张旺财的非议逐渐升温。张旺财如何贪财、如何出钱拉票，走后门找领导，如何不务正业，拖沓村务的各种版本传得沸沸扬扬。

　　2016年初春，当乌有村村民委员会大院内第一棵樱桃花盛开的时候，乌有村启动了新一届村两委换届选举工作。在动员会上，镇党委常委、镇组织员孟春晓指出，乌有村的工作总体上是好的，但是最近村民对村领导的意见很大，各种传言很多，希望涉及领导引起高度重视。当前，我们要坚决响应中央、省、市、县号召，在县委、镇党委的坚强领导下，开展好乌有村的"扶贫攻坚，脱贫摘帽"工作，因为这项工作关系到我们全村百姓的未来和希望，目前，乌有村换届选举在即，我们要本着对乌有村全体人民高度负责的态度，选举出乌有村新一届强有力的村两委班子，以便更好地带领大家做好"扶贫攻坚，脱贫摘帽"工作，实现乌有村脱贫摘帽，让全体村民过上幸福生活。2月18日，乌有村召开全体党员大会，选举产生新一届村党支部班子，李绍福再次高票当选村支部书记。3月6日，张旺财因涉嫌违纪违法被县纪委带走，听说已经移交司法部门立案调查。3月16日，乌有村举行村民委员会选举，经过村民投票，选举出新一届村民委员会班子，王顺民当选村委会主任。下午，举办晚宴，孟春晓等镇领导、村两委班子成员、各党小组长、村民代表共进晚餐，庆祝选举成功，凝聚民心，共话未来，酒过三巡，酒意正浓，情意勃发，新当选的村支部书记李绍福终于又亮起了优雅的嗓音：

　　石榴花开叶子青，

　　党的政策暖民心。

　　扶贫攻坚拔穷根，

　　脱贫摘帽有信心。

　　妇女主任王翠兰即对：

　　石榴花开叶子青，

　　今晚欢聚乌有村。

　　两委换届见民意，

　　脱贫摘帽现真情。

　　……

## 达卧村的嬗变

　　忽如一夜春风来，千树万树梨花开，"党的扶贫攻坚、脱贫摘帽"政策，在短短的10个月里，就使娜拥村委会达卧苗族村发生了翻天覆地的变化。

　　昔日达卧村：全村有56人，11户村民，其中，有10户为贫困户，1户为脱贫户。村民的居住房屋：大部分是土坯房，还有少部分木垛房、空心砖简易房。居住环境：村子依山而建，四面环山，村内道路，高低不平，全是蜿蜒曲折的羊肠小道；村民人畜混居，杂草粪堆遍地，蚊虫苍蝇乱飞，老鼠四窜吓人，污水粪便熏人，风起兮粪草沙尘飞扬，雨落也道路泥泞不堪，全村没有厕所，内急只有上山。思想意识：思想意识落后，村民不愿出山，娃娃不愿上学，全村有劳动力28人，仅有2人外出打工，有适龄青少年儿童14人，仅有5人在校读书，9人辍学在家。生活状况：村民通过种植苞谷、洋芋等农作物，养殖少量的鸡、猪、牛、羊等牲畜，基本维持生活，大部分村民都生活在温饱线上，少数村民因种种原因，无法解决温饱，挨饿、受冻时有发生。

今日达卧村：在党的"扶贫攻坚、脱贫摘帽"政策春风的吹拂下，在各级党委政府的帮助下，全村11户村民中，有10户建档立卡贫困户建盖了新房，所有新房全是砖混结构，并统一规划、统一标准、统一建设。投入资金40多万元，全面改造、硬化村内道路，建成村内水泥道路总长2千米，硬化率100%；整治村内环境，统一规划草堆粪堆放置地，村民基本实现人畜分离居住，对村内环境进行改造、绿化、美化，提升了村民的居住、生活环境。投入资金12万元，建盖了达卧村集体公共卫生厕所、达卧村村民活动室、达卧村篮球场、停车场等集体活动设施、场所，村民开会有地点，活动有场所；投入资金200多万元，修建达卧村进村水泥路4千米，打通了达卧村与外界的连接通道，大小车辆可直接进入达卧村，突破了制约达卧村经济发展的瓶颈。在各级政府的资金扶持下，达卧村发展养羊120多只，养猪110头，养牛28头，养鸡160多只；除种植传统农作物苞谷、洋芋、大豆外，还种植了当归、党参等中药材。经各级领导协调、动员，村民已有8人外出务工，大部分辍学学生重新返回学校读书。

如今的达卧村，已化蛹为蝶，蜕变为一个欣欣向荣的宜居小山村，一个可持续发展的小山村，一个充满希望的小山村，我坚信发展中的达卧村明天会更好。

**这些家庭这些人**

托尔斯泰曾经说过"幸福的家庭总是相似的，而不幸的家庭则各有各的不幸"。在我们帮扶的娜拥村建档立卡贫困户中，就有一些因这样或那样的原因，而陷于不幸的家庭。种种的不幸几乎摧毁了他们的生活，以及他们生活的勇气，他们一直挣扎在各自的苦难中，默默地承受着命运带给他们的种种磨难。然而幸运的是，党的"扶贫攻坚、脱贫摘帽"政策，有力地帮助这些不幸的人摆脱了困境与磨难，抚慰了他们心灵深处的创伤，使他们重新得到温暖，树立起生活的信心与希望。

1. 不幸之女李爱莲

李爱莲，娜拥村委会德莫村人，女，45岁，彝族。这位年仅45岁的彝族中年妇女，的确是个不幸的女人。2014年11月7日，厄运突然降临到这个女人的头上，她的丈夫李学良在禄劝某医院突然病逝，撒手西去，无情地把偌大个家丢给了李爱莲，一刹那，李爱莲的天塌了，没有了丈夫，今后的日子还怎么过？她一个弱女子，如何撑得起这个家！在丈夫就医的日子里，李爱莲一面精心照料丈夫，一面背着丈夫把家里能变卖的东西都卖了，为了给丈夫治病，她还向亲戚朋友借了几万元的债，她心里想，等丈夫的病治好了，就一切都好了。可哪曾想到，丈夫突然去了，还给她留下3万多元的债，留下一个一贫如洗的家和两个正待抚养的娃。一时间，李爱莲蒙了，几乎绝望了，她想随丈夫而去，一了百了，然而，面对13岁的儿子，10岁的女儿，她知道她还不能离去，她有责任拉扯这俩娃长大成人。她暗下决心，丈夫不在了，再难她也要撑起这个家。李爱莲用她那双瘦弱的肩膀，艰难地扛起了这个家的风风雨雨。为了还债，为了供孩子上学，她拼命地干活儿、四处打零工挣钱。2015年年初，14岁的儿子看着母亲实在太苦了，说什么也不肯再上学，出去打工了。为这事，李爱莲无奈地偷偷哭过好几次。

2015年10月，党的"扶贫攻坚、脱贫摘帽"的春风吹到了娜拥村，李爱莲作为建档立卡贫困户，得到了上级政府的资金支持、帮扶干部的帮助，如今已建起了100多平方米的新砖房，还养上了3头猪、一头牛，地里的玉米、洋芋长势也很好，在上级的帮助下种植了2亩当归，欠别人的钱也还了大部分。李爱莲常说，是党的扶贫政策挽救了她一家，是各级领导的关心和帮助，使她对生活又有了信心和希望。李爱莲对我们说，今后她最大的心愿，就是好好地供女儿读书，只要她成绩好，就供她上大学，有可能的话，还要说服儿子再去上几年学，他初中还没有毕业，今后怎么生活。这个刚刚摆脱困境的坚强女人，正信心十足地规划着她一家人的未来。

2. 命比黄连苦的杨润芳

杨润芳，娜拥村委会德莫村人，女，彝族，76岁。村里人都说，杨润芳的命比黄连还苦。似乎是上苍的捉弄，竟把种种的不幸，都无情地叠加到这个女人身上。杨润芳40岁那年，丈夫撒手离她而去，无情地丢下了她和三个嗷嗷待哺的娃，杨润芳痛失丈夫，悲痛之余，这位坚强的中年妇女，毅然用她那伟大的母爱抚养着三个年幼的孩子，用她坚强的臂膀承担着这个家庭的酸甜苦辣。随着苦日子一天天地过去，杨润芳硬是把三个孩子拉扯成人，两个女儿出嫁了，儿子也娶妻生子。刚刚享受上儿孙绕膝，儿孝母慈的天伦之乐，厄运再次降临，杨润芳年轻的儿子不幸英年早逝，一个晴天霹雳再次打在杨润芳身上！杨润芳的天又一次垮塌了。一年后，家里实在熬不下去了，杨润芳一咬牙，让儿媳妇带着孙子改嫁，自己代儿媳妇抚养孙女，祖孙两人组成一个特殊的家庭，相依为命过日子，70岁的杨润芳再次成为家庭户主，她和小孙女的吃穿用度，全靠她一双手从地里刨。

2016年春，娜拥村传来了党的扶贫政策，在上级党委政府的帮助下，杨润芳家建起了新房，还养上了鸡、猪、牛等牲畜，地里的庄稼也长势喜人，村里的水泥路一直修到她家门口，她出门干活儿也方便多了。她每次见到我们都说："都变好了，都好了，感谢你们！"虽然这位彝族老人的汉话说得不怎么利索，但我们能听懂她的话的含义及所包含的情感。这位历经磨难的老人，第一次感到人间的温暖，感到党的政策好，她就像一棵饱经风霜的老树，在党的扶贫政策春风的吹拂下，重新发出了新芽，焕发出生机。

### 3. 倾巢孤儿王俊鹏

王俊鹏，男，22岁，彝族，娜拥村委会播康村人。22岁，花一样的美丽年华，这个年龄，应该是在父母的精心呵护下，在某个风景如画的大学里，和同龄人一起博览群书，指点江山，激扬文字的年龄，应该是充满青春活力、胸怀抱负，对未来跃跃欲试的年龄。然而这一切都与王俊鹏无关，他就像一只在风雨中倾巢坠落的幼鸟，无助地拼命扑腾挣扎……

2006年，王俊鹏父亲的去世，让王俊鹏一家的生活陷入了极大的困境。王俊鹏的母亲本来就是个体弱多病的女人，还要带着12岁的王俊鹏和10岁的王俊武生活，实在太艰难。每天，母亲拖着病恹恹的身子下地干活儿，苦了大半年，收回来的粮食，仍不够一家人糊口。年幼的王俊鹏兄弟俩只得辍学在家，帮母亲干活儿。母亲带着两个孩子，一年辛勤地劳作，勉强可以填饱三人的肚子。就在王俊鹏14岁那年，母亲狠心地抛下了他和12岁的弟弟，到外地嫁人去了。从此，失去父母呵护的王俊鹏兄弟俩，成为真正无依无靠的孤儿！一家人死的死，走的走，只剩下兄弟俩相依为命，他们的生活更是雪上加霜，没有大人的帮助与指点，兄弟俩的玉米、洋芋都种不好，别家的玉米，秆高苞大，他家的玉米，秆矮苞小，黑老鸹来啄都要跪着才能啄到，别家的洋芋结大洋芋，他家的只结小洋芋。庄稼种不好，收回的粮食不够吃，尽管村里有好心人经常送点儿洋芋、苞谷给王俊鹏兄，但兄弟俩还是过着食不果腹、衣不蔽体的生活。下雨天房子漏雨，兄弟俩在家里常常到处挪动床铺，尽量找一块不漏雨的地方睡觉。

2010年6月，一个阴雨绵绵的夜晚，不幸的事再次发生，随着一声沉闷的巨响，王俊鹏兄弟俩的房子坍塌了，在漆黑阴冷的夜里，王俊鹏兄弟俩相互呼唤着，挣扎了好一阵，才从乱木、碎瓦砾中爬出来，幸运的是，他俩虽然身上多处被划破，但都伤得不重，并无大碍，惊魂未定的兄弟俩爬到一个相对安全的墙角，相互偎依着颤抖着挨到天亮。在那个凄凉阴沉的早上，已没有了家的16岁的王俊鹏，带着14岁的弟弟亡命天涯，从此，兄弟俩过上了漂泊流浪的日子，他们靠到处打零工度日。

2016年初春，娜拥村漫山遍野开满了鲜红鲜红的杜鹃花，党的"扶贫攻坚、脱贫摘帽"政策传遍了娜拥村，无家可归、在外漂泊流浪多年的王俊鹏兄弟，终于又回到了故土播康村。作为建档立卡贫困户，在上级党委政府及各级领导的帮助下，兄弟俩拆除坍塌的老屋，建起了新砖房，还建盖了圈舍，养起了猪、牛，他家荒废了多年的土地，重新得到整理，种上了苞谷、洋芋，还种植了中药材当归。一直在外漂泊流浪的王俊鹏兄弟，终于又有了属于他们自己的家，一块他们遮风避雨的地方。王俊鹏对我们说：是党的扶贫政策，让他兄弟俩终于又有了温暖的家，使他们对未来的生活充满了希望。

是的，党的"扶贫攻坚、脱贫摘帽"政策，挽救了像王俊鹏兄弟这样的社会最底层的"弱势群体"，使他们重新感到社会的温暖，获得了生存和发展的希望，他们那冰冷无助的心，终于得到了一缕暖阳的照射，使他们不再寒冷。


**张大财学车**


2016年的初春，一声春雷震天响，娜拥村传来各级党委政府要帮助贫困群众"脱贫摘帽"的喜讯！这一破天荒的喜讯，搅动了大山深处娜拥村贫困群众的心，点燃了他们追求幸福的希望，激发了他们脱贫致富的斗志。戴了30年贫困帽的农民，早就戴怕了，穷够了，喜讯传来，他们如沐春风。"脱贫摘帽"，是他们盼望已久的信息，他们如获至宝、奔走相告、群情激奋。有了党的好政策，有了上级政府和各级领导的全力支持、帮助、撑腰，他们树立了信心，大起了胆子，挺直了腰板，他们跃跃欲试，决心拼搏一回，借此机会与贫困决一死战，摘掉"贫困帽"，过上好日子。

2016年7月1日，对于建档立卡贫困户张大财家来说，绝对是个难忘的日子：历经一个多月的东借西凑，他家终于筹到了几千块钱，买了一辆二手货车，正式开启了脱贫致富的征程！这几天，他和老友王二福不停地从娜拥村运青花、大白菜、洋芋等蔬菜到县城，再运水泥、钢筋等建筑材料回娜拥村，需要运输的货物实在太多，他俩和其他几个跑运输的同行，忙都忙不过来。张大财既暗自庆幸自己学车决定的正确、学车眼光的独到，又感叹于自己学车所经历的磨难、坎坷与传奇。

1. 张大财雄心萌动要学车

在茂山镇有个省级贫困村，叫娜拥村，娜拥村领岗组，有户贫困户，叫张大财。自从参加村委会"脱贫摘帽"动员会后，52岁的张大财就像吃了兴奋剂，灌了人参汤，一下子来了精神头儿，他干什么事都精神抖擞，仿佛有使不完的劲。他和妻子儿子整天忙里忙外，张罗着建新房，照料家里的牲口，田里的庄稼，常常年轻人都休息了，他还在不知疲倦地干活。工作之余，张大财看着一条条脱贫路的修通，村村寨寨连成一片，在上级政府的资金帮助下，自己和其他建档立卡贫困户家家建新房，搞产业，发展经济；村里仅有的几辆货车日夜不停地来回运货；他发现随着脱贫路的修通，已经有外地老板进村租土地，开办种植养殖场，张大财敏锐地意识到，党的"脱贫摘帽"政策给家乡带来日新月异发展的同时，也给村民创造了众多发展商机，特别是村里仅有的几辆车，远远满足不了今后的发展需求。张大财心里有了一个大胆的计划，他要学车跑运输。这天晚上，张大财向家人宣布了这个重要决定，他说："我要去学开车，学会了，买张二手货车跑运输。"妻子王大花是个快嘴的女人，一听丈夫要学车，就着急地说："啊呗呗，你弄大呢年纪啰，咋过还学得会？再说买车格要一大笔钱呢，我们家这点儿小家底，咋会神得起！"12岁的孙子张兴旺说："爷爷我支持你，别家都有事做了，我们家搞运输，一定能赚钱！"3岁的孙女小花高兴地说："喔——爷爷要开车啰，我可以坐爷爷的车啰。"儿子张平和沉默了一阵说："爹，你还是别学了，你年纪大了开车危险。"儿媳李晓芳没有表态。张大财最后拍板说："什么都怕，就一样也整球不成，明后年人家都脱贫过好日子了，我们家还得继续过穷巴巴的日子，有上级的支持，怕个球！我出去闯一闯，把车学会了，我们家就有了希望，学车的事就这么定了，过两天我就去县里报名。"

2. 张大财报名奇遇

这几天，张大财家院子里那两棵桃花开得特别鲜艳，一束束艳丽的桃花引得蜂飞蝶舞。3月6日一大早，张大财穿上灰夹克，背上帆布包，就出发了，妻子王大花赶紧撵到大门口嘱咐道："唉，老倌，报了名就赶紧回来咯，遇着什么麻烦事就去找他二舅帮忙。"（王大花的二弟王大奎在县里某机关工作）张大财转过头对老伴儿说："回吧、回吧，知道哩。"张大财刚好搭上去县城的小中巴，车上乘客不多，他拣个靠窗的位子坐下。透过窗外，他看到田坝里雪白雪白的塑料大棚，那是外地老板刚刚建好的蔬菜基地；村子里白亮白亮的路，那是上级政府为群众新硬化的村内道路；村寨里一栋栋红彤彤的新房，那是上级政府资助贫困户新建的住房。触景生情，张大财感到一阵阵的兴奋，他觉得自己仿佛又是一个小伙子，党的扶贫政策，使他重新拥有许多美好的理想和未来。他从随身携带的帆布包里，摸出一个黑黝黝的水瓶，拧开盖子，惬意地呷了一口热乎乎的浓茶，感到甘甜而回味无穷，他清了清嗓子，随意哼起了小调："大河涨水哎波浪高，郎在河边哎磨镰刀，哥磨镰刀哎妹割草，绿草青青哎水滔滔……"一时弄得乘客们都扭头看他，他不好意思地停了下来。车子在书门村停下，张大财突然看到老朋友王二福上车来，两个老伙伴热情地打招呼，并坐到一起，当王二福说自己要到县里报名学车时，张大财感到非常惊讶，张大财也把自己进城的目的告诉了王二福，两人都因他们的默契而惊奇不已。两个老倌一路津津有味地聊着家乡"脱贫摘帽"的事，不觉就到了县城。他俩东打听西打听，总算摸到禄劝第 X 汽车驾驶培训站，时间已是下午 4 点多了。他俩顺利地报了名，每人交了 4000 元的学车费。领了理论考试材料，出了培训站大门，张大财听到肚子咕咕地叫，感觉饿了。两个老倌去找饭店吃饭，没走多远就看到一个叫"又一顺"的饭店，老远就听到饭店里嘈杂的声音，两个老倌进了饭店，就听见有人喊："老张、老王快过来。"他俩一看，竟然是娜拥村的熟人、朋友在吃饭，有德莫村的李树发、朱家村的刘强华两个老倌和三个年轻人。李树发说："别点菜了，我们才 5 个人，加两个菜一起吃，难得在县里遇着老乡、老友。"坐定后，张大财问："你们几个来城里整哪样格？"李树发说："约好一起来学车呢，你两个呢？"张大财激动地说："我们也是来报名学车呢！"一时间，共同的目标，机缘巧合，相遇饭店，让他们老少七人都很激动，再加上几分酒意，他们的情感很快就融为一体，张大财兴奋不已，即兴一调："石榴花开叶子青，党的政策得民心，哥弟相聚禄劝城，学得本领拔穷根。"其他弟兄称："好！说出了我们的心里话，鼓掌，鼓掌！"随即李树发对上一调："石榴花开叶子齐，巧聚禄劝坐一席，如今党呢政策好，老倌学车不稀奇。"……他们喝着小酒，唱着小调，诉着情怀，酒足饭饱，宾馆休息。第二天，三个年轻人还想在城里玩耍玩耍，四个老倌心急带着学习材料返回了。

3. 张大财神勇过理论

报名回到家里，妻子王大花看着老伴儿得意的样子，问道："老倌，看你的样子，名报上了？像你这种老倌，人家让你学？"张大财说："井底之蛙，外面的水深着哩，谁说老倌不能学车，像我这种老倌去学车呢多球得很，光我们娜拥村就有好几个呢，其中就有我的朋友王二福，想不到吧？"王大花满脸的惊奇，嘴里念叨："啊么么，啊么么，老倌也让学车！这个世道真的变啰，变得让人整球不懂，整球不懂。"

这几天张大财忙得很，白天要和儿子一起为施工队准备建房材料、监督施工队为自家建新房，还要打理地里的农活儿，晚上赶紧吃完饭、洗把脸，就把自己关在卧室里研究学车理论。只念过初一就辍学在家的他，就连 A、B、C、D……的读音都还没整清楚，他看着这些有汉字又有英语的理论题，一会儿就弄得头皮发麻。这晚，他硬着脸皮去找儿子教他，可儿子说："我读书时最差的就是英语，老师上英语课，我都在看小说，咋个有法教你。"张大财气得上了火，骂道："啥球不懂，老子白供你读书！"在一旁坐着的儿媳妇李晓芳低着头不出声，张大财对儿媳说："大女儿，你格有法教爹？"儿媳李小芳说："嗯，我教你，"于是儿媳妇在前面念 A、B、C、D ——老公公在后跟着念 A、B、C、D ——只是每次念到"B"时，张大财就声音小小地念。这几晚，老公公跟儿媳妇学英语特别的用心，而不知实情的王大花心里却巴燎巴燎的，她心里琢磨，这个死老头儿一有空就往儿媳妇房里钻，是真的学习，还是对儿媳妇有点儿别的什么意思？转而又想是不是自己真的老了！反正她心里很乱、很躁，也很堵。她暗地里偷偷监视着老头子的行踪，只要老头子一进儿媳妇房，她就赶紧把耳朵紧紧地贴在墙上监听，墙那边是否有越轨的、不正常的声音发生。背地里王大花还多次提醒儿子："最近看好你媳妇！"儿子听后总是说："妈，你咋会这样神经，她在教我爸学英语呢，不要整天疑神疑鬼呢。"一周以后，张大财果然有了进步，儿媳妇都表扬他说："爹，你真厉害，快学会了。"王大花在一旁听着，心里有种酸酸甜甜的感觉。这晚，王大花看到丈夫紧锁的眉头总算舒展开来，脸上也露出了原有的自信，她的心情也跟着畅快起来，她刻意地把头发梳得滑溜溜的，洗了脸后，还在那沟沟坎坎的老脸上抹了雪花膏，特意地煮了一碗热乎乎的红糖姜汤鸡蛋，放在床头柜上，又烧了一盆热腾腾的洗脚水端进卧室，而后就坐在床上等自己的男人。张大财是个精明的人，一进卧室，就啥都明白了，他不动声色地抹脸、洗脚、吃鸡蛋，老伴儿很惬意地看着他，30 多年的夫妻生活，他们的情、他们的意早就融为一体了，这一晚老夫妻俩又涛声依旧，王大花的种种烦恼在夫妻恩爱中早已云消雾散。

4 月 3 日下午，张大财进城到了王大奎家，正在念高中的侄子王晓鹏在做作业，见到张大财，就迎上来喊"大姑爹"，张大财一面应着，一面从包里摸出一袋苹果递给王晓鹏，说："我是来拜师呢，想请侄子教我电脑，我要考学车理论。"王晓鹏说："好，大姑爹，我教你。"几个晚上，无论王晓鹏怎么示范，张大财操作键盘的指法总是不对，眼看就要考试了，王晓鹏只得教张大财"一指禅"，他让张大财握紧四指，用食指去点键盘上的一个个字母，这招还挺灵，张大财很快就学会在键盘上选 A、B、C、D 答题了，只是动作太慢。

4 月 8 日，是张大财他们考理论的日子，张大财、王二福及同村的李树发都安排在一个考场，还有几个不熟悉的老倌，其他都是些年轻人。主考官走上讲台，严肃地说："各位学员，大家好，考试要独立答题，不得交头接耳，不得……"由于紧张，张大财没有听清后面的话。他见别人开始做题，自己赶紧用"一指禅"奋力地操作电脑，选择答案。很多题他都似懂非懂，只能猜着答题，不到半个小时，因高度紧张，豆大的汗珠纷纷从他的额头上滚落，忽然，他看到键盘上的字母尽是些YY、BB、RRTT、AABBCCD……他出现了幻觉，他的"一指禅"也不灵了，往往点不到字母，张大财连忙用袖子擦了擦汗，再拍了拍脑袋，揉揉眼睛，闭目一分钟，键盘上的重影字母才逐渐消除，他赶紧接着答题。40分钟后，大多数年轻学员已经做完试卷，陆续走出考场。张大财一看自己才做了一半试题，更着急了，不觉中他站了起来，瞪大眼睛，高抬手指，一次次向键盘戳去，从脸上滴落的汗珠，把键盘都淋湿了。考官喊他坐下答题，他都没有听见，考官看他那投入的样子，也不再坚持，张大财独自站立答题，大有鹤立鸡群之势，其他学员看了面面相觑。考场里考生逐渐减少，主考官宣布时间到，考场里只剩下几个岁数大的考生，就连王二福都出去了，张大财很惋惜地停下答题，他还有三道小题没有做完，只得放弃，他想这次恐怕考砸了。

当晚，张大财回到家里，妻子王大花知道他考试不理想，就安慰他说："啊莫莫，怕毬那样，考不起，叫儿媳妇再好好呢教教你，再去考呗，我相信你能考过呢。"一个星期后，张大财接到电话，他的理论考过了，考分81分。张大财很意外，自己居然稀里糊涂地就考过了！他赶紧打电话问王二福考过了没有，王二福说只考得76分，还差4分，培训站已通知他准备补考，让他交200元的补考费，这个消息让张大财心里有些不安。

4.张大财传奇学驾驶

通过了理论考试，张大财对学车充满信心。这几天，他家的新房已经封顶了，建房的事，暂告一段落。他和儿子就经常去帮助村里其他贫困户建房，特别是贫困兜底户杨绍康老人一家建房用的砖、水泥、钢筋，大部分都是张大财带着妻子儿子帮忙运到工地的，老人特别感谢张大财一家。一有空，张大财就下地打理自家的两亩当归，当归苗是上级领导帮助他家落实的，他知道要管理好这两亩当归，这是他家今年重要的增收项目。一天晚上，王二福打电话告诉张大财，他的理论补考也过了，这个消息让张大财很高兴，他希望练车时有好朋友王二福做伴。

4月15日，张大财他们正式到县城学车。上午8时，禄劝第X汽车驾驶培训站大院内，齐刷刷站着一大排新学员，一名戴眼镜的站领导来到学员面前，一阵稍息、立正、向左转、向右转、报数，把张大财弄得头昏脑涨，他只记得自己报数是58，领导讲些什么，他一句没记住。报数完毕，领导开始点名，每次点五名学员出列，就有一名教练来带走学员。张大财终于听到叫自己的名字，还听见叫王二福，其他学员都出列了，张大财还待着不动，王二福转身向他招手，示意他出列，张大财方醒悟过来，他跳出列队，跑着去追王二福他们，滑稽的动作，惹得学员们一阵哄笑。他们五人刚站好，迎面来了一个威严的老头儿，身材高大，顶秃发少，眼小眉疏，50多岁样子。老头儿只说了一句"跟我走"，就转身离去，说话时，露出了他那颗金黄的大门牙。五个学员小心翼翼地跟在他身后，仿佛一只母鸡领走一群鸡仔。张大财在最后，他看到了五个学员中，除了自己和王二福，还有一位体态匀称的女学员，两个年轻的男学员。他们被老头儿教练带到培训站大院的另一边，那里停着许多车，教练发动一辆红色的车子，发出呜呜的响声，他示意学员们上车。教练开车出了大院，往北拐上了大路，不一会儿就来到练车场。教练让张大财他们围坐在练车场边的水泥凳上，做自我介绍，张大财第一个说："我叫张大财，52岁，家住茂山镇娜拥村委会领岗村。"接着王二福介绍："我叫王二福，50岁，跟老张是一个村委会的人，家住法门村。""我叫李一龙……"介绍完毕，教练说："今后你们的大师兄是张大财，二师兄是王二福，三师兄是李一龙，四师姐是杨爱平，小师弟是朱兴刚，以后要互相关心。这段时间，你们要在县里集中练车，每位学员都要做到：一、刻苦练车；二、遵守纪律；三、注意安全；四没有我的批准不得喝酒，记住了没有？"五位学员答："记住了。"教练自我介绍说："我姓范，叫范开古，大家叫我范师傅就行。"范师傅向张大财师兄弟介绍车子的大体结构，然后逐一教他们认识离合器、刹车、油门、方向盘等重要操作部件。上午11时，范师傅让张大财他们回住处吃饭、休息。下午2点，五位学员来到练车场等候师傅，范师傅一到就教他们学习挂挡。师傅讲了要领后，让学员轮流上车学习挂挡，教练在一旁指点，张大财学得很认真，别人练时，他也一直站在旁边看。晚上，5位师兄妹一起去饭店吃饭，按照师傅的要求没有喝酒，大家只顾吃饭，大师兄张大财打破沉默说："师弟师妹们饭慢慢呢吃，大家还是交流交流。"师妹杨爱平看了一眼大师兄问道："大师兄，今儿早上你咋会像一只呆鸟，不跟我们出列？是不是让美女勾了魂了？"张大财小声道："小师妹啊，人多黑压压，师哥已吓傻，点名没听见，只知58。"逗得师弟师妹全都笑了，小师弟朱兴刚说："大师兄，你还挺幽默呢嘛。"张大财说："我有哪样油墨，被老师踢出校门都40多年了，油墨早就干掉啰。"在大师兄与师弟妹的调侃中，他们吃过晚饭，回去休息。第二天、第三天师傅都让他们练习挂挡。第四天下午，师傅教他们开车，练习绕"8"字。终于可以握方向盘了，师兄弟们都很兴奋与期待，范师傅开着车示范了两次，就让徒弟们学开，谁也不敢先上，师傅点名叫朱兴刚上，朱兴刚开着车轻松地绕了两个"8"字，师傅示意他下车，接着杨爱平开车绕了三个"8"

字……大师兄张大财最后一个上车，他开着车晃晃悠悠地前进，师傅大声说："开快点儿！"大师兄一紧张，喔——一脚油门，车子冲了出去，吓得师傅和师弟们抱头鼠窜，车子压碎了两个塑料桩，冲到离围墙一米的地方停下！师傅回过神来大骂："咦，张大财，吓死老子了，你他妈的开飞机还是开火箭，你是不是把脚都伸油箱里了，下车！到那边反省去！你们这些老学员都吓人，上届老学员他妈的来个急刹车，把老子的门牙都撞飞了，你个张大财，差点把老子吓死啰……"师傅絮絮叨叨地骂了好一阵，才让学员们继续练车。第二天，师傅让师弟朱兴刚坐在副驾驶位上，指点着大师兄练习绕"8"字。其他师兄弟已经开始练习移库倒库了，师傅只让张大财在一旁观看学习。周末，其他师兄弟都休息了，师傅让小师弟朱兴刚带大师兄独自练习移库倒库。自从那次绕"8"字冲撞事件后，每次张大财练车，师傅都安排小师弟陪练，危险时，帮他踩脚刹车。这个周末，小师弟陪张大财练了一天的车，回到住处，王二福已经为张大财泡好了茶，他喝了两杯茶，感觉自己就像癞蛤蟆被牛踩，浑身上下到处都疼，就躺在床上休息，他对王二福说："老王，我们老倌学车确实不如年轻人，我们应该承认这个事实，但是我坚信，我们老年人学会开车没有问题，只是要多付出一些。"王二福道："是呢。"谈话中，张大财已呼呼睡去，他实在太累了。

4月25日一大早，范师傅带着张大财他们来到昆明市第Y汽车驾驶培训站库考，范师傅安排小师弟朱兴刚第一个上车考试，小师弟不负众望，顺利通过倒库移库考试，张大财主动向师傅要求第二个上车考试，师傅答应了他的请求。张大财胸有成竹地上了车，只见他全神贯注地驾驶着车子，左右调整，车子徐徐后退，没几分钟就把车倒进了库，然后进行移库，车子在大师兄的操作下，缓慢地左右移动着前进，从甲库慢慢移到乙库，就要成功了，师兄弟们正要鼓掌，"啪"的一声，出事了，只见车子摇摇晃晃地出了库，继续前进，眼看就要撞上墙了！这个突发状况，吓得师兄弟们目瞪口呆，师傅一个健步冲上去，一把拽开车门，钻进车里，一脚踩下副刹，车子咔嚓一声，停了下来。张大财慢慢地推开车门，悠悠地下了车，脸色煞白，两脚颤抖，嘴里念着："坏了，刹车断了，坏了，刹车断了。"师傅也下了车，他没有批评张大财，铁丧着脸说："刹车脚被张大财踩断了，你们回住处休息，下午再考。"下午，张大财和师弟们都顺利地通过了库考。

回禄劝休息两天，范师傅就带着张大财他们开始路练。经过一段时间的朝夕相处，师兄弟们都相互熟悉了，一上车大家都有说有笑。大师兄飙车后，就给他起绰号"大油桶"，踩断刹车后，又叫他"绝杀"，三师兄叫"李一虫"，四师妹叫"羊爱皮"，小师弟叫"猪心肺"。这天，范师傅带他们跑长途，目的地是楚雄，每人开10公里，范师傅坐在副驾驶位上眯着眼打盹儿，师兄弟们轮流开车，轮不到开的就聊天、嗑瓜子，车上气氛轻松、活跃。快到楚雄时轮到大师兄开车，在一段下坡路上，车子突然越溜越快，师兄弟们都吓得不知所措，小师弟朱兴刚提醒说："踩刹车，踩刹车。"大师兄说："刹车失灵了，踩不着！"小师弟又说："拉手刹，拉手刹。"大师兄反过右手一把抓住摆在手刹旁的一个啤酒瓶，咣喳——咣喳——咣喳——往上提，嘴里念着："啊咪——啊咪——啊咪——"师弟们在后面喊："抓错了——抓错了——"嘈杂声惊醒了师傅，他一脚把飞驰的车子刹住，对张大财说："要减速，你放着手刹不拉，捏着个啤酒瓶子整哪样？"张大财丢了瓶子，惊吓、害羞，脸都绿了。师傅让学员们下车，自己拿出工具检修刹车。晚上，五徒弟和师傅住在楚雄州城一家宾馆，吃饭时，范师傅喝了两大杯酒，学员照例不得喝酒，范师傅不和徒弟们说话，只顾自己喝酒吃饭，师兄弟们有些压抑，草草吃完饭就散席了。回到住处，师兄弟五人对吃饭、住宿钱、师傅的烟酒钱进行了"AA制"分摊。第二天范师傅带着五个徒弟从楚雄一路练车回到禄劝，范师傅说："时间还早，先到饭店里喝点茶，休息休息。"于是张大财和师弟们找了一家清静的饭店请师父喝茶，喝完茶，饭菜自然已经上齐了，还照例给师傅点了烟酒，请师傅上座，吃饭。席散，师傅走了，徒弟们进行了"AA制"。休息一天后，范师傅把张大财他们召集到练车场，宣布说："今天你们自己在练车场上练习转圈、停车、起步，明天继续路练；我的鼻炎发了，闻不得任何怪气味，明天上路任何人不得抽烟，不得喷香水、不得擦雪花膏等。"交代完毕，师傅就回家休息去了。第二天一大早，范师傅就带着学员们上路了，范师傅说："今天的路线是从禄劝到禄丰，而后再返回禄劝，你们安排轮流驾驶。"安排完毕，他就缩着脖子，捂着鼻子，靠坐在副驾位上，一言不发。于是小师弟朱兴刚第一个驾车上了路，轮到小师妹杨爱平驾车时，范师傅突然来了精神头，他突然斜过身子、伸长脖子，对着小师妹吸了吸鼻子，然后把头扭朝一边，如发情的公牛。没走多远，就听"阿嚏"一声，接着范师傅就骂开了："停车，停车！赶快停车，挨老子找牙！我这个牙是镶金子呢，贵得很！"车子在制动中向前行驶大约8米，戛然停下，惯性让师徒们猛然前倾，好在有惊无险，都没受伤。缓过神来，师徒6人立即下车，徒弟们也发现，师傅那颗金黄的大门牙不见了，师傅愤愤地说："我的真门牙被你们的上届师哥一脚急刹撞掉了，这颗金牙是新装上的，刚才一个喷嚏打飞了，今天必须找到！"于是师徒6人开始找牙，他们在10多米长的公路上及公路左右两旁，拉开阵势，兵分六路，全方位地、地毯式地、立体式地展开搜索，他们上树的上树，钻草棵的钻草棵，下水塘的下水塘，扒石头缝的扒石头缝，仔细搜寻，决不允许放过任何可疑的地方，找了 250 秒，小师弟朱兴刚终于在一棵树上，找到了这枚黄灿灿的大金牙，仔细观察，发现这枚金牙连续刺穿两片树叶，刺第三片时，因动力不足，卡在树叶上。小师弟小心翼翼地取下金牙，呈给师傅。师傅戴上金牙，转过身来，就骂开了："杨爱平！你今天到底擦了什么鬼东西？你一开车，老子就觉得不对劲。"杨爱平吓傻了，赶紧说："我，我喷了点儿香水。"范师傅怒道："香水！我就知道，你是一个爱臭美的女人，老子昨天说的话，不当你放个风凉屁，再这样下去，就滚蛋，老子不教你这样的学员……"直骂得杨爱平低头哭泣，范师傅才罢休。师傅心情不好，还没到禄丰城就让张大财他们返回，中午，在路上只吃了点儿干粮，喝点儿矿泉水，晚上到禄劝县城就一起去吃饭。杨爱平一直待在车上，没有下车吃饭，师傅也不搭理她，大师兄张大财去喊她吃饭，她也不来。晚上张大财买了一些糕点、牛奶带着其他师弟去杨爱平住处安慰她，张大财说："师妹，师傅是个孤僻的人，他脾气不好，你也不必太难过，生气伤你的身体，不值得。"其他师兄弟也说了一些劝慰的话，见杨爱平情绪缓过来一些，师兄弟们才散去。

5 月 6 日，是张大财和师兄弟们到昆明路考的日子，他们离胜利只有一步之遥了。5 日，师傅停止了路练，让张大财他们做好上昆明考试的准备，并告诉他们，按禄劝 X 汽车驾驶培训站的要求，每个学员要交 400 元的考试费，他们解释说，要用这些钱去昆明市 Y 汽车驾驶培训站打点、疏通，不然的话，他们谁也通不过考试！这件事还不得外传，让他们心里有数就行了。范师傅走后，张大财怒道："该交的钱都已交了，还要交这份什么考试疏通费，我老张活偌大岁数，从来没听说过，今天算是大开眼界了，对我们贫困户也下手，在野鸡脚杆上刮肉，培训站真有能耐！要不是为家里找一条出路，才不来受罪！"师弟们心里也憋气，认为这钱收得蹊跷，但听说每届学员都交考试费，也就忍了。6 日，师傅带着张大财师兄弟一大早就到了昆明市第 Y 汽车驾驶培训站，前来考试的学员非常多，师傅一停下车就去和培训站领导协调去了，张大财他们只得候着。上午 11 点，终于轮到张大财他们上路考试，师傅带他们上了一辆考试车，副驾驶位上端坐着主考官，铁青着脸，仿佛学员们差他的钱不还，师傅和学员们坐在后面。小师弟朱兴刚第一个路考，主考官说："开始"，小师弟沉稳地启动车子，到了红灯路口平稳停下，而后启动继续前进，主考官叫停车，换下一位。三师兄李一龙、二师兄王二福逐一按主考官的要求顺利驾驶。师姐杨爱平考时，上坡起步车轮往后滑了一点，主考官示意她继续驾驶。大师兄张大财最后一个路考，车子正上坡时，突然遇到一辆马车，张大财想超车，发现道路狭窄，不敢超，眼看车子就要追尾马车，张大财刹车减速，嘭的一声，车子熄火了！主考官一言不发，张大财颤抖着发动车子晃晃悠悠地继续前进，主考官大声说："停车！"张大财一紧张，嘭！一脚急刹，主考官和师傅师弟们来了个集体大磕头。主考官说："老师傅，你真行，我们都五体投地了！麻烦你老人家去后面休息，让你师傅把车开回去。"张大财窘得赶紧拉开车门，立即逃离那个让他如坐针毡的位子。在昆明吃过中午饭，范师傅驾车带着徒弟们回到禄劝。师傅说："试考完了，回家休息，等待结果。"回家后的第三天，张大财接到师傅的电话，说他和师妹都没有考过！其他师弟都过了，张大财沉静片刻后，先逐一打电话给师弟，祝贺他们顺利过关，最后打电话安慰小师妹说："考不过，再补考，有大师兄陪你，怕哪样。"

5月12日，张大财接到师傅通知，赶到县城，按师傅吩咐，先去培训站交了300元的补考费，然后去练车，小师妹也在车上，还有两个上批没有考过的学员，师傅说："你们是两批落考的学员，要抓紧时间，好好练车，争取这次考过。"张大财心里空荡荡的，他怕这次又考不过，怎么办？还好，有师傅在，小师妹在，他心里多少有点儿安慰，他暗下决心，为了家庭，为了梦想，这次一定要考过！几天来，他练车比谁都认真，他总是向师傅争取多开一段路程。在练车场上，别人都练累了，休息了，他还在坚持练车。师弟们听说大师兄、师姐19日要上昆明补考，18日下午就来看望他们，一起吃过晚饭后，就开着车带大师兄和师姐去练车，小师弟朱兴刚坐在副驾驶位上认真指点大师兄和师姐开车，直到天黑才回城。

5月19日，范师傅再次带着张大财师兄妹和其他两个学员去昆明市第Y汽车驾驶培训站补考。这一次，范师傅让张大财第一个路考，主考官是个年轻人，不到30岁的样子，态度和蔼，一上路，考官就一直看着张大财开车，张大财平稳地起步，然后加速，踩下离合器，挂二挡，加速，挂三挡，到红灯路口减速停车，然后再启动前进，加速、挂挡、超车，一气呵成。主考官说："好，停车，真不愧叫大财。"第二个考试的是小师妹杨爱平，这一次，她也考得很顺利，不到半个小时，4名学员就顺利完成路考。

今天范师傅显得很满意，徒弟们给他挣了脸。考试一结束，他就开车带着徒弟们去餐厅吃饭，并点名让张大财陪他喝酒，张大财敬了师傅好几杯酒，直到自己头晕才停下，吃完饭，张大财付了全部饭钱，他说他早就想请师傅、师妹吃顿饭，今天终于有了机会。返回禄劝时，由小师妹杨爱平驾车，师傅在一旁指点着。回到禄劝，张大财和师傅分别后，就赶紧去送小师妹上车，他特意买了一些水果、糕点给小师妹，几个月的朝夕相处，这个50多岁的老汉子，对年轻漂亮、善解人意的小师妹有种说不出的感觉，他把小师妹送上车，说道："小师妹，记住我的电话，要保持联系。"说完转身就走，这位资深的老伙子，觉得自己的心跳得像打鼓一样！小师妹赶紧扒开车窗，伸出头喊道："大师兄，等一下。"张大财转过身来，呆愣愣地站着，小师妹飞快地跑下车，把一个精致的烟斗塞给他，转身又飞快地跑回车上去了，仿佛被魔鬼追赶。张大财木桩似的站在原地，手里握着小师妹送的烟斗，一言不发，过了好一会儿，才愣腾腾地走了，小师妹一直在车窗里看着大师兄魁梧的身影消失在人群里。这对共同历经学车坎坷、磨难的师兄妹心里都揣着一个魔鬼匆匆地分别了，他们是否还能再相见，谁也说不清。

回家的第二天，张大财就接到他和小师妹都通过路考的喜讯！一周后，张大财终于收到了师傅寄来的驾驶证，张大财凝视着这本珍贵的驾驶证，仿佛在晨曦中看到一缕致富的曙光，从此，他将走上一条陌生的充满艰辛的脱贫之路。

# 外公的年代

周 燕

慢慢地我才知道，一个人的一辈子像庄稼一样，不论丰收或歉收，当季节来临，他总会在浩瀚的时间里结束。外公在我的记忆里比路人甲多一些分量，也许是因为血缘的牵扯，总是在微弱的记忆里浮现。

外公生于1913年，他去世时我还没有上学，但已隐约记得他的样子：扁扁的脸，走路时微弓着身，衣服又旧又脏，头上常年裹着的白帕子只看得出一点点原色，爱披一件褂子。后来我才知道，那褂子是他用几条氮素口袋缝补而成的。衣服奇怪：三角钱一尺的白布买七尺，再用几分钱的色素染成黑色或蓝色，够做一件衣服。色料差，一入水就变得面目全非。外公总是穿草鞋，所以他的脚常年都布满血口子。

外公一个人住着一间小茅屋，屋子很窄，他一个人做饭吃，柴火的熏染使他的小屋一天比一天暗沉，小小的油灯怎么也无法照亮每个角落。屋里很乱，柴草遍地都是，床铺简陋而陈旧，没有被子，就睡在乱七八糟的各种袋子中间。小屋里干净整洁的一块地方是供桌。外公信佛，每逢初一、十五，二、六、九月他都吃素。供桌上有一个小小的香炉，香火长年不断，香炉旁是一盏油灯，夜晚，油灯既照亮佛又为外公的小屋带来光明。油灯用的是煤油（水火油），特别臭，但很便宜，几毛钱能买一公斤，但外公依旧经常买不起，买不起又不能不用灯，怎么办？从松树根上找来松香，放到碗里点燃！小屋里总散发着一股沉重而黯然的气息，像他的主人一样，在时代的浪潮里起伏，死不了，也活不好。

外公有两个儿子和一个女儿，加上外婆与前夫的儿子，一家六口人要养活，而外公并不是能干的人，他的规划总是偏离预期，日子沉得叫人喘不过气，但他从不妥协。生产队靠工分吃饭，为了使众人归心，队里明确规定：任何人不能挖"小片地"，外公没有对抗之心，却固执地认为挖一点点不会有问题。小村后方的荒山，这里被他挖成一块地，那里也被他挖成一块地。土地贫瘠，根本种不出好庄稼，却害得一大家人一年的粮食仅分到六十六公斤玉米……

母亲说，那时太穷了，什么都没有，吃了上顿没有下顿，同村的二爷爷经常抬着小锅满村子去讨。隔着几十年的距离，我能看见那些无奈在时间的河里翻腾，那些气息越过岁月的辙印，落在眼波里，墨一样散开。母亲年轻时，为吃饭而奔波稳居第一。自十五岁起，她便与外公或者其他村人一起长途跋涉，去新村卖柴草，然后买红薯养活一家人。每天很早就起床，上山抓松针，采"松阳果"（松树上结的果实，可当柴烧），下午和晚上就把松针用"扭弓"扭成草结。选一根石榴枝砍下来，枝条末端必须有粗些的节，用来固定竹筒，削光滑后放到火上烤热，双手用力压弯，把备好的竹筒套上去，由节固定，再用细绳子一边绑住细那端的端口，另一边绑住竹筒端，"扭弓"就做好了。然后母亲手握"扭弓"的竹筒端，勾住外公手中的松针向右旋转，一直重复，觉得长度差不多了，外公左手握着中间段对折，"纽弓"一放便扭成了一个草结。大概二十五个草结能捆成一捆，有七公斤，背到二十公里外的新村城区可以卖二角五分。母亲背得动四捆，卖得一块钱，买八分一公斤的红薯十公斤，剩下的两角吃午饭，但大多时候舍不得吃，存下来急用。背着十公斤红薯，心里总算踏实了些，一家人的晚餐有着落了。

母亲卖的钱买红薯养家，外公和两个儿子的就存下来作其他用途。外公经常一天来回两转，凌晨四点出门，把柴背到小新村卖了，不吃东西就打转，回家吃完午饭，带上两个儿子再上街一趟。家里用钱的地方太多，没多余的钱买午饭吃，就带上小锅，街上最便宜的两掺苞谷面（发霉的和好的混合），花一角五分能买到半公斤，卖完后走到大白河就歇下来搭灶搅坨饭：往锅里装入半锅水，煮沸以后，把玉米面倒进去用筷子搅动，等结成块就熟了，一人一块，边走边吃。爬完三江口大坡到坝塘大约要一个小时，再走一段缓坡路，回到家七点左右，弄点儿红薯吃，如此便过完了一天。卖的钱主要存着给舅舅们娶媳妇。当时虽穷，但娶个媳妇需买全套银首饰：手镯、胎针（绾好发髻后包裹用）、簪子等。

母亲说，穷是无处不在的东西，空气似的，只要还活着就得面对。老祖去世时，外婆把家里仅有的九角钱拿去买了三刀纸，烧这次纸的代价是当天晚上家里没有任何吃的，一家人饿了一晚。第二天，母亲早早出门去卖柴……生活的车轮继续转动，丁点儿迟疑都没有。

外婆生下小舅三天后就背起竹篓，开始找柴、扭草结的日子，因为舅舅要娶媳妇了，外婆非常拼，扭草结两天坏一双帆布手套。工分永远不够吃饭。那么个小村子，那么多人，他们在浩浩荡荡的时代里孤单地面对自己的生活，有些人没能扛过一日三餐和病痛的折磨，早早离世。外公是幸运的人，他活了七十七岁，上天善待了他，却终究没有让他认识小康，见证现代生活的进步。他一出生就穷，穷，局限了他的一生，他花了一生的时间来活着，最终没来得及过上几天好日子，难过这么浓，却说不清楚到底是什么。

外公的岁月就这么在苦涩的时代里一点一点漏掉，渐渐老去的他始终坚持一个人过自己的日子。七十岁以后，他的腿脚不好了，上街一次特别不容易。有一次，他砍好一捆木柴，让母亲帮他带去卖，卖得的钱打二两五香油，母亲很晚才回家，给他送去一公斤的一瓶香油和一包面条，外公非常高兴，脸上的皱纹在笑里花似的盛开，母亲说能让外公笑得那么开心的事不多。他总沉默地在生活的河里以自己的速度前行，为了让一家人活下去，他想尽了一切办法。

他常带母亲去摘石根。石根就长在石头上，味道有点儿苦，吃起来脆脆的，摘回去后用沸水煮一下，再用清水浸泡几天，去除苦涩味后用石磨碾碎，掺入玉米面里蒸来吃，那时想吃一餐玉米饭是绝无可能的，不掺入石根也一定要掺入红薯丁：把红薯煮熟切片晒干，然后蒸熟切成丁。一锅饭其实大半以上还是红薯丁或者石根。母亲说每顿吃的饭总觉得能喂一头牛，但不论吃多少，总饿得特别快。缺少油水的生活又苦又涩，又忙又累！

包产到户后，生活好了许多，起码能吃饱了。外公脾气依旧很怪，他一如既往地不剪指甲、趾甲，外婆给他做的鞋子，他穿着不舒服，就用镰刀从前端划开，露出脚趾才算圆满。大舅为他做的衣服袖口窄，他用镰刀削去一段，穿半截，他从不在乎别人怎么看。

日子依旧艰难，外公依旧一个人孤单地守着他的小屋。他爱吃羊脚，每过一段时间就要去卖一次草结，然后五分钱一只的羊脚要买上十来只背回家。他视力不好，经常煮熟了还残留许多毛。有一次他喊父亲去吃，父亲一看觉得心酸，从那以后，每次外公买羊脚回来，父亲都要放下手中的活计去帮他收拾，把毛处理得干干净净，外公特别开心，笑得像小孩。他说，共产党好呀，生活会越来越好的。

外公会算命，好多事他都算得到，他说生活会变好，家里的每一个人都信。周围村庄的人家娶妻、丧葬都会找外公算日子，外公总是乐呵呵地帮助人家，从来不敢试，因为他用自己的儿子试过。

大舅结婚那天，外公算到那天是"北虎执睡"，不能"动响器"，就是不能吹唢呐、放鞭炮，外公说问题不大，可以试试看，只要大舅那天不要搬重的东西便没事。吹吹打打，眼看天黑了，然而意外还是来了：当天晚上，同村的杨家因点油灯不慎失火，火舌窜上茅屋，瞬间就火光漫天。全村人一起救火，大舅为了抢救半锅未出缸的腌腊肉，导致左手食指、中指、无名指同时折断，如今他的三根手指都不能弯曲。

　　记忆中，外公在我家的样子都是在烤火。他坐在小方凳上，双手靠近火，有时打瞌睡，有时絮絮叨叨说什么。他的手又黑又粗糙，布满裂痕，指甲长得像野人，如同年代久远的树，连树皮都透着年代感。寒冷的冬天烤一天火，吃完晚饭后，父亲会挑一个柴疙瘩给他，他总是很开心地扛回家。

　　有些人无忧无虑就把一生过完了，他甚至不知道世界上有饥饿，不知道有那么些人在生存的面前那般渺小，那般低微。漫长岁月，悠悠人世间生老病死常有，我站在外公的生活外面，听母亲说他的一生，听到泪流满面。外公的年代已经在饥饿里流逝，外公的生命是靠柴草支撑的，如今他的村庄已经空置，人们携老扶幼搬入了楼房。村庄周围的松树林非常茂盛，地上铺着厚厚的松针，树上结满松果，却再也没有人去收集、采摘，人们的日子过得富足、安心。外公的年代就这样埋葬在历史的尘埃里，每次听母亲说起过往，心里总是一边难过一边感叹，当祖国七十周年国庆的乐声响起，我深切地感受到身体里血液在沸腾，眼眶在发热！外公，您是否想过日子能走到今天这种随心所欲的程度，并且还将继续往更好的方向发展呢？

# 扶贫路上的你我他

张学芬

## 你

你是一名大学生。暑假里，你给我来电话，告诉我你找到工作了，你说你是我们资助过的学生，问我还记不记得你。哦，怎么会记不得呢？当年考上四川大学的你，一边是考上重点大学的欣喜，一边却是家庭贫困的忧虑。在一筹莫展的时候，农行向你伸出了援助的手，5000 元的爱心助学款，帮助你及时顺利地入了学。懂得感恩的你，在大学期间，每年都写来滚烫的感谢信，在处理公务给你回信的几年时间里，我们成为朋友，很好的朋友。你，是一名女大学生，一名农行资助过的贫困大学生。

你是一位建档立卡贫困家庭的老人。多日连续的暴雨过后，为及时了解农户的受灾情况，我们走进了你的家，在给你们送去大米和食用油的时候，你正生着病。扶贫的工作人员，从自己的包里拿出几百元钱，送给了你。你说非亲非故的人，还这样惦记和牵挂着你们，真是过意不去。走的时候，你用混浊的含泪的目光，把我们在大雨中送出了很远很远。你，是一名农村老人，一名朴实得不会说过多感谢的老人。

你是一名农村妇女，丈夫去世，孩子读书，自己多病，多年的贫困，让你承受着不能承受的重和痛。还好，在村委会及多方的资助下，新房子建盖起来了。新建的房子，通电这事对一个女人来说却是个难题。你怯怯地把困难讲了出来，挂钩的工作人员，多次到电力部门沟通协调，为你解决了用电问题。你说其实你只是说说而已，根本没想到能解决得如此干脆利落。你，是一名农村妇女，一名扛着家庭重担的农村妇女。

你是一名养殖合作社的负责人，当我们走进你的养殖场，看到的是满山奔跑的土鸡，那些母鸡才生下的温热的鸡蛋，还有散发着淡淡清香的松树林。你说，养鸡场是由市里单位赞助，群众入股建起来的。山里无污染的水源空气和粮食，放养出来的土鸡土猪供不应求，你将把握住大好的惠农政策，扩大养殖规模，推广本地纯苗族村放养的土鸡土猪，带动本村村民脱贫致富奔小康。你，是一名中年男子，一名腼腆憨厚的苗族男子。

你刚刚引进一台设备，每天可以烘烤 70 吨新鲜辣椒的设备。在寻甸宏绿辣椒种植专业合作社，我们第一次见识了什么是工业辣椒，第一次被只是沾在嘴唇上一点点的辣椒辣得大汗淋漓气喘吁吁。寻甸宏绿辣椒种植专业合作社由甸沙红果树、海尾和兴隆三个党总支发起，2016 年成立，2017 年种植工业辣椒 2660 亩。按照每亩 4000 元的纯收入，已有 176 户农户种植，种好的工业辣椒，由合作社统一回购、销售。带动周边村民过上辣椒一样红红火火的日子，是你最大的心愿。你，是一名合作社的带头人。

你，你们，是一群正在努力脱贫或带领脱贫的人。

## 我

说不上是第几次来甸沙了，记不得在甸沙这条曲折的山路上，晕车呕吐过几回了。也许是和甸沙有缘，今日的扶贫采风点是甸沙乡，中国农业银行云南省分行营业部的挂钩扶贫点是甸沙乡麦地心村委会。我这名普通的工作者，随同单位在扶贫的路上来来回回地跑了很多趟，亲眼见证了很多故事。

从 2007 年到 2011 年，寻甸农行资助了 20 万元爱心助学款，帮助本县 40 名贫困大学生圆了大学梦；2011 年捐款 4 万多元，对易隆村委会捐赠抽水机具，为其实现了自来水"户户通"工程；2012 年，到寻甸县六哨乡，向学生捐赠了棉被 1000 床、书籍 2900 册、衣物 1110 件；2013 年，为帮助六哨乡解决公路通达问题，向上级行反映情况并争取到 20 万元资金；2014 年、2015 年、2016 年，寻甸农行每年都组织员工捐款捐物、资助大学生，购买化肥，到挂钩扶贫点支持春耕生产……

2016 年 11 月 11 日，在寻甸县举行的朝阳区人大、昆明市人大帮扶寻甸县决战脱贫摘帽启动仪式会上，中国农业银行云南省分行营业部与寻甸县签订了脱贫攻坚战略合作协议，正式标志着中国农业银行将积极做好扶贫开发金融服务，充分发挥产品、网络、网点优势，担负起大行的社会责任，协助政府打赢脱贫攻坚这场硬仗。

协议签订后，中国农业银行云南省分行营业部多位领导，多次到甸沙乡麦地心村挂钩扶贫点李应波等 10 户农户家走访慰问。从农户的家庭成员构成、身体健康状况、农作物种植到牲畜的养殖进行详细的询问了解，然后就每家的实际情况帮助分析贫困原因和就如何脱贫出谋划策。并鼓励农户要树立信心，多动脑筋、勤劳肯干，早日过上好日子。

在走访帮扶过程中，了解到甸沙乡沙必朗村还没有村民活动室，村民办红白喜事极为不便后，营业部通过预算，筹措了 15 万余元资金，于 2017 年 1 月帮助完成了沙必朗村活动室的建盖。对活动室进行了餐厅、厨房新建，对院内 525 平方米地面进行硬化并购置 40 套桌椅，1 个锅炉、10 个大盆、10 口大锅、40 桌的锅碗瓢盆等餐桌用具，400 余套相应配套设施。

在了解到麦地心村委会大力发展泡核桃种植，现核桃已经挂果。为帮助村民脱贫，村委会计划新建核桃加工厂，新盖厂房、购买新鲜核桃脱皮清洗一体机及烘干机。在厂房建设及设备购置中，资金缺乏。农行经过查看考证，营业部筹措资金 10 万元，寻甸支行筹措资金 5 万元，全力支持该核桃加工厂的建设。

我们的行长及挂钩人员，每半个月就到挂钩扶贫点挨家逐户地跑一个遍，有时是送去物资，有时是去了解情况，更多的时候是送去外面的思想和意识，孩子的教育、老人的赡养、经济收入分析、家庭矛盾调解……还有，还有农行的关爱和温暖。

我们作家协会，在寻甸的山间野地穿梭，一路的颠簸一路的采风，只为了发现大美寻甸的美，只为了用手中的笔，记录下扶贫路上一路的温暖和感动。

我，我们，是一群在脱贫路上奔走的人。

### 他

他带领着我们全村一户一户地走访，边走边向我们介绍着村里的情况。张家媳妇摔伤了、李家儿子考上大学了、王家的烤烟出炉了、赵家出现了返贫迹象……说着这些事情的时候，他就像是对自己的家事一样了如指掌滔滔不绝。可当说到为了村里的工作，自己整日东家串西家走，整日忙忙碌碌，家里的劳作都丢给老婆和家人的时候，这位村主任不好意思地笑了笑。他，是一位最基层的村委会支书。

他陪着我们跑了一天，整整一天。他带我们参观了甸沙乡建设中的草海子纯苗族村、正在扩建的学校、硕果累累的泡核桃、压满枝头的脆柿，还有那些烤得焦黄的烤烟……他向我们介绍，未来的甸沙乡，将利用地方特色优势，打造苏撒坡彝族、草海子苗族文化，将利用民族文化来带动旅游业的发展；甸沙乡已征得土地30多亩，用于扩建学校，扶贫的根本得从教育抓起，甸沙乡已经连续四年取得中考成绩全县第一的好成绩；泡核桃已引进剥壳设备；脆柿已上架我县最大的超市……他，是一位副乡长，一位最基层的副乡长。

偶遇她，也是在甸沙，在麦地心村委会。这位机关女干部，一个美丽优雅的女子，变得有些黑瘦，她一身朴素地在村委会忙碌着。来来往往的村民，都在和她打招呼。因是昔日朋友，开玩笑说她人缘咋这么好。她说，作为驻村队员，长时间生活在村子里，大家就都认识了。那些年轻的小媳妇，会来和她说说悄悄话；村里的孩子们，喜欢跑来和她玩；那些大爹大妈，也会亲切地称她为闺女。她说，挺好的，和这些村民在一起，在日常生活中，思想工作做了，人与人之间的距离近了。只是苦了自己的孩子，只能交代临近毕业高三的儿子，一切得靠自己了。她，是一名驻村干部，一名美丽的驻村女干部。

他在主席台上讲话，我们坐在台下聆听。在全县扶贫攻坚动员会议上，他说历史的重任落在了肩上，能赶上这大好的时机大好的政策，能为农村基础设施建设及改善老百姓的生活做这么多实实在在的事情，想想这些就觉得激动，就觉得再苦再累都是值得的。他的动员讲话，让台下的我们也跟着激动也感觉全身充满了力量。这位声音洪亮略带磁性，普通话说得很好的人，他，是县长。

他在创意云南2017年文化产业博览会寻甸展馆前大声吆喝，他在为寻甸的彩绘洋芋做宣传讲解。"文化创造财富，艺术提升价值，在脱贫的路上，文化是必须的支撑。"他的讲解，吸引了大批的客人，寻甸一个个普普通通的洋芋，经过农民画家的手，摇身一变，变成了美丽的原生态工艺品。这种贴上文化标签的洋芋，将寻甸的洋芋以全新的姿态出现在大家面前。他的吆喝，他的讲解，还有这文化的创意，让寻甸的洋芋，成了文博会上一道亮丽的风景。这位敬业卖力的讲解员，他，是县委书记。

他，他们，是扶贫路上的主力军。

在扶贫的路上，有你、有我、有他，有你们、我们还有他们，有这么多为了脱贫而努力的人，有这么多为了脱贫而奔忙的人，脱贫的路，应是越来越近了。

# 漫漫帮扶路

李绍芬

## 春风吹过家园

2015 年，我从那个村子经过的时候，那户人家房子的屋脊像骆驼的一样，院里杂草丛生，我以为是没人住的。2016 年，新纳入，我看到名字的时候，不知道就是那户房子屋脊像骆驼脊背的人家。第一次走访，我看到一个精神萎靡、头发脏乱、胡子拉碴的中年男人从厨房钻出来，坐下，了解相关情况。正逢雨天，雨滴从房顶漏下来淋在我的走访记录本上。几缕亮光从墙体的裂缝中钻进来。

我劳动力弱、我穷、我媳妇看不起我，跟着别人跑了，叫几回都叫不回来。他唯唯诺诺地说。

我盯着他的眼，他眼神呆滞，没有一丝光亮。

放眼环顾四周，整个破败小院里，除了他，没有一个活物，两个孩子在学校读书。

打开他的卧室门，地上的垃圾堆得能埋了我的脚。看着这个心灰意冷的男人，心里沉重得像压了一块铅，我拿什么来帮扶这个贫困户？

向左邻右舍打听，别人说，这个儿子就是懒，人倒老实。

危房，他居然不愿意修建房屋。

再次到他家做思想工作，他低着头，两个小孩的眼神充满惊慌，像受到惊吓的两只小鹿。

你为什么要劳动力弱、你为什么要穷？哪个女人会愿意跟着一个让自己一辈子过不上好日子的又懒又穷的男人？如果你是女人，你愿意吗？

他低着头，我生病。痨病。

你真的是有痨病，懒病也是一种痨病。

现在你媳妇嫌弃你跑了，再过几年，你的孩子长大，同样不会尊敬一个又懒又穷的父亲。同样不会爱这个破败毫无希望的家。

在农村，懒是没有出路的。

我几乎是气急败坏地丢下这些话，恨铁不成钢。

村小组干部、村委会干部、乡镇干部轮番上阵，他终于同意修缮加固房子。

房子修缮加固好，我突然发现，这个苦瓜一样的男人居然会笑啊，对我的称呼也从领导变为大姐了，也不知道为什么，我们的建档立卡贫困户把帮扶干部称呼为领导。两个小鹿一样惊慌的孩子不害怕我了。

院里的杂草不见了，有了成群的鸡，圈里，有五六头可以出栏的猪。

给他点儿钱让他去买个衣柜，同行的同事说，这钱，怕是肉包子打狗，他不会去买东西的。但是，两年的相处，我相信他，看人看一个人的本质，我相信我是有这个能力的。

第二天，他打电话来，大姐，我想买个碗柜，衣柜以后买，孩子要开学了，需要用钱的地方多。

行，买什么买一样回去就行。

我觉得欣慰，他知道孩子读书是大事，有了生活的目标，日子总算有奔头了。

不怕穷，不怕困难，就怕一辈子没志气，就怕一辈子萎靡不振。

有两户人家从不曾麻烦过我，如果去走访，要提前打电话，不然是不会待在家里面闲着的，他们的共同点，用通俗一点儿的话来说就是能吃苦，家庭和睦，男女主人一心为儿女的将来打算，一户在纳入建档立卡户之前，是因为两个孩子一个读大专、一个读中专，因学致贫。到去年，户主说，李妹子，你别管我们了，以前是因为娃娃读书嘛困难，现在不困难了，没负担了，不累赘你们了。女主人是个麻利勤快的人，家里收拾得整洁干净，拿个玻璃杯子出来都是亮晃晃的，李妹子，进村来就来家里吃饭。他经常这样说，有时走访遇到特别奇葩的人窝了一肚子的火，走到他家，看到他们的精神面貌和越来越红火的日子，内心的气就没了，或喝一杯水，或喝一杯酒，或一起吃顿饭，内心都特别宁静，中国农民的本色就应该这样，勤劳、朴实、善良、厚道，充满感恩。

## 山外面的人

小翠，初听到这个名字，我想起聊斋故事里的那个报恩的小狐狸，幻化成美丽、古灵精怪、有着法力的女孩。

事实上，小翠只是两个有智力障碍的人结合在一起的产物。小翠的奶奶给有点儿傻的儿子找了一个更傻的媳妇，她从来到世间，就注定是一个折翼的天使。

她不是我的贫困户，是我同事挂的，我们6个人进她家小院的时候，斜阳正洒满整个小院，一个14岁左右、头发乌黑的小女孩从台阶上冲下来，紧紧地抱着我的胳膊，我错愕之际，一个苍老、疲惫的女人也跌跌撞撞从台阶上下来，嘴里叫着女孩的名字，试图把她拉开。从她焦灼、难为情的眼神里，我瞬间明白发生了什么，不再惊惶地挣脱，用没被她抱着的那只手握着她的手腕，顺着她走，她把我拉到厦子上。

那个焦灼的女人就是小翠的奶奶。这个抱住我的孩子就是小翠。奶奶一再道歉，说不知道小翠今天为什么会这样，平时来人就躲一旁看着，从不吭声，非常怕生。

拉着她坐在凳子上，问她是不是见过我，她的黑漆漆的眼珠直直地盯着我，像婴儿的眼睛，充满了喜悦，说见过的。

那天我穿了一件短袖衣服，她一直反反复复地抚摩我的手，轻柔，充满爱意。我手背是青筋毕露。我问她有没有读书，她说她每天都找猪食。我没办法告诉她要好好念书，我怕和她说这话雷有一天会劈我。看着她黝黑的手，告诉她她的手很好看，她头发也很好，只是要记得每天都把头发梳理整齐，每天早上起来要把脸洗得干干净净，晚上睡觉也要洗脸洗脚。

我说这些的时候，她一下盯着我的脸看，一下盯着我的耳环看，我看一下她的耳朵，原来是有耳洞的。我犹豫了一下，没有把戴着的耳环取下给她。

我告诉她，下次，我会带耳环、手链，还有许多配饰给她。她听懂了，问我下次是什么时候。我说很快。

走时，她一直说要记得手链，我不知道她为什么记挂手链。正在我疑惑之际，一条不知是从哪儿钻出来的狗冲我们龇牙咧嘴地咬。小翠，她像飞一样地跑到狗面前，紧紧地抱住狗脖子，重复骂狗是不是瞎了眼。

走了很远，心里还是沉甸甸的。她的生活，又岂是我们能改变的？

回家，从盒子里挑出许多配饰装好，其中有一条手链是碧绿色的，多年前我戴过，我觉得现在给小翠正好。

春暖大地——昆明地区优秀扶贫作品选辑

我托人把这些东西带给小翠，让带去的人对小翠说，这是山那边一个惦记她的人带给她的，只是，这个人，以后不会再来了。

我无能为力，我只能做到不打扰，让小翠继续做那座山中的精灵。

**我要做你的贫困户**

"我不做你的红颜，不做你的知己，不做你的爱人，不做你的任何人，我宁愿做你的贫困户。那样的话你会经常来看我，照顾我是你的责任，我还可以见到你的各级领导，你会每时每刻惦记我，你会给我送来礼物送来温暖，你会给我送来技术送来钱，只要我一不高兴我就说'不满意'，一不高兴就说'不清楚'，一不高兴就说'不知道'，自然有人帮我收拾你。我要做你的贫困户。"

这是在朋友圈看见的一段话。不知道出自哪位高人手里，段子一出，引发无数人共鸣，引得无数人点赞。

在帮扶过程中，我百思不得其解的一件事，孩子非常得力，却把老人分开，七八十岁的老人成了建档立卡贫困户。不是每个老人都是面目可憎的，有一对老人让我非常感动，第一次去走访，老人家硬要拿几袋核桃放在车上，我婉拒不要，匆匆上车就走了。等我原路返回时，老人拄着拐杖站在路边等我返回，他脚旁是我推辞不要的核桃。我不知道他等了多长时间，内疚和感动的情绪交织着，几乎是跳下车，将核桃收拾在车里，我们走到弯道，转回头看，老人还弓着腰站在原地看着我们离去的方向。感恩党、感恩政策、感恩各级领导、感恩帮扶干部，对周围的一切都充满感恩。我每次去，桌上有几个水果都硬拿来塞在我包里。2016年，已经退出贫困，他的儿女表示有赡养能力，愿意赡养老人。

故事写到这儿，结局应该是完美的，皆大欢喜，脱贫致富，人性的闪光点都得到了充分的体现，可是，一个"但是"就千回百转，道尽多少无奈和愤怒。

第一次到她家，院子里一片狼藉，房子是经过抗震加固过的，堂屋，厨房都不像有人生活过的痕迹，在农村，女老人，怎么都会养几只鸡，剩菜剩饭吃不了也好有个倒处。除了她，没有活物。户口簿上还有一个人，说是她儿子，长期不在家。出她家的门，我才向村委会安排带我去的大哥打听情况，这是一个精瘦的男人，他不回答我的问题。一路上我追问了几次，他才相当不耐烦地告诉我这位老人平时挨不上伴，懒，儿女都不愿和她在一起。我又追着问儿女的情况，他闷了半天说他是她大儿子。

我被噎得半天说不出话，老人平时挨不上伴，懒，就应该做建档立卡户，让国家、让帮扶干部来承担儿女应该承担的责任？

在我问老人相关情况时，怎么也没看出那是他妈啊，抱着手站在那儿，和路人甲没什么区别。

这是故事的开端。

我去了几次，都没看见她户口簿上的那个儿子，说是外出打工。也问不到联系方式。

第三方要评估前，我突然接到一个陌生电话，表明他是她户口簿上的那个儿子。

第一句话，就是让我去林业局查，他的林业补贴被他大哥霸占了。他大哥以前是村委会干部。我一个外人，介入他们的经济纠纷合适吗？你认为被你大哥霸占了，你可以去村委会核实。他说问不到，都是他大哥的什么什么人，互相包庇。声音很大，从电话里，我也能听得出他声嘶力竭。

我没办法帮你查，这是你们哥俩的家务事，你们自己解决可能要更好一点儿。

你是帮扶干部，帮扶要干点儿实事的。你们最后需要我们评满不满意你们的工作的嘛。

我挂了电话，我这一辈子，最痛恨谁威胁我。从此以后，看见他的号码，我不接。你妈生了两个儿子，一个女儿，有手有脚还会威胁人，你妈成建档立卡户让国家来负担？应该当初就一把把你撸在墙上的。

接着又来事了，我们的同事去走访时，带回了一个信息，她这个户口簿上的儿子对我极端不满意，说要给他妈修缮一下房子，让我出一半钱，做点儿帮扶干部该做的事。我打听了一下，修缮房子，镇政府已经拨过款了。

过了几天，我专程去找她，把相关政策和她儿子不切实际的要求告诉她。请她和她儿子说说，不要总是觉得我该做多少事、出多少钱才算是做了一个帮扶干部做的事。她低着头，说她儿子没能力负担她。

可怜之人必有可恨之处，你孩子没有能力负担你，帮扶干部就该负担你？国家就该负担你？这种家庭的格局和教育，再过几代人都没什么指望。看着她布满皱纹的脸，终究还是忍下这些话语。

死马当作活马医，我打电话给她大儿子，把这些情况告诉他，和他聊了半天，希望他能妥善处理事情。一个家庭是需要一个明白人才会越来越好。那边客客气气地挂了电话，要我千万不要插手他们林地的事。

第二天，户口簿上的儿子打电话，说他大哥要杀他。

第三天，她打电话来，说她大儿子要杀人，她的孙子孙女也要杀人。

幸福的家庭应该相亲相爱，一奶同胞要杀要砍谈什么幸福？我一个帮扶干部又能做什么？

大年初四，带着礼物再去走访。她在女儿家过年。又说了许多话，说了大儿子不孝顺心肠狠毒的事。从穿开裆裤时的年纪说到两鬓斑白的岁月。

我听着，深感无力，我已经不再奢求满意度的事。一个母亲，对自己的孩子不满意。一个孩子，对自己的母亲不满意，我凭什么要求他们满意我？

我见过我同事含着眼泪求建档立卡户入住新房，建档立卡户以家具旧、脏为由不搬，同事苦苦哀求。我把同事叫走，我们是帮扶干部，不是三孙子。建档立卡户是我们帮扶对象，不是我们祖宗。

要求帮扶干部买大耕牛。

过年要求帮扶干部发红包。

要求帮扶干部出资解决自己需要解决的问题。

有一对父子都是酒疯子，吵架，父亲想不通自杀，儿子酒醉熏天打电话和同事说，我爹死了，你是帮扶干部，怕要赞助点儿钱呢。同事问要赞助多少，那边回答怕要赞助 2000 块钱才说得过去的。

大车小车地拉东西去，农户满满拉了一车，临离开还回头问，还有没有？

帮扶干部送点儿米油去，说以后不消送这些，直接送钱就行，什么都不缺，就缺钱。

写到这儿的时候，扭头看向窗外，树叶被阳光灼得毫无生机，突然想煮一壶花茶，跷起二郎腿，娇怯怯地说，我要做你的贫困户。

突然又想起一个乡镇领导在三讲三评时对着建档立卡户说，评建档立卡户给你们，是因为你们穷，你们弱。国家、帮扶干部才来帮助你们。但是，穷和弱不是你们酒醉在街上打架都大声霸气地吼你们是建档立卡户的理由，不是你们去医院、去银行不排队的理由，要知道害羞啊。

眼前，又出现中屏镇大海资村委会打场路边那棵执拗生长着的大黄梨树，它不少树枝从空中斜着生长出去，弯了几个弯，最终都是向着参天的方向生长。

# 一个贫困村的蜕变

谢 勇

从寻甸县城驾车往西一直走,到了高原湖泊清水海,掉头朝北,过海尾村,爬山下坡,公路蜿蜒如蛇,在墨绿色的树林里穿行,一个小时后,便可到达草海子村。一个小时左右的路程,算下来也就离县城 50 公里的距离。而恰恰就是这 50 公里的距离,就将草海子与富裕、敞亮的生活一隔就是几辈子。

草海子村隶属于甸沙乡甸沙村委会,是昆明市最大的纯苗族聚居村,有农户 167 户 505 人。其中建档立卡户 127 户 405 人,建档立卡贫困户占全村总户数的 76%,非建档立卡户 40 户 100 人。全村苗族同胞收入以种、养殖业为主,人均纯收入约 1500 元。属于深度少数民族贫困村,群众生产生活困难,住房多为简陋、矮小、不具备抗震力、年代久远的土木结构房屋,有的还住着更为原始落后的垛木房,白天坐在屋里可以晒太阳,夜晚望着房顶可以数星星,很难遮风挡雨。一条弯弯曲曲的泥泞小道皱巴巴地联系着各家各户,下雨天走走亲戚串个门,鞋底总粘住厚厚的一脚泥,让人举步难行。天干地燥时,一阵大风,红土泥沙漫天席卷,扬尘于村前村后,眯了老人的眼,燥了姑娘的脸。

安居才能乐业。多少年来,甸沙乡党委政府都把解决贫困户住房困难问题列入重要议事日程。加大农村危旧房改造工程投入和建设力度,如何破解和改善贫困户的人居环境这个难题,真正做到让困难群众"住有所居"。可以说这个难题一直困扰着几届班子的思路。

时间定格在二十一世纪初,中国的"脱贫攻坚"进入决胜期,按照党中央的要求,贫困群众脱贫出列必须达到"两不愁""三保障"。即不愁吃不愁穿,住房有保障、大病有保障、教育有保障。草海子苗族同胞在党的关心下,终于踏上了脱贫致富奔小康的快车道。2016 年 10 月，全村启动实施了宜居农房建设集中安置工程，省市县财政投入危房改造及宜居农房建设补助资金 695.7 万元，惠及农户 167 户 505 人，扶持每户贫困户户均新建面积为 55—100 平方米住房一幢。全村没有落下一户一人。

项目下来了，干部欢天喜地，进村一宣传，群众反应平平，有人还说了很多不好听的话，犹如一盆凉水泼在头上。乡村干部一时呆在那里，半天说不出一句话来。

转念一想，情有可原。由于没有多余的建房土地，项目只有实施就地全部搬迁，也就是说要拆了旧房，原地建盖新房。建房期间，没有房子住，只能住临时搭建的窝棚，遮不了风避不了雨，群众肯定有想法，想不通也是情理中的事。县乡入村工作队员不怕烦、不怕累，迎着群众不理解的白眼反反复复进村入户，十多个日夜，踏破了门槛，磨破了嘴皮，167 户苗族同胞终于被感动了，动手开始拆除住了几辈人的有着深厚感情的垛木房、土坯房，有的人家拆着拆着就流泪了，开弓就没有回头箭，边流泪边拆。一个星期后，全部拆除，建房施工队进场。

2017 年 4 月的一天，寻甸县委书记何健升、县长马郡、县人大主任张永萍、政协主席肖正坤四班子领导率领全县相关领导 100 余人，驱车来到这个贫困的苗族山寨，召开脱贫攻坚现场推进会。自此，草海子就地搬迁工作快马加鞭，脱贫致富奔小康驶入高速路。

"要是有条路通向山外就好了。"爷爷辈说。

"要是这条路可以跑大汽车就好了。"父亲辈说。

"现在好了，柏油路水泥路通进村了，洋芋、荞子大车大车呢拉出去了，水泥、砖头、石料也是大车大车拉进村盖新房子。"张老大擦了擦额头上豆大的汗珠子，"我爷爷、我爹他们那几辈人嘛想都不敢想。"

张老大名字叫作张寿成，是草海子村三社的社长，一个长得敦敦实实的苗家汉子，因为在家排行老大，说话做事风风火火，一村子人都喊张老大。自从道路硬化后，张老大买了货车帮村里村外的人运输货物，挣点儿运费，成为村里脱贫致富的带头人。此时他刚刚拉了一车砂石料回村，还顾不上洗手，擦了把汗水，就风风火火朝我们走过来。"几位同志上来了？"

自从全县脱贫攻坚战打响后，全县调整了驻村工作队员和包村结对帮扶干部。县政协干部李钢、高兴奎和我负责草海子的脱贫攻坚包村工作，高兴奎同志还兼任甸沙村委会第一书记。具体分工是：李钢同志包一社，我包二社，高兴奎同志包三社，同时每人还负责结对联系 5 户贫困户，剩下的 112 户贫困户由昆明市交警支队的干警和县人社局的干部结对帮扶。

"张老大，不行嘛，进度太慢了"，高兴奎同张老大握了握手说，"像你们这种进度，年底完不成工，搬不了家嘛。"

"够快的了。"张老大指指一排排正在建设的新房说，"你望望，我们三社的房子基本都在封顶了，其他两个社的倒是慢了点儿。"

顺着张老大指的方向看过去，确实三社的建房进度是要比一社、二社的快了许多，有几间房子第二层已经在砌砖了。

此时正是午饭过后，整个草海子村在阳光照耀下暖洋洋的，村子的每一个角落里，叮当作响，工人们正在紧锣密鼓地砌砖、搅拌水泥沙灰，不远处新建的带有苗族特色的安居房一幢幢主体工程已基本完工，有的正在做外墙喷漆，有的正在进行内部装修。

随张老大在村子里走了一圈，了解了几家农户的情况。高兴奎说："三社的情况好一点儿，你张老大也不要骄傲，也要促促其他两个社。"

"三社的工作你们放心，不会拖后腿，我们三社的人，平时就爱争个强，好个胜，爱跟你们汉族比，汉族小伙子提个录音机，我们苗族小伙子也要买个来唱唱，汉族小伙子骑个摩托，我们三社的小伙子还不是也要买一辆来骑骑，这几年生活有起色了，没得法，爱比。"张老大说高兴了，就有一点儿翘尾巴。

转了一圈，没见张老大家盖的房子，李钢问："你家盖的房子在哪里？"

"没有盖的，砌了个石脚摆着。"张老大严肃起来，"先给群众盖着，我们干部放一放。"

"不行，你是社长，你要带头，你们几个社长不带头盖不行，群众多少双眼睛看着你们呢。"李钢说。

"那两个社的社长也像你这种？"高兴奎问。

"他们的倒是盖着了，不过大多数时间都在盯着全社的进度，自己的倒是很少有时间顾上。"张老大说。

"不行，你们要改变思想，调整思路了。"李钢说，"在拆迁搬迁这种工作上，干部要起示范作用，要引领带动。"

"又犯错误了。"张老大耷拉下脑袋。

"马上整改。下次我们来，一定要见到你家的房子动工。"高兴奎说完话，拉着我们就往一社、二社社长家跑。

"等等，我给你们带路，狗，狗会咬你们的。"张老大在后面喊。

我们摆摆手，让他回去，径自走了。

苗族家养的狗恶，看家本领相当强，见了生人就拼命撕咬，一般人怕狗咬都不敢进村。自从脱贫攻坚工作开展以来，工作队员、包村干部、结对帮扶干部经常进村入户，每人都统一戴了一顶小红帽子，一来二去，连村里家家户户的狗都混熟了，见了小红帽进村，不但不乱吠，还上前摇尾巴表示欢迎。

马三搬新房了。马三搬新房时我们大家都不知道，他是2018年年关二十六搬的家，那天是个大晴天，太阳暖暖地照着这个一天一变样的苗族山寨。累了一年的人们都忙着准备舒舒服服地与家人好好过个年，谁也没顾上马三。马三竟然就搬家了。其实，马三家的房子还没交工，二楼那半层墙还没有粉刷，还没有吊顶，新房里卫生间还没有完工……马三说等不得了，一来嘛外面冷，住了一年的窝棚，耐不住了，二来嘛在外打工的儿子回家过年，没有个地方住也不行。望着马三搬新房，村里有的人也动了心，合计着也要搬新房。社干部急了，村里农户的新房都还没有交工，大家都搬新房，与施工老板发生扯皮怎么办？最后还是村委会发话说，心情可以理解，毕竟住了一年365天的窝棚了，让他们搬，施工老板那里由村委会协调。搬家过年，村民高兴，社干部也高兴。就在这时，昆明市交警支队的干警捐款捐物，置办了167套沙发，167张茶几送到草海子家家户户。全村人怀着感恩的心沉浸在前所未有的喜庆中，一家家憋足了劲放鞭炮。

春节刚过，县、乡、村帮扶干部陆续来到村里看望村民。大年初六这天，我们来到马三家，马三的儿子已经出去打工了，马三一个人在家，屋里脏乱得一塌糊涂，一进门让我们无从下脚。我对他说："马三，卫生太差了，住新房子，就要有住新房子的样子，你要打扫打扫。"

"是呢是呢。"马三一边答应着一边就去找扫帚。

我们一起花了20多分钟，帮他扫了地，收拾了家。"生活咋个样？"我问他。

"现在好了嘛。"马三说。

"我们这个苗族村子是100多年前搬过来的，当初搬家过来时只有张家、王家几户人家，后来又搬来了潘家、马家、罗家，慢慢才有了现在的167户人家。100多年了，哪个会盖房子给我们住，哪个会带着我们盘庄稼，哪个会把我们村子的路修得那么好走，哪个会把清泱泱的水接到我们家里头来。只有共产党嘛。现在的生活嘛不敢说了不敢说了。"二社的社长张正有接过话来。

张正有50多岁了，从前在村里当过双语教师，他这个年纪在村里识字的少，所以懂得点儿草海子村的历史。

"这种日子嘛说不得了说不得了,过的了。"张正又摆摆手说，"以前要是有这种房子，这种日子嘛，马三，你媳妇也不会跑掉，你说对吧？"

提到马三跑掉的媳妇，屋子里一下子像弥漫了湿漉漉的空气一般凝重。大家一时找不到话说，静静地呆坐着。

那些年草海子穷，日子难过，有几家的媳妇走出村子讨日子，出去几年，回乡离婚改嫁到外村了，马三媳妇就是其中一个。

李钢看见马三家门边大锅里煮着东西，就问："马三，锅头煮的哪样？"马三说："肉。"

"肉？咋个不香嘛。"李钢边说着话边走过去揭开盖子一看，是一锅猪食。

"猪吃了过一阵子，不就是变成猪肉了嘛。"马三笑起来。

我们几个人都大笑，七嘴八舌夸马三幽默。沉闷的气氛瞬间便消失了。

一群人有说有笑地走了十多户人家，查看了年初乡政府产业扶持发放的母猪养殖情况，走到山地里查看了产业扶持的每家每户一亩冬桃一亩苹果的种植情况。

为了让群众早日脱贫致富，甸沙乡党委政府根据草海子苗族村的气候条件，以及苗族群众善于饲养牲口的实际情况，采取"一村一品""一村多品"的办法，以市场需求为导向，帮助群众每家每户栽种了一亩冬桃，一亩苹果，每家每户发放一头母猪进行饲养，同时乡农业服务中心、畜牧兽医站开展送技术、送服务活动，鼓励农户养猪、养鸡以及养羊脱贫致富。

一年过去了，如今猪圈里的母猪，坡地里的冬桃、苹果长势良好。养猪嘛过个年把就见效益，冬桃、苹果嘛过个三四年就见效益了。

扶贫"输血"更要"造血"，只有发展产业，才能致富千家万户。要实现真正脱贫不返贫，必须立足本地实际，打造特色农业产业。草海子山林资源丰富，苗族群众历来有饲养家禽、牛、马、羊的传统技能。乡党委政府和村委会因地制宜，抓住草海子这个实际情况，围绕"产业带动、项目支撑、农民增收、脱贫摘帽"的思路，采取"党支部＋合作社＋农户"产业发展模式，在昆明市交警支队的大力支持下，投资 58 万元，成立了寻甸祥福养殖专业合作社，在草海子发展生态鸡养殖 3000 只，127 户建档立卡户每户投入资金 400 元入股。经过一年的经营发展，现在存栏 1600 余只，已出栏 1500 只，出栏单价每公斤 60 元。第一年入股农户就每户分红 40 元，发展好，见效快，群众得到了实惠，心里乐滋滋的。同时还在村里建设了户均 30 平方米畜圈房的牲畜养殖小区，每户发放一头种猪发展生态猪养殖，帮助村民每户种植了一亩苹果，一亩冬桃。打造养殖业，水果种植产业成为村民脱贫致富的首选产业。以前靠广种薄收，种植洋芋、荞子、苞谷等低产农作物，风风雨雨地忙活了一年，每年的收入还不能勉强维持生活。现在靠着多种经营,村民的生活逐渐走出困境,有了起色。

"产业扶贫,是最长效和最能激活内生动力的扶贫方式。只有采取党支部 + 公司 + 农户,在脱贫的路上,我们的工作才会取得实效,才会走得远。"甸沙村委会的支部书记马建留说。

实际上,甸沙村委会一帮人在乡党委政府的领导下一直是这么想,也是这么干的,他们积极发展产业项目,努力打造"一村一品""因户施策"举措。带领村民,通过产业带动,贫困人群入股、务工及分红等方式走出了丰富多彩的脱贫之路。贫困村发展产业项目,不但给贫困户增收带来向上的力量,也壮大了村集体经济,迈出乡村振兴的新步伐。

"把这个合作社交到我手上,当初我也是有顾虑的,不敢干,担心赔本,办垮掉。"罗永祥说。

罗永祥今年 40 多岁,共产党员,是甸沙村委会的党支部委员、监委会主任,土生土长的草海子苗家汉子。当初打造"一村一品",全村人顾虑重重,没有谁敢接手养鸡合作社,都怕干不好。村委会考虑再三,决定让苗族干部罗永祥来做这个带头人。罗永祥克服了顾虑,在村党支部和驻村工作队员的帮助下,承包下村子背后山林 1000 余亩,办起了苗家养鸡合作社,专门饲养在当地名气很大的苗家土鸡。在饲养过程中,他们采取全部放养的方式,让土鸡回到自然生活状态,每天树下觅食,溪流里喝水,晚上树上睡觉。奉行"三不主义",即不吃精饲料,不踩水泥地(水泥地板),不住矮窝棚。由于整天在树林里跑来跑去,飞来飞去,又号称"苗家飞鸡","飞鸡里的战斗鸡"。肉质好不说,单听听名字就让人流口水。

"你们现在去抓,抓着不要钱,白送你们吃。"罗永祥说,"不但你们几个,回去你们跟朋友也这样说,每天上午 10 点到下午 5 点,不要借助工具,徒手抓到的不要钱,白送。"

看着得意扬扬的罗永祥,我们几个不服气,心里想,虽然我们是上了点儿年纪,但是还不至于那么差,就想试一试。打定主意,就来到树林里,不承想,人还没靠近鸡群,它们就跑的跑,跳的跳,有的还飞上了树,而且边逃还边大声欢叫,飞到树上的还伸长了脖子望着我们直摇头,一副藐视的样子。折腾了快一个钟头,我们一个个满头大汗,只捡到几根鸡毛,累得坐在地上喘粗气。看来刚才罗永祥说的话绝非虚言。

没有抓到鸡,我们却没有半点儿不高兴。我们想,苗家飞鸡品质这么好,何愁价格上不去，何愁卖不出去，草海子苗寨家家户户离小康的日子不会远了。果然，年底合作社的苗家飞鸡以每公斤60元的价格全部售空，合作社召开全村村民大会，将第一年的分红40元发放到村民手中，老人笑了，小孩笑了，一村人都笑了。

走进村民王云峰家新房，敞亮的客厅里，沙发、茶几、电视等家具家电一应俱全。"现在的草海子，喝水有保障，用电不用愁，水泥路铺到家家户户门前，以前，可是人背马驮、通信靠吼、交通靠走、吃水靠挑，电视经常飘雪花的落后贫困村啊！"一见面，王云峰拉着我们驻村队员攀谈起来。

"栽下梧桐树，引得凤凰来。"近年来，甸沙乡党委政府积极落实精准扶贫政策。为改善当地发展环境，通过多方协调，积极争取财政投入，整合涉农专项资金，把加强基础设施建设作为今后产业发展的基础。草海子苗寨实施就地搬迁项目工程以来，县委、县人民政府，甸沙乡党委政府克服困难，多方奔走，共整合资金1298.85万元，实施草海子全村贯通水泥路，农户家家门前道路硬化，人畜饮水排水工程，公共服务设施，生态农业建设，电网升级改造，村庄美化绿化等项目。场地平整190000立方米，挡墙支砌3800立方米，道路硬化5866.3米，栽种了2000余株苗木，建设人畜饮水管道5992米，建设排水沟4110米，电网升级改造167户，安装节能灶189眼，热水器167套，太阳能路灯96盏，公厕2个，垃圾房4个。大大加强了基础设施建设，提升了生产生活功能。为草海子505人脱贫致富奔小康夯实了坚实的基础。

基础设施建设的投入、精准扶贫的实施，曾经落后偏远的草海子不仅实现了水、电、路"三通"，还让村民告别了"通信靠吼、交通靠走、吃水靠挑"的历史，如今"吃水不用挑、走路不湿鞋、用电不用愁、道路有灯光、休闲有场地……"这样的变化，村民看在眼里，记在心里，脸上一天到晚露着笑。所以，王云峰一见我们，拉起家常就停不下来。他说："村子变化太大了，变得太出人意料，变得我都快认不出来了，感谢政府，感谢党，真的是感谢。"

王云峰是个三十岁出头的苗家汉子，一家6口人，父亲母亲，两个孩子。他和媳妇2015年在驻村工作队员的动员下到嵩明县城一个冷库打工，由于吃得苦，不怕脏不怕累，老板都高看一眼，夫妻俩每个月的工资加起来在6500元左右，除去生活开支，一年有40000元的收入。在村里属于数一数二的带头致富户。

其实，现在的草海子，像王云峰这样走出村子到外面打工闯世界的人已不在少数。通向山外的路修通了，村里安装上了手机通信塔，外面的风吹进了山里，村里的山歌唱到了山外，世界就近了。我们为王云峰们点赞，也为他们高兴着。

走出王云峰家，站在村头放眼草海子，一栋栋整齐漂亮的新房让人目不暇接，蜿蜒盘旋的水泥路通到家家户户门前，山寨村落，青翠欲滴的果树相趣成林遍布山间地头，一株株樱桃树结出丰硕的果实，花香树绿，路宽景靓，环境整洁，村民的美好愿景，正一步步变成现实，正在田间地头劳作的村民洋溢着幸福的笑脸，山村大地呈现出一派欣欣向荣的景象，所有的这一切，有力地见证了草海子村的华丽蜕变……

缺水的地方，总是看天吃饭
**自来水引进来，催长了楼房，浇灭了炊烟**
电灯驱逐了其他灯火，更亮

诗

歌

# 致富路

唐昌明

## 擦亮灵魂

一声声鸟鸣切碎了曦光

扶贫擦亮了

金沙江和小江日夜抬着奔跑的播卡村

命运的绿色信封撞开灵魂

不再奔走的群山托举着天空寂静守护的秘密：

每一缕阳光都是村庄前行的脚印

拐了几十年弯才来到的自来水犹如一剂药

令村民们把老井往内心深处埋，直到遗忘

在乡政府搬走以前

那万古的海早已搬走

一条阴船承载并养育他的子民

那句不愁吃穿的诺言早已兑现

只在追求更好

炊烟是农家乐的丰碑，香刻着

上可通神的广告语

新修的柏油路辞别了泥土

弯道里都暗藏着一支桨橹

像一树梨花压海棠的楼房，熟睡在春日的婚床
风和时间从树下经过，去细数
鸟语和花香
种下的每一粒玉米、瓜豆、词语和旅游
一直被传说的阴河承载，并使劲、发芽、生长
一只巨大而隐形的手拉着驶向海蓝色的誓言
清晨院门开了，一声吱呀叩开了倾诉
那个从画里走出来的人
像采花的蜜蜂，又像
叶尖上滚动阳光的露珠
仿佛在酿制一杯烈酒
只那么一滴就令我醉倒在奔小康的路上

**催长楼房**

以彝语命名的小村，收留了我的先祖


苦楝揪着时间长大
花落了。果落了
花又开，总结苦


缺水的地方，总是看天吃饭
自来水引进来，催长了楼房，浇灭了炊烟
电灯驱逐了其他灯火，更亮

**它已不是我心中的故乡**


播卡村是我的故乡，四围的山翻着绿浪
讲述一个传说：阴船到此停止放下我的祖先
先辈总是告诫我们：井不能掘得太深否则船会下沉
看看两边的金沙江和小江越陷越深

从此我总在梦里惊醒：

自己与船掉进了阴河……

今天它已不是我的故乡，我认识的亲人越来越少

它已没有炊烟，没有水井没有祖先遗留的

被时光磨打光滑而布满温度的双扇木门

没有三围粗的老梨树，猪、牛、羊也看不到了

鸡进了养殖场。

今天它已不是我的故乡，

白楼房代替削了屋脊的老土墙，

铁门总是发出旷远碰撞

水泥路直达门口

原先封闭的墙体四处是钢窗的眼睛，占据高位的太阳能

抑制不住内心翻滚滚的狂喜总要

喷出几句欢歌和暖语

这些新生事物都不认识长满白发的我

它已不是我心中的故乡


## 酒房沟


一个没水的干梁子，我不知道为什么取名酒房沟

我可以确定那里没有烤酒，也没有多余的水和粮食

石板房离天空很远

离金沙江很近

阿兰嫁到那里

被烤成一根干枯的蒿枝

儿子嫁到河对岸，器质性精神病

女婿死于远方的矿硐

今年她搬进了安居房，不再去为水奔波

## 金沙江边

暮色用它的魔术把天地黏合
甚至使地成了天的天
不信你看看金沙江里
有多少星星在打捞渔火
那些星星都是天空从内心
掏出擦燃的火柴
又像是探望地球内心的眼睛
正照耀着尘世的孤魂
正照耀着记忆里的一小截村子
迅速推倒的老屋，让位给年轻的十八层
那些乡间小路也背上了
宽大肥厚的水泥铠甲
不是为了出征
而是蜷缩在人世
让后人将它忘记
让车辆代替牛羊马匹和人的脚迹
在江边码头丢失了它的三魂
冷漠如我
身边沉默的石头高过一切
那迟迟到来的弯月
像未说完的半截话
将暮色渡到了另一岸

## 酒房弯

名字的由来我没有听说过
那里有外婆的坟，草十分茂盛
一树星星化成了夜里
满天发光的柿子

这个水声养大的小村
以酒的名誉钓金沙江的星星
钓钩就是犬吠声
拖着缓缓西行的那弯月

稻谷和高粱喂饱的石臼
现在不知去向，石磨停止了
肺腑的喘，谷壳撒在招魂的路上
女人的草绳远过于长江却没有远方

低头认命的羊和毛驴有大声的抗拒
耕牛看见了失去耕索的闲置和悲喜
茅草房用它的坍塌
点燃童谣里的宫殿

## 除夕前

东风抑制不住自己的情感
拈着电线碰火，掏出
一座山的烈焰和浓烟
这个善于幻想的饿汉
一头燃火的金毛狮子一口吞尽
野兔、野鸡、獐子……
吐出过年的礼花和梦想
他咀嚼过的松叶林由绿变黄
像一页祭祖的草纸。接着
他从鸡声里欲火里吐出星星的祭拜、黎明和桃花
吐出白房子的礼物和欢歌
两米宽的水泥路像一把把钥匙

载着单行道小车
打开乡村的春联之门


## 西部雨

我看见的雨是时间的鞭子，是天空抛给人世的小小头颅
如诺言似春雷燃烧农民的心鼓，唤醒做梦的眼睛
梦里的飞鹰，石头里的猛虎
落在屋顶，落在树枝花苞，落在水泥地板，枯草……
它们落下，点燃春天繁盛的最强音

它们清洗浸润绘画过的尘世：清新，耀眼更具顽强生命力
正午，你看它们唱响火焰之歌——
演奏着一万盏红灯笼的桃园，新建楼房像一树树
初绽的白梨花，来往穿梭着勤劳的蜜蜂
像灵魂里的黄金……

当它们向更低处挺进带走污腐，也不忘汇聚劝世警语
在沟壑里发出清越之音，并明白地告诉：再偏僻贫瘠
荒凉平凡的地方，都有祖国的光芒和恩赐
那些灰尘浑浊冬困倦意的记忆，被它们
敲打，驱赶，愚钝和贫困终究会被啄走。此时

我也绽开感恩，像一声凌厉的闪电划破人间疾苦
那些天上淌银子的神话，都一一抵达
我看见的雨是乡村转运的灯盏，是一个个落在我心上的
小小惊叹号，在红色的土里吐露它们的悲悯
它们伸出帮扶之手，在西部一声声虎啸中飞跃，升腾，拔高

## 拱王山

从头屑里拱出来的铜

养活马踏露铜的传说

从手指从脚底

从全身从骨子里

挖出来的铜，不止养活

天南铜都，还养活了

灵裕九寰这块匾

和一枚世界之最的嘉靖通宝铜币

还壮大了祖国边防的枪炮

这些历史记载的笔墨

没有洗去内心矿硐的深与黑

没有擦去旷工的泪与苦

没有忘记泥石流夺走的生命

他们的灵魂一直在地底下奔走着

修复着这里的树木和花花草草

敲打着 1859 平方公里的土地

让他们脱落沉重的铜锈

让他们从一铜为大的阴影里

走出来，种植航空蔬菜养殖

麂子，发展金沙江中下游林业

建高速建跨省大桥建飞机场

把那些离散的魂接回来，让春天的嫩芽说话

让荒芜苍老的身躯焕发出三千年前的

蓬勃青春

和平广场的矿工雕塑，每一位矿工眼里

都有两滴至今没有流出来的铜泪

像两颗反身射向贫穷落后的子弹

弥漫着飞射而出的速度的坚毅

## 晨曦中的乌龙

一瞬间，乌龙就亮了起来
晨曦将橘黄的汁倾洒在它身上
像天主教堂飘来的乐音
抚慰着满山清明和我们的草木之心

马家大院的四合院，宁静、安详
斑驳的墙上，沧桑被白石灰粉刷
还隐隐传来记忆里的枪声，穿透檐角
我心里的痂痕，颤抖。感恩

四月的核桃树用绿叶擎起果实的希望
杨梅就红了，鸟鸣端出一餐盛宴
在群山的十里松涛，有隐隐的马蹄
举起酒杯，恭祝远方来的客人

农耕的牛角，犁具，镰刀，锄头
老式放映机以及岁月的铜制品
点燃时间拐角处的节点，像某一时段的灯盏
亮着，唱着，跳着，让位给城市前院的
万亩花束，被春天的力量加持，在风中奔赴远方

（注：乌龙镇是东川区唯一一个未被工业污染的农业乡镇。）

## 苦桃树的石板房

金沙江把自己，当成一块又一块
透明而流动的石板
没日没夜地，搬运着

石匠看见它，就在心里把山石

一块又一块切割，并且想象它们
聚集在屋面如波浪的样子

在一个家中它们被举在高高的位置
遮风挡雨
挡阳光

今天，石板已回不了石头也回不了山
被混凝土挤在尘土上，看上去一无是处
蒿草骑在它们头上，随风摇晃

## 鹊巢

在新农村，一棵枯萎的
老树，用它的上半身
托举着，一个鹊巢
它高于村两委，高于
夕阳。村主任张顺华
举起酒杯，一躬身就
拉下了黄昏，拉回两只
喜鹊，拉回十二个
驻村干部，拉亮了星星
他的躬身像是给邻里
道歉；那四百多户
新建房，像是图纸上
闪烁的电灯。他们
比鸡声起得早
打开红大门，迎接
领建房款的村民
灰鹊的鸣声里有妒忌
和猜测，它反复的啼叫

仿佛是，要阳光
给予它点儿什么

## 芝麻开花节节高

从一声庄严的宣告开始
从此站起来了开始
你一直从自己体内不断挖掘
从黑暗中挖掘光明
从无中挖掘有
从有中挖掘更多的有
从古旧的犁具挖掘耕耘机
从穷的泪中挖掘富的甜
挖掘小岗村的红手印
挖掘经济特区
从倒下的老土墙茅草房
挖掘砖瓦房
挖掘钢架结构
从你的经络里挖掘
互联网，挖掘 5G、6G
挖掘云计算，大数据
从河上搭桥
从山腹中穿过
从海洋筑路
把世界的怜悯筑牢
把村民搬进小镇
把小镇搬进城
给夜佩戴华灯
从喜中挖掘喜
从富中挖掘富
从温饱中挖掘小康

春暖大地——昆明地区优秀扶贫作品选辑

从小康中挖掘强起来美起来

再从有中挖掘无

比如无人驾驶

比如无人银行

就这样，从你黑色的虚无的头发里

挖掘一枚枚矿石

挖掘一滴滴奔涌的热血

挖掘一行行沸腾洋溢的诗

去撞响绿色、渴慕和思念

去撞响古钟的时间

去撞响年轻的臂膀的歌唱：

从梦想中挖掘现实

从现实中挖掘梦想

从梦想中挖掘飞翔的翅膀

驮着中国梦飞翔

## 致富路

一座山要走出去

要找路

一个灵魂要离开家园

要开路

铜长大了

是儿子

是顶梁柱

铜倒下了

转型

更名改姓

铜音不变

是路

铜是经济的翅膀

是一场梦

是活生生的现实

泥石流侵害的山体

植树是路

垮塌的房屋

重建是路

那香消玉殒的大井架

思念是路

忘却也是路

苏式建筑的文物

存活是路

一个地名要飞出去

影视是路

名人是路

发展也是路

一条江奔向远方，还不够

再加上一条江

再加上一条路

于是就有了

追赶河流的高速路

像深谷里一声惊世的

仰天长啸

# 火柴划过的痕迹

王 焱

## 散文诗

余双福　唐金贵　张长寿
乌龙镇半坡村老河田小组村民
建档立卡贫困户
交通条件致贫　水电通
他们的名字　像父辈们写的散文诗

"门前有棵摇钱树　屋后有个聚宝盆"
多年前在小山村听到的说唱
他对每一个找他算命的人都这么讲
遥不可及的梦　如今近在咫尺

水窖里盛满了月光
四十三岁的单身汉张长寿戒酒后
门前飞来一对燕子　筑巢
早出晚归

## 分心木

施老珍一个人回来了

余双福给我打电话说他老婆被城管扣住
在城里没有亲人

接通施老珍电话
她哭着说　核桃没了
连背箩也被拖走了

创建文明城市
施老珍把核桃摆到区政府门口卖
在外打工　不知春夏
这是我的建档立卡贫困户……

施老珍高兴地给我打电话
我嘱咐她要吸取教训不要随地摆摊设点
核桃剩多少我买多少

见到她被三四个人围住　我叫她名字
她说核桃好　刚拎出来就有人拉着口袋要买
旁边的城管局大厅　正在营业

把剩余的核桃买回家
婆婆敲打着核桃埋怨　买不好买贵了
核桃壳的褶皱包裹下　分心木光滑冰冷
像镜面也像锋刃

## 中山雪

流经此地　金沙江需放慢自己
放慢的　还有连轴转的车轮
风越来越紧　雪在不断加厚

"本命年说啥俺也不搬。"

木头桩子　倔强地支撑着斜倾的土墙
李老二坚守他的阵地

一根柴添进去
噼噼啪啪蹿出火苗
映红了李老二的脸

在中山村李老二家灶膛旁
徐增喜密密匝匝的络腮胡子
刀枪林立

几个月没回家了　徐增喜说
两个孩子媳妇一人照看
包村后再没刮过胡子

雪夜的脚印带着他的体温
水泡和血

擦除　点燃　一根根火柴
从贫瘠的土地划过

## 密码

韩丛昌从达朵村下来
安静的接访室里　我听到他
翻找塑料袋一层层剥开自己的声音

他递给我身份证和银行卡
"政府拨付建房款的银行卡是谁给村主任的？"
"我。"
"他是如何知道银行卡密码的？"
"密码？8个6，写在卡后面。"

出门前　　84 岁的孤寡老人韩丛昌说
"这是国家给我的钱你们就要负责到底。"

他的愤怒　　责怪　　与信任同时抵达
又像是抓住一根救命的稻草

## 种子

搬到起嘎易地搬迁安置点后
老婆越发抱怨
高楼　　养不了鸡　　关不了猪
倒是把人困住了
开门就是电梯　　上上下下都要钱
唐金良知道
老婆三天两头往回跑
一下腌菜缸　　一下酱罐子
恨不得把门前那两亩地都搬来
说到底　　还是舍不得穷窝窝

在惯的山坡不嫌陡　　断不了的树根根
唐金良心里明白　　老唐家到他金字辈
赶上了好时代

带着老婆熟悉去女儿家的路
炖一锅老花豆和猪脚等孙子放学
和老李头约着到钻石年华广场对山歌
晚上老婆说她要早睡
明天去帮人卖馒头

喜光　　耐寒　　抗旱
神秘的种子在地下萌动

微光

天不亮　余老六媳妇就拎着两只桶出去了
下了一夜的雨

有水　取水半径不超过一公里
有安全饮用水

调查询问时　他在最高的位置端坐
政策倒背如流 飘逸杯里蕴藉清香

他说一场雪在来的路上
被风绊住　被大片大片的阳光拦截
雪遮住了雪

在凹凸不平的乡间行走　我寻找着证词
想象一场雪　缓缓成为村庄的血脉

阿旺镇 9876 户 137 个集中供水点
水质检测取样 83 件合格 20 件 不合格①为浊度与肉眼可见物

汤丹镇 377 户 5 个点　铜都街道 21798 户 83 个点
377 户 1311 人　21798 户 74352 人

拖布卡镇　红土地镇　舍块乡……
水质检测按兵不动②
傍晚　老牛低头在冒沙井
一饮再饮

① 2017 年 12 月 21 日取样数据，后已全部取样，水样检测合格率为 100%。

②东川区水质检测滞后，相关责任人因慢作为已被处理。

# 春 事

赵枝刚

## 二道坪

在一个叫二道坪的小地方
我坐在落日的余晖里
一头饮水的毛驴
抬眼对着我张口大叫
好像讲着家乡话：吃糠吃糠

我与一个中年汉子交谈
8 户 23 口，9 老人，11 中年人
风声呼叫，他高声告诉我
他老婆年轻时喜欢他
被毛驴驮到二道坪成了他媳妇

这时，夕阳从断崖转过身来
打量着二道坪红砖房里的生活
电视机，红辣椒，腌腊肉
白色腻子粉墙壁上的年画
好像在欢迎我这个不速之客

在二道坪，夕阳下的金沙江

如碧玉在群山里向远方流淌
阳光像一根根严密的金线
缝补着大山峡谷的裂口
日子凿开了陡坡断崖的垭口
水泥硬化的道路扭着身子
爬上重峦叠嶂的峰顶
像一条金色腰带在落日里
告别与世隔绝的苍茫

## 种庄稼的女人

今天已经心满意足了
田地里的庄稼长势喜人
早上，菜地里的蒜苗冒芽
下蛋的鸡鸭已经安静地瞌睡

院子里的冬桃开始吵闹
枝头的鸟雀梳理着羽毛
女人开始欣赏自己的容颜

对着镜子转了转腰身
三围突出，曲线优美
换上衣裙，窈窕抒情
男人看了看媳妇的模样
眼眸绽放出霓虹的光芒

## 一块地

这块地
过去只能种玉米
这是多年前的历史

现在，种点儿什么好
种瓜得瓜种豆得豆

老皇历翻过去了
这块地已经种上玫瑰

就像乡下的女人
过去随便擦点儿香脂
如今要对镜化妆

## 乡村记事

今年回家过春节
母亲说村脚老张家和老焦家不和
要我别串他们两家的门子

我说闹些什么
母亲说比富

那场景
两个五十多岁的乡村妇女
隔着公路对骂

你家有什么了不起
不就是盖起了一栋砖房

你家又有什么了不起
不就是院子里摆设一辆轿车

你家算什么
我家儿子要考什么什么大学
我家女儿要考什么什么名牌

我笑着对母亲说
这不是很好么
政策好，国富民强呢

# 扶贫诗词

角春留

## 水调歌头·二道坪

俯瞰金沙水，仰视毛公容。七户土舍瓦屋，
全筑岩崖峰。似一飞来陨石，何日嵌入山中。
进村攀猴道，解渴谢天朝，老叟步履空。
脱贫策，攻坚略，坦道通。洌水入户，骟羊
阉鸡集镇涌。别去往日窘迫，蓄下满心喜悦，
幸福赖党功。摘繁星一瓢，照遍万山红。

## 水调歌头·三年脱贫攻坚

十万穷困人，三载攻坚路。贫帽高悬多年，今朝终得除。曾经底薄肌瘦，房塌道洼难驻。
孤村藏深山，童叟倚门望，盼现梦中图。
号令急，风雷动，兵马出。干群齐奋，上学就医国家助。车停江谷悬崖，灯映小楼清泉，
产业持续扶。待到月圆夜，围坐话坦途。

## 念奴娇·苗寨随想

四米坦道，通苗寨，娃儿上学车载。笑谈入户，泥未沾，楼中宾朋豪迈。鸡鸭成群，
牛羊满圈，山药地中埋。角酒一杯，星坠酒情满怀。
世居山巅草舍，霜冻风刺骨，饥饿难耐。攻坚令下，战尤酣，齐奋进朝前迈。引水架电，

促产业发展，步履加快。生活巨变，天地亦为感慨。

## 念奴娇·罗婺感怀

宋明元清，文武略，风治滇境北道。依山傍水，民安乐，百年彰显德劭。逆势而动，
生灵涂炭，终是民无靠。千年一窥，谁将百姓细瞧。
帝亡国新重造，田土入农户，泽被万兆。邦兴民盼，誓脱贫，玉带直奔山坳。车驰山巅，
清泉涌院中，网络热闹。畜禽联欢，一樽斟满微笑。

## 阮郎归· 农民工

携妻别友离家乡，城中杂事揽。挑砖提灰砌高墙，一心为儿郎。
日苦干，夜疗伤，无暇整衣装。晨曦掩门赴工场，披星戴月还。

## 满江红·脱贫摘帽

穷帽高悬，
未能卸，翁婆劳苦。
放眼望，彝山苗岭，
汗挥如土。
夷地千年争奋力，
鸠河数载倾情注。
待观时，负了众家愁，
成贫虏。

吹角响，
搭弓弩；
攻坚难，
贫魔除。
挂包帮、全域聚焦精扶。
决誓鏖兵三百日，

喜收笑魇八千户。
壮志酬，禄地遍红妆，
功勋铸。

## 满江红·扶贫攻坚

感慨华章，
南蛮冠，追昔兴叹。
红军过，峻峰沟壑，
抢滩激战。
万种艰辛终困苦，
千般奋斗仍艰难。
令既出，全县撼声威，
齐家上。

兴产业，
交通畅；
砖楼建，
兜中满。
共争锋，发力剑削根蔓。
八面精兵齐迸进，
四方豪气冲霄汉。
奔小康，罗婺换新装，
丰功染。

## 蝶恋花·精准帮扶

庭院荒芜屋内冻，
霜月侵袭，
二老腰酸痛。
薄地三亩村乡弄，

幺儿无室鬓丝恸。

精准帮扶种马送，
春到生骡，
猪产十七众。
助力新楼凰引凤，
眉梢喜现欢歌颂。


## 蝶恋花·达卧①见闻

黄土漫天苗寨小，
道路崎岖，
饮水心中闹。
屋内收入薄又少，
经年生计如泥沼。


精准脱贫修坦道。
政策帮扶，
新舍村中笑。
泉清麦多羊圈吵，
留家礼老②声声好。


①达卧：禄劝县茂山镇娜拥村委会一苗族村寨。
②礼老：苗族老人。

老徐是村支书，他所称的这匹梁子，
**是一片顺势而下**
陡然扑向金沙江的苍茫山岭。

报告文学

# 遥望二道坪

池也

## 1

那是我第一次遥望二道坪。

丙申初春，因公造访滇川毗邻一个叫以德科的小山村。

正是山青水碧的好时节，金沙江南岸的万山丛中，峡风和畅，春光明媚，小山村的沟边路头梨花飘逸，房前屋后桃花娇艳。因为公事不算多，山未穷时官差已毕，路到尽处兴犹未尽。白居易曾自我调侃，"月俸百千官二品，朝廷雇我作闲人"。我虽非官居二品，如果不讨论两千年之间购买力的变化，月俸百千还是有的；我所在的工作部门官方定性是"以会议为主要工作形态"的国家机关，朝廷雇我作闲人也基本上是事实。时逢盛世，有幸参与气魄宏大的脱贫攻坚，自然不宜也不敢做看客。这回下乡，公事已尽力，同行者尚无归心，就生些挟公差以自娱的企图。

这里没啥子好看的，但往前翻一道山梁，可以看见金沙江，看见皎平渡大桥，还看得见四川大凉山。村支书老徐的口音里带着淡淡的蜀韵。

一人点头，众人欢呼。大家拂草穿花，越山过箐，翻上山梁后，几乎没有任何过渡性的思想准备，我们突然就孤立在了金沙江南岸的悬崖峭壁上。

季在初春，时临正午。顶天立地于刀劈斧削、险象环生的崖际，极目处，举世闻名的大凉山苍茫接天，源自青藏高原的金沙江波光明艳，细寻时，皎平渡大桥如波光中纤巧的音符，依稀闪现。

你小心，脚下！

同行的村支书徐正祥揪住我的衣角提醒。在万里江山画图中作陶醉状的我往脚下看了一眼，这一眼，让我的心重重地一颤。

我的脚下确是让人骨酥肉软的万仞绝壁，但让我心头发颤的却不是万仞绝壁，而是这万仞绝壁之间，突兀地向金沙江上空伸出了一个小小的平台，这个平台上，竟然孤悬着一个小小的山村。它像是绝壁间很随意地向大江伸出的一根苍劲虬枝，那村庄，正是枝头颤悠悠的花朵。

那是二道坪，人家说，那是全县最遥远，也是全县最偏僻的自然村。我不晓得在全县是不是最遥远、最偏僻，但在我们卢家坪倒真个是最偏僻、最遥远的村子。老徐把我劝离岩头，说："这就是传说中的二道坪？"

是啊，这匹梁子上唯一不通路的自然村。老老小小都要抠着岩子、揪着草棵才走得出来。

老徐是村支书，他所称的这匹梁子，是一片顺势而下陡然扑向金沙江的苍茫山岭，或者更直接地说，是星散在林泉岩壑间，属于他势力范围内的十一个村。

电光石火间，关于这个小村的记忆闪过脑际。

我一直坚定地以为，这是一个只能想象的世外桃源。那天，费力地收回凝滞的视线后，我更新了自己的认知。原来，中国工农红军走过八十周年的革命老区、刘伯承元帅与头顶英雄结的汉子歃血赌咒的少数民族地区、地处金沙江畔的西南边疆地区、实施扶贫开发三十多年的国务院定点扶持的贫困县，即所谓老、少、边、穷地区，竟然还有这样处于全面封闭状态的村落。

这是一个只能遥望的小山村。

## 2

二道坪之所以让我心颤，绝非一见钟情，而是漫长的单相思酿成的。

第一次听到二道坪这个村名，是在二十世纪八十年代末九十年代初。一位师兄甩掉教师身份一次性晋升地方大员。某次小聚，这位官拜书记的师兄为证明自己治下那一亩三分地的清苦，环顾四座后朗声发问，你们听说过二道坪吗？众皆茫然，静听后话：在金沙江边，那是一个飞棱棱支在岩子上的小村，生活的艰辛与困苦一言难尽。我只说一件事，你几个还真莫当笑话听。前几年土地下放时，因为气候不适宜，群众也不习惯种烤烟，集体的烤烟房没用了就打算拆掉，生产队队长召集村民开大会，讨论的核心问题不是拆除方案，而是如何分配烤烟房所占的二十来平方米土地和拆除的墙土，一村子嚷来嚷去，最后还是村里唯一的党员一锤定音：按人头平均分配，土地用细绳量，墙土用小秤分。为什么？这个还用问吗？是农民你就要种庄稼，种庄稼最起码的条件是要有土地，而二道坪就是一个缺土少地的岩子村。

在二道坪，随便一个石头窝，只要有一捧土，丢一颗瓜种，就够一家人吃一年了。瞧瞧，瞧瞧！我就说你们不会信，要信了你几个朝我鼓哪样蛤蟆眼嘛。

我也是现场鼓蛤蟆眼的人之一。虽然我生在山区，长在农村，对农民"小秤分土"的故事与同席者一样不以为然，却不得不承认，当地最高长官极富表情渲染的叙述，深化了这个故事对受众心理的震撼程度。

于是，我记住了一个名字：二道坪。

其后的二十多年，有关二道坪的信息常常会猝不及防地就出现在我的生活和工作中。

比如，二道坪路难行，是全乡唯一不通车的村子，从古至今，二道坪人养牛养马都是用竹篓把小牛、小马背进村，牛、马们就永远不出村了。

比如，人民公社时代的统征统购中，二道坪人享有不交肥猪的特权，背一罐猪油交到食品组就可抵一头肥猪的缴售任务。

比如，二道坪的羊只放到村口，羊们就四山八凹地自己放自己，主人到日头落时在村口等着吆回家就行，从来没有丢失过。

比如，随着户口管理的日渐松动，这里的人出去了就不再回来，留守的人养得起猪却杀不动猪，如果岩头外的村民不来帮忙，他们只好一直养着玩。

比如，这些年来，二道坪的儿子都上门做姑爷了，二道坪的姑娘都出门做媳妇了，村里最年轻的人是快五十岁的村长。

传说凡此种种，核心都在说路。在时间的隧道中，有关二道坪的信息来得琐碎而迟缓，并且常常夹些让人莫名的伤感。但于我而言，有一点不变，那就是每次听到一条类似的信息，我的心就会陡然一颤，对这个遥远的小山村不由自主地悠然向往。

## 3

说二道坪不得不说徐正祥。

徐正祥是我了解二道坪的第二个官方人物，也是让二道坪发生巨大变化的重要人物之一。

二道坪是卢家坪村委会所属的自然村。

包括二道坪在内，卢家坪村民委员会由卢家坪、卢发眯、新房子、李子树、弯子、孙家村、大平地、以德科、下河沟、小水井共11个自然村组成，毛、杨、徐、孙、李为主要姓氏，间杂崔、熊、周、吴、赵、薛、廖、潘、蒋、刘、樊诸姓。游历山野间，路经毛姓墓地，见一块老碑，剔除溢美的套话，碑文的主要内容是：墓主毛李氏，乾隆六十年九月二十六日 (1795) 生于贵州平越府余庆县上宫田，迁移西蜀，武定州禄劝县汤郎马落业成家，卒于光绪七年 (1881)。这段碑文至少说明，其一，明清以前，卢家坪一带已存在筑巢引凤之能的社区；其二，至迟在清光绪年间，卢家坪还在汤郎乡地界。查阅地方史志，民国时期，卢家坪已改隶镇康乡（今皎平渡镇），长期和平定在同一个村社行政区划内。1972 年独立建制，称大队，既而设乡，再改办事处，后建村委会。村委会驻地卢家坪村 1992 年用电，1995 年通车，与相邻地区相比，建设与发展的差距显而易见。至今，卢家坪还有不通公路的村落，那就是二道坪。

徐正祥属牛，却不是那种知其不可奈何而安之若命的笨牛，生在穷地方想过富日子，而且不是坐等天成的空想。徐正祥行二，镇里的官员们见面直呼徐二，却不是那种说话做事不靠谱的二。年轻时的老徐很江湖，走村串寨买牛换马找点儿差头，东奔西走挣点血汗钱，上崖下岩采挖过草药，隔江跨省倒卖过烤烟，积攒些小本钱后还砌过挡墙，修过公路，算是冒充小老板了。总之，这是个吃得苦受得累的主，年过五十才入主村委会，把卢家坪村党支部书记和村委会主任两把椅子一屁股坐了，是几年前村级管理体制改革时所称"一肩挑"的狠角色。从村级自治组织构架上来说，二道坪的直接领导是徐正祥，或者说，徐正祥是二道坪的真正当家人。

那是我第二次站在以德科岩头遥望二道坪。

曾有过一面之缘的徐正祥陪着我，脸色不冷不热的，话音不咸不淡的，一路上，言行举止正式而官样，不时透着浅浅的无奈，属于那种阅人无数，尤其是应付像我这类来自县里乡里、手无寸铁、嘴却有三寸不烂之舌的无名之辈。

那是二道坪。老徐第二次说。

对于小称分土和一蓬瓜够一家人吃一年的掌故，老徐颇不以为然，说，这是哪百十年的事了，这些年，村里的人只出不进，人均占地比其他村高多了。你们当官的，镇里的官我不敢说，但县上的官，我敢负责任地说，从古至今没有人进过二道坪。

我是县上的，日常在县上的一幢大楼里混事，民眼里算官，官眼里是民，我只听说过二道坪，遥望过二道坪，是老徐嘴里所称的从古至今没有进过二道坪的人。老徐绕着弯骂人，让我有些不自在，让开他的话锋，真心说：这是我见过最漂亮的村子。

这种村子留在世上的时间不长了。老徐说这话时，一脸的落寞，目光阴郁而冷寂。看着我莫名的诧异，他不着前后地又冒了一句，你晓得吗？今年春节，大年三十全村只有八个人在家，平均年龄快到七十岁了。

空心村。我明白了老徐的落寞，也证实了这以前零星听到的一些有关二道坪的消息。社会环境的宽松，让人口的流动日趋常态化，人们痴迷于未知的远方和陌生的城市，先一步挣脱大山和土地束缚的人们也不断证明，那未知的远方和陌生的城市有父母的医药费、儿女的学杂费以及建新房置家具的大额支出。于是，少男少女们上村下邻呼朋引伴地走了，不甘寂寞的青壮年劳动力被有组织地转移了，撤并村小学校后，山村更是失去了灵魂，连孙男孙女也走了，星散山野的村落，寂寞成了一个空壳。二道坪这样偏僻的山村，就是最早出现的空心村。

镇上的领导打电话说，你是写文章的。老徐说，语气中其实没有疑问的成分，无话找话罢了。我不知如何接他的话。我其实远远算不得一个写文章的，只是长期从事公文生产的营生，且曾经侍从主要领导身边，有过一段上书房行走的秘书经历，被人们误认为是写文章的而已。但老徐无话找话的话，让我隐约感觉得到了他的失落甚至失望。一个写文章的人，手里资源有限，他和他领导的困苦村民，没有多少望头，甚至连接些微漏沟水的可能都不大。我找到了老徐对我不冷不热、不咸不淡的缘由，这缘由让我有些难言的窘迫。因为，老徐是对的，他的失落或失望，正是事实本身。

只要路修通，二道坪还是有救的。老徐有一句没一句的闲话中，突然把一盘难吃的菜摆在了我的面前，然后就不怀好意地望着我笑，笑脸像那些大楼上变光的灯具不断换着色彩。看着我一脸的尴尬，老徐最后饶了我，还找了个地方让我下坎：写文章嘛，为我们二道坪吹吹拍拍、写写整整也是帮忙，说不定就帮了大忙呢。

我的眼神只和老徐对了一下，就迅速飘开，飘向了悬岩上突兀伸出的苍劲虬枝，飘向了虬枝顶端那脱俗出尘的神秘花朵。

置身悬岩，我又一次久久地遥望着凌空飘逸在金沙江上的二道坪。

# 4

有一点老徐是对的，修桥筑路这些大动作无能为力，但为二道坪吹吹拍拍、写写整整，这个我能做。当然，吹拍的效果不说，写整的好丑不论。

吹的效果很快显现。回查工作日志，第一次遥望二道坪，是在2016年2月15日，两天后，全县脱贫攻坚第一个百日会战打响。28日召开的全县第四次脱贫攻坚工作例会上，二道坪进村公路首次进入小城高层的议政视野。随后不到一个月，县委书记焦林、县长李开德先后进入二道坪专题调研进村公路，逐户逐人了解村情民意，最终拍板定案：再难也要让二道坪通车！

于是，有了一次二道坪人闻所未闻的文艺创作采风。

这回我不是孤身独人，而是带来了一群俊男靓女，有才具高格动辄溯本求源的地方史志专家，有见月伤情观花洒泪的小说散文诗才，有长枪短棒对景聚焦的摄像拍片高手，有斜扛画夹一身花里胡哨的写生人员，总之，是一支汇集了县内相关领域内顶尖人物的队伍。虽然众人才具不同，但情绪相同：出发前的煽动蛊惑，让每个人对传说中的二道坪充满了热烈的向往。

是在 2016 年 3 月 30 日。

老徐可能想不到我身后藏着这些暗器，加上各具才情的俊男靓女们又能见景生情很会来事，他一改既往不冷不热不咸不淡的接待标准，在他的官邸为采风团队准备了丰盛的午餐。村党支部委员会、村民委员会、村监督委员会即村级自治组织构架的三委四职干部悉数驾临，从洒扫庭院到下厨烹煮、布碗发筷，一应琐碎都是村官们亲自动手，很是让人不安，也很是让人感动。虽然事先说了我们付钱的，但举杯时他虎踞主陪之位，很权威地摆摆手，一句"你们说啥子鬼话哦"就埋了单，完全没商量的余地，那脸色，那话音，那气势，有极了当地最高行政长官的派头。不过，他又笑嘻嘻地跟了一句：我们农村古话说，锯断的木头好抬，说明的事情好做。二道坪的情况很特殊，一是去不了车，你们是要爬着去的；二是那里的人吃不愁穿不愁，就愁路难走，你们可不能白吃人家的。

又是路！

巧的是，这时的老徐和他的村三委班子，我和我的采风同伴都还不知道二道坪进村通车已成定局。

老徐的前一句话，让我感受到了山里人的温暖；后一句话中包藏的警示韵味，又让我体验到了山里人的狡黠。我好一阵才从他的话里绕出来，回过神，叹息良久。与他这样道行高深的乡村首脑相比，我充其量只是一只巡山的小妖，他才是这匹梁子真正的妖魔鬼怪，他才是这些山野号令威严的驻山大王。

这一回不再走老路，老徐带着我们沿一条山溪，途经下河沟、小水井等幽静的小山村往二道坪逶迤而行，车到岩头路已绝，从这里就只能贴壁顺岩绕下。

站在岩头屏息遥望，二道坪静静地孤悬在金沙江上。

进村的路就要从这里开始。老徐说。

还是路，而且他引着我们走的，是他计划中的进村线路。

沿崖而下的攀援，让我们切身体验到了一代又一代二道坪人的艰辛，也真正感受到了年近花甲的村支书不断把这条路挂在嘴上的苦心。

走的人多了，就有了路。走的人少了，路难成迹。二道坪曾经是一个热气喧腾的生产队，气候宜人，物产丰富，民风淳朴，虽然里面的瓜果余粮送不出来，但外面的嘈杂声音也飘不进去，几乎不受任何政治运动的干扰，幽雅安静，在漫长的时光栈道上，曾经是天堂般的存在。农村实行联产承包责任制之初，有人开始试探着离开故土，到了1986年年底，全村也还有11户47人。随着开放政策的扩大，村里人或求学或打工，离村后就很少回来，三十来年，二道坪日渐孤寂，变成了一个只有十来个老人常年留守的村落。由于少有人走，悬崖峭壁间的所谓路，就只是隐隐约约的意思，许多地方难以找到落脚处，要抓牢树枝或揪紧野草才敢挪身，绝险处要贴壁寸移。镇上的人大主席聂绍雄、副镇长姚云章参与活动，村里三委四职干部全程陪同，支书兼主任老徐之外，还有副支书、副主任、监委主任，这四个人可全都是卢家坪的大人物，把他们插花式安排在队伍中，主要就是出于安全的考量。

副书记崔加明寡言内秀，五十出头的样子，讷于言而敏于行，每临险境，他就主动让在悬空的岩边，假装自己是一道会微笑的栏杆，双手平伸护人通过。监委主任李发科话更少，心却细，险处身先到，一路清理拦身的枯枝和绊脚的碎石，为团队开道。易求无价宝，难得有情郎，副主任毛如友最年轻，攀岩越壁身形灵便，东拉西扯伶牙俐齿，一路对采风人员关心备至，尤其对柔若无骨却才气招人的美女更是牵手扶肩体贴入微，每于险处牵过一佳人就暗自窃笑，大有"万人丛中一握手，使我衣袖三年香"的快乐。饶是如此，山崖上仍不时传出女士惊恐的尖叫和男人不安的闷哼。

在步步惊、处处险中，我们旋崖而下，一直被遥望的二道坪，像一幅清新脱俗的山水画，渐渐清晰而其实地展现在我们的面前。

## 5

遥望过二道坪，就不会忽视那棵树。

身临过二道坪，一定会在梦中再遇那棵树。

二道坪村一棵树，当地称黄果芽树，至今大约300年，是卢家坪最长寿的树。

第一次遥望二道坪，是在以德科的岩头，让我打上二道坪印记的，是悬崖间逸出的苍虬老枝上的一朵花，而衬着这朵花的，是一片飘逸在悬岩上的绿云。第二次遥望二道坪，是在小水井村的岩头，这片飘逸的绿云清晰地展现了一棵树的姿态。在卢家坪村史展室中，我多次仰视过这棵树。由于上墙有些年头了，加之从摄影到制印都水平有限，聚焦和喷塑皆有不足，既有技术操作的偏色又有时光洗礼的褪色，图片有些让人难以卒读，但树的样子在，朦胧而沧桑。树影旁的说明文字虽然略显粗糙，却让这棵树更神奇诱人。毕竟，在峡风刚烈的金沙江两岸，在土壤薄瘠且干热缺水的悬崖峭壁间，大树老树并不多见，能活过 300 年的树，本身就是一个奇迹。

这棵树是二道坪的地标性存在。

卢家坪村史中还记载了一个最长寿的人，她是一个叫张树芝的老太太，出生于清宣统庚戌年，2017 年辞世，一生经历过大清、民国、中华人民共和国三个时代，阳寿 118 岁，即使在全县范围内我也没听过如此高寿的人。巧的是，这位长寿的老太太是以德科村人。以德科是卢家坪海拔最高的社区，二道坪是海拔最低的村落，最高与最低之间，只隔着一道刀削斧劈的万仞孤崖，站在以德科岩头，这棵树就在崖下，二道坪就在树下。

那正是我第一次遥望二道坪的地方，也是我第一次看见这棵树的地方。

从咿呀学语到怀春少女再到耄耋老者，一百一十八个春夏秋冬，隔着一道悬崖，最长寿的人与最长寿的树，有过多少的凝望，又有过多少的回眸？

终于走近无数次遥望的地方。

这棵数人才能合抱的大树静静地伫立在二道坪村头，枝叶茂盛，树冠优雅，地上隆起的老根如龙似蛇，从四面奔涌聚拢，把树身高高拱起，使这棵卓尔不群的榕树像一个苦吟山野的诗人，用自己的形象诠释"根，紧握在地下；叶，相触在云里"的坚贞意象。

二道坪凌空孤悬于金沙江南岸，三面绝壁环侍，一面北望苍茫无际的四川大凉山。暮春三月的江峡已显出几分湿热，苍翠葱郁的百年老树下，绿荫映衬中的小村瓦舍俨然，巷道浅短，鸡慢啄，狗碎走，阳光明媚如鲜花，野花灿烂如阳光。有苍颜老者倚篱假寐，闻有人声辄目光闪烁微笑相招，见人犹犹豫豫地趋前就大大方方带往家里走，人走后仍倚篱养神。带往家里走的人，想吃你开口，想喝你说话，主人会倾其所有尽其所能，即使带回的人素昧平生，即使吃了喝了的人今生不会再遇。一个女作者甚至晕晕乎乎地走进一户人家，心安理得地睡了一个午觉。

这样的山水出长寿的树，这样的环境活长寿的人，并不让人奇怪。

大树下，有一道小院，小院里住着村长熊正祥，也住着为熊正祥酿了几十年甘蔗酒的妻子。

见到我们，熊正祥有些不安，也有些羞赧，说，没有路，让你们受罪了。那神情，似乎二道坪没有路就该赖他这个小村长。

村长熊正祥的话让村支书徐正祥很不满。因为，如果一定要放屁赖尻人，从某种角度上来说，最有可能为二道坪不通车担责的是村委会。所以，这些年他一提二道坪就说路，一说路就上火，而且，花甲的荣光越近他就越着急。今天老熊的话让他更着急。他一只手叉腰，另一只手叉开五指在老熊鼻子下乱摆，官腔十足地教训老熊：你不要说些没用的。

羊，我们已宰好熬在大锅里了。老熊赶忙说有用的。

# 6

羊，我们已宰好熬在大锅里了。

这句话确实很有用。

老徐这样的乡村老狐狸，说好听的，是足智多谋，说不好听的，是诡计多端。一个不小心，你就掉进他貌似漫不经心设计的圈套里，比如说熬在大锅里的羊肉，就让我深感处境不妙。不吃吧，羊肉已鲜香四溢；吃吧，他那一句"你们可不能白吃"就是一道下好的死扣。

说路就说路吧。

说路之前，采风的俊男靓女已四散农舍，访摄采写，各显所能。

百年老树旁的熊家院里，小桌三面邀绝壁，留得一面赏江山，我和老徐们散坐院落。主人泡了茶，上了酒，还有村里自产的土瓜、花生等时令小食品。二道坪的当家人熊正祥很用心，他的妻子更是忙前忙后，忙乱中还要挤点儿空闲和徐正祥一伙村委会的干部斗些不荤不素的嘴皮子，使小院不时荡起难得的欢声笑语。

在二道坪，不论任何话题，总能自然而然地切入修路。

比如，我问村里到底有多少羊，咋满村满地都滚的是羊屎果？老熊的回答是一段：家家户户都养，最多的一家有七八十只，最少的一家也有二三十只，不过嘛，路不通车，这些羊要变成钱着实难，抵时三刻要使钱，吆两只出去卖，不小心就滚岩子掼死球了。唉，这条路，讲多少年了，光听楼梯响，就是不见人下楼。

再比如，我只是随口问一句村里有几个党员，老熊回答的还是一段：一个，哦，一个都差点儿莫球得了。以前一直是他当村长，当到爬不动岩子去开会了，村委会的人就一天一回地找上门来，我最年轻，实在莫法推就当了。有一年半夜三更，老党员突然得了急病，我一面打电话到村委会，人托人找了车，出高价让车开到岩子头，一面一口气把老人背上岩子，我到岩头车也到，连夜送到医院，总算救下了。老子挣了差乎些撒红尿，老倌倒是这会儿还编得动箩筐呢。要是有路通车嘛，何消让一个老党员受偌大的罪，还背时带欠伴，让我在床上好几天动不得。

这个由一条路引出的故事让人颇多感慨。在一个碰瓷讹人近乎常态化的时代，人性恶之花恣意绽放，学雷锋做好事常常会付出意料不到的名誉成本和经济代价，风高月黑夜，岩陡江峡深，身背生死难料的危重病人在同样生死难料的悬崖间攀爬，这样的事在文明程度远超越二道坪的城市是难以想象的。即使在二道坪，当事人心理上承担未知后果的压力也是巨大的。

感慨中，路自然成了中心议题。我一直没跟老徐说，我们所组织的这次采风活动，就是冲着路来的，我事先是认真地准备了功课的。从交通部门提供的资料来看，近些年来，县乡两级党委、政府始终关注着二道坪进村道路的问题，有计划报告，有可行性研究，有预算书。老徐更是不止一次把自己村支书、村主任、县党代表、县人大代表等官方身份的作用发挥到极致，不断往上请示报告，动议实施二道坪通村公路，他甚至流窜到省城，在市委党校的校长办公室喋喋不休；还把部队首长招惹到可以遥望二道坪的悬崖峭壁前，一面满脸红光地畅谈山村通车后的美好未来，一面哀哀欲绝地为辖下的群众哭穷叫苦。

老徐带着卢家坪村三委四职干部上蹿下跳不断取得新成果，在镇、县两级党委政府和有关部门的支持配合下，中共昆明市委党校、中国人民解放军空军某部、阳宗海管委会等机构纷纷解囊，以村委会驻地为起点，公路不断向二道坪延伸，到了小水井岩头，停下不动了。停下的原因有二：一是钱。从岩头到二道坪村百年老树下，仅 1340 米，但穿岩凿壁耗资巨大，相关设计部门给出额度不同的预算，最高的达 680 万元，如此高额的投入让帮扶单位望而却步，更让禄劝这个国家级贫困县的当家人不得不再三思量；二是人。全村 7 户 21 人，其中，1 户长期不在家，1 户仅1 人，从投入的角度来考量，集体搬迁异地安置是不错的选择。

由于信息不对称，县委、县政府对二道坪进村公路的决策尚未公开，而此前确定的采风任务中，我们还承担着县委政府主要领导交付的一项重要工作，那就是动员二道坪的父老乡亲们离开故土新建家园。

一亩露水一亩草，一层山水一层人。多少辈人住惯的地方，哪个肯搬哦！我们对书记县长也是这个话。村长老熊一脸的无奈，也有一些淡淡的羞赧，好像村里这样的态度很对不起书记县长，这样的结果应该赖他。

二道坪是卢家坪最出产的地方，甘蔗花生土瓜，黄果橘子柿花，江边热区出的东西它都出，这些年人口只减不增，人均占地四亩不止，家家养着犁地踩粪驮粮的大牲口，羊成群，鸡满厩，就是独人户也要宰一头过年猪，哪个肯搬？村支书老徐使用的是以守为攻的反问句式，但脸上的无奈清晰可认。看得出，他已经被上级安排，在二道坪干过动员搬迁的活儿了。

关于钱，老熊态度坚定：我说给你，只消 60 万，就 60 万！要是有 60 万这条路拱不通，我把脑壳卸下给你提回县上做交代。

莫乱说些哦，60 万怕不真个。村支书徐正祥赶忙接过村长熊正祥的话头，我说嘛，百把万肯定干得下来。话语中，狐狸本色暴露无遗。

修路要涉及山林土地的补偿，你们咋个打算？

老熊，你说。村支书不动声色把难题交到了村长手上，充分显示了一个久经磨炼的乡村基层干部的行政技巧。

村长大概没察觉村支书给他挖了一个坑，或者他明明看见了这个坑，却无视它的存在。因为他毫不迟疑地跳进了这个坑：拆迁啊补偿啊这些，我们自己解决。我一回又一回地走过线路，修这条路要砍以德科的几棵树，挖小水井的几蓬竹子，占村里的几亩地，我心里清楚得很。别个村的树木和竹蓬，我们村按人头凑钱赔给人家，卖几只羊钱就来了，不怕！至于自家村子占着或者打烂的土地，阿么么，我们自己调整调整就行了。总之，除了修路的钱，二道坪不占村上、乡上、县上一分一厘；除了修路的事，二道坪不麻烦村上、乡上、县上一丝一毫。

老徐浅浅地抿一口老熊妻子自酿的甘蔗酒，望着我，眉里眼里都是很阴险的笑意。说实话，多年来游离于官与民的边缘地带，我到过不少建设项目推进的现场，见识过不少挖坑高手，也看见过一着不慎误入陷阱的各色人等，却从未见过如此奋不顾身往坑里跳的人。

我一时有些难与人言的不安。

误解了二道坪，又辜负了上级所托，我生出些莫名的惭愧。但有一点我明白，动员群众抛家舍园放弃这方热土的话是不能再说下去了。剩下的，就是如何八方求助，穿岩凿壁修一条能输送养分的路，让这朵凌空飘逸在金沙江上的花继续绽放。

事实上，第一次入村，有采访人就有如下笔记：对这个美丽的山村，不可妄言其穷，它只是远，困扰它的是信息布达迟缓，是相互来往险阻、是物资交流困难、是跟进时代的成果共享缺失。

而造成这一切的核心原因，就是远，就是路！

只是，当时我们都还不知道，二道坪的村情民意、二道坪的通达前途，已尽在县委、县政府掌握之中！

## 7

采风活动在意犹未尽中结束，因为原路返回，攀岩过崖的危险不减，二道坪的主人们也不深意挽留。

晚归时，峰回路转出画塘，悬崖如兽披残阳。

没有发动，不曾组织，守在村里的几个老人脚跟脚地把我们送到村口。夕阳的金辉中，历经沧桑的百年老树风过枝丛，绿云飘逸。身为主人的村长熊正祥整天与人推杯换盏，满身酒香，已然醉态可掬，一次又一次拦住带队的县文联常务副主席孙显芳，态度坚决地把我们留下的伙食费往她的包里塞，嘴里只会不断嘟囔一句话：你们咋会那么憨，我们吃得比你们好呢，只是出进不方便一些。

又是路！

按照国家脱贫攻坚的要求，基础设施是重中之重，三户以上的居民点必须通公路是贫困村出列的硬指标。卢家坪是省列重点贫困村，如果所属村落不通公路，整村就不可能脱贫出列。二道坪群众坚守家园的信念坚定，修路入村就成必然。一天的东拉西扯中，就路线走向、拆迁赔偿等与路有关的问题，和老徐们达成了共识。喝着二道坪的羊肉汤时，我很慎重地向村中的父老们承诺，我将向老徐同志学习，把不多的话语权发挥到极限，让这些共识为有拍板权的领导提供决策的依据。

江峡中渐渐漫起淡淡的暮霭，站在小水井村北侧的岩头，遥望崖下，在苍茫宏阔的大凉山和波光潋滟的金沙江映衬下，二道坪，这朵悬岩伸出的苍杆虬枝上的花朵，是一幅绝美的写意图。

"接长亭，迷远道，堪怨王孙，不记归期早。落尽梨花春又了。满地残阳，翠色和烟老。"这是宋人梅尧臣《苏幕遮》中的名句，遥望二道坪，那幅绝美的景色，那种轻轻的哀怨，那样浅浅的满足，正合此境，正应此情。

走进了二道坪村，认识了二道坪人，我更加确信，二道坪，我只能遥望，我只配遥望。

在不让一个人掉队的时代，会有许许多多的目光一直在遥望二道坪。


附记

①此文是三年前参与"采风二道坪"的文稿，因同类题材佳作爆棚，丑女不敢硬嫁，遂搁置至今。三年来，四千二百多平方公里的彝山苗岭脱贫攻坚如火如荼，事态日新，县文联因时、依事，组织了以重返脱贫攻坚主战场为主题的"重返二道坪"文艺创作采风后，再读旧作，深感旧文违新事，刊发时略做增删。

②2016年3月30日，二道坪采风，按照县委关于文艺工作者、爱好者参与扶贫攻坚的相关要求，县文联组织了包括对皎平渡镇二道坪、则黑乡凹孔孔、马鹿塘

乡阿角岔等边远贫困村在内的全县脱贫攻坚采风活动。对二道坪的采访得到皎平渡镇党委、政府的大力支持，镇人大主席聂绍雄全程参与。采风队员形成了一批以脱贫攻坚为题材、以弘扬马鹿塘精神为主题的文艺作品，涉及文学、摄影、书画等门类，这些作品已在《轿子山文艺》期刊上连续推出，其中的摄影、书画作品还进行多次公开展出，文学作品选粹结集为报告文学集《厚土高天》，已由云南人民出版社公开出版发行。

采风之后，包括二道坪在内的贫困边远村落的发展状况逐渐受到社会各界的关注。2016年年底，中央电视台派出专业团队深入二道坪采访并做了专题报道，接受央视专访的卢家坪村支书老徐在电视里神采奕奕，很牛地吹了一把。

③二道坪采风结束后，根据群众诉求和村、镇的规划，在组织领导全县实施脱贫攻坚的艰苦奋战中，县委书记焦林、县长李开德先后攀越悬崖深入二道坪开展专项调研，确定了二道坪入村公路的路线走向、施工方案、建设标准，投资100万余元、穿崖凿壁1.34公里的二道坪公路破土动工。

2016年10月26日，土路全程通行，我随车进村。

村长熊正祥很高兴，说，这回起，总算不麻烦领导们爬岩子进出二道坪了。

村支书徐正祥很嘚瑟，说，啊么么，老子就生怕干着干着又上坡不来油，这回总算是对得起人了！

村头年过古稀的杨家婆婆拉着衣角抹眼泪，说，做梦都没想到这里会通车路呀，要不然，咋个整都不会让自家儿子去上人家的门做人家的儿子啊！

2017年年初，经国家组织的第三方评估，卢家坪村跨出省级重点贫困村之列。随后，在空军某部的帮扶下，二道坪进村公路实现全程硬化，并安装了安全护栏。2018年12月22日，县委书记焦林重返二道坪，逐家逐户了解群众生产生活；2019年2月14日，空军某部政治部王远明将军视察了二道坪脱贫攻坚工作，对二道坪的发展现状颇多赞许。

④二道坪进村公路通车的当月，村长熊正祥买了二道坪史上的第一辆摩托车。当年春节，外出打工的年轻人把轿车开进了二道坪。到2018年年底，借脱贫攻坚的东风，村内巷道实现硬化，村里村外安装了太阳能路灯，沉寂了无数时光的江峡小村，夜晚亮如白昼。全村每户人家都建了砖混结构的新房，城里人管它叫别墅。2019年1月17日，熊正祥催促着搬家，春节前全村已全数入住。其间，熊正祥多次来电话，委托我邀请焦书记、李县长去二道坪宰羊。据我所知，书记、县长确实去过了，在二道坪看了路，看了房，看了腊肉和存粮，但一直没有来得及宰老熊家的羊。

# 一只手两条腿，
# 夫妻走出脱贫致富路

余 达

　　张顺东一九七四年出生在东川区乌龙镇坪子村芭蕉箐小组，六岁那年，张顺东放羊时不小心被高压电击伤，因为家境贫寒，家人把张顺东送到卫生院只做了简单的清理，打了几天消炎针就带他出院了。东川气候炎热，伤口发炎溃烂，疼得有如万箭穿心，懂事的张顺东怕父母心疼，一直咬牙忍着。由于家里实在穷，拿不出钱给张顺东医治，张顺东的右手和双脚被先后截肢，双脚装了假肢。

　　残废了的张顺东读了几年书，小学四年级就辍学了。为了不给家里增加负担，地里家里的活儿他都争着干抢着干，他就想做一个能自食其力的人。

　　十九岁那年，村里人看着张顺东虽然残废了却样样事能做，就给他介绍了个对象。女方叫李国秀，也是个残疾人，生下来就没有双手。李国秀也是个不认命不服输的人，从小独立性就很强，她用一只脚夹着笔写字，用大脚指头翻书，读完了初中，她还用一双脚练习做家务事，用嘴叼东西，用下巴和脖子夹杯子。长大了的李国秀不但能生活自理，田间地头家务活儿样样能做，还能用脚夹着针和线，穿针引线缝衣裳、绣花朵，她用脚绣的鞋垫很是出名。两个苦命人一见钟情，可李国秀的哥哥怕他们两个残疾人在一起吃苦受累还过不好日子，让李国秀受委屈，坚决不同意这门亲事。张顺东并不气馁，仍然坚持与李国秀偷偷约会，暗中交往，两人终于在一九九三年结了婚。

　　那个年代，在这样的山区农村，正常的日子都过得十分艰难，何况他俩都是残疾人。一间土屋，两亩薄田，张顺东与李国秀开启了他们的婚后生活。在屋子里做饭，烟熏火燎不说，锅碗瓢盆柴米油盐一摆开，人就没有立足的地方。张顺东开始一点一点挑泥巴来打土基。今天干一点儿，明天干一点儿，一间小厨房就盖起来了，里面再打个矮矮的小灶，李国秀就可以坐在板凳上做饭炒菜，日子过得就更像日子。

　　紧接着，鸡圈砌起来，猪圈砌起来，李国秀又买了几只小鸡、一头小猪养起来。张顺东一刻也不愿意闲着，他又在家门口的路边上砌了一间土屋，开了一个小卖部，卖点油盐酱醋茶，针头线脑，方便村里群众，自己也能赚个一毛两毛，补贴家用。

　　栽秧的日子，张顺东请人把水田犁好，自己下田插秧。两条假肢深陷在泥里，迈一步都非常吃力，他仍弓着腰，顶着炎炎烈日往前走。李国秀则守在田埂上，用一只脚勾起成捆的秧苗，送到张顺东身边。月亮出来了，其他插秧的人都收工回家吃饭了，他们夫妻俩还继续干，直干到月亮隐没在云层里，两人才拖着疲惫的身子回家做饭吃。薅秧除草，两口子一起下田，张顺东用手，李国秀用脚。收割时，张顺东下田把稻谷割倒，送到田埂上，李国秀坐在板凳上，把稻谷一捆捆扎起来……点苞谷、洋芋时，张顺东在前边打塘，李国秀跟在后面，她脖子上吊着两个筐，一个装种子，一个装肥料，张顺东打一个塘，李国秀就一只脚金鸡独立，另一只脚跷起来，筐里夹几颗种子撒进塘，再夹几颗化肥撒进塘，张顺东用小锄扒点泥土把种子肥料盖起来。年复一年，两人配合默契。许多时候干着活儿就刮大风下大雨，地里的人都撤了，他俩不撤，他俩干活儿比别人慢，刮大风下大雨如同夜晚，能为他们赢得时间。

　　庄稼往家里搬运，李国秀用个大背篓背在肩上，夹紧双肩，能背一点儿是一点儿。张顺东心疼妻子，不管稻谷、苞谷、洋芋，一次要背八十公斤，甚至一百公斤，那些健全的人都佩服他。

　　每干农活儿，张顺东的双脚与假肢接触处都会发炎溃烂，他只能晚上回去，打盆水洗洗，擦点儿药，忍着痛把农活儿干完。好多次，缝合的伤口又被撕裂，他都忍着。李国秀心疼他，难过得眼泪直流，可为了生活，她也无奈。

　　生活如此艰辛，却也有简单的快乐，张顺东李国秀有了一个女儿，又有了一个儿子。尽其所能，供孩子读好书，成了他俩生活的巨大动力。夫妻俩扩大了养殖，在家养了更多的鸡，养了更多的猪，还养了几十只羊，养了几头牛。随着年龄的增长，张顺东身体大不如前，血压也开始增高，背东西也不像以前得劲了。二〇一三年，夫妻俩商量了几天，筹钱买了一辆农用三轮车。农用三轮车的油门在右把手上，加、减油门靠右手完成。张顺东只有左手，无法操作。他请人把车开到修理店，请修车师傅把油门改在左边，这样他就能用左手加、减油门。这辆农用三轮车，既是他代步的工具，又是生产工具，粮食和肥料都用它运输。就这辆三轮车，夫妻俩下地干活儿，收割庄稼，丈夫驾驶，妻子乘坐，一起去，一起回……

二〇一七年的脱贫攻坚，乌龙镇推行危房改造和宜居房建设，张顺东家作为特殊困难户，得到一笔补助。张顺东舍不得花钱请人，他想把钱省给娃娃读书。于是他自己干，开着农用三轮车拉材料，水泥、沙子、石头、砖头、钢筋……全是他自己上车下车；拌砂浆、起基础、浇柱子、砌墙，都是他自己动手——左手，只用半年时间，他家的两层小楼就盖好了。

　　因为过分劳累，房子盖好，张顺东的右脚缝合口又一次撕裂，已经溃烂得不行，晚上洗脚，一盆红水，不得不住院，做了两次手术。像张顺东这样的家庭，两个孩子还在读书，两次大手术足以把这个家庭拖垮，拖入万劫不复的深渊。幸运的是，他们都参加了农村新型合作医疗，高昂的医药费住院费报销了百分之八十五，国家卫生扶贫政策又报了一部分，加上东川区民政、残联等部门给予的救助，他们自己只承担了 800 多元。

　　走进他家大门，干干净净的院子里，十多只鸡跑来跑去，走廊边的台阶上摆满鲜花，李国秀正坐在凳子上，用脚夹着水瓢，从水桶里舀水浇花。夫妻俩知道我要来采访，李国秀见我进来，急忙站起来，轻摆着两只空空的袖管热情地招呼我进屋。房间宽敞明亮，客厅窗明几净，地面贴上地砖，闪闪发亮，冰箱、电视机、电视柜、沙发、茶几等家具，一应俱全。张顺东正坐在客厅，也急忙站起来招呼我。我俩一起坐下。张顺东又做了一次手术，他撸起裤腿取下左腿的断肢给我看，新伤口缝合处还红肿着。

　　李国秀给我倒了杯水，用右边的下颌夹在肩膀处给我送来，我急忙站起来迎上去。没得事！张顺东笑笑说，你坐你的。你别看没有双手，她样样都能做，拌饲料喂猪、喂鸡、喂羊；煮饭、炒菜、刮洋芋、洗菜、拖地、洗衣服……地里的农活，她也样样能干，她用脚除草、拔花生、捡红薯、捡洋芋，就像用手一样灵活，一样得力。

　　我知道李国秀能用双脚绣花，却还没见过，便请她给我表演一下。李国秀开始不好意思，张顺东鼓励她说，表演一个就表演一个，有哪样！于是李国秀转身进屋里，熟练地用嘴把针线包叼出来，坐在凳子上，先用右脚趾夹出一根绣花线，用左脚指头捻一捻，又用左脚夹出绣花针，用右脚轻轻顶了一下，调整好角度，然后两只脚凑在一起，几秒就穿好针线。接着，她又用脚夹起一只绣了一半的鞋垫，只一会儿就绣出一朵八角花。我接过她绣的鞋垫试了试，看了看，结实、精致，针脚细密，色彩搭配协调，特别漂亮。

　　我们正聊着，李国秀突然冲张顺东说，你该吃药了！她放下脚下的绣活儿，用下巴夹着放在茶几上的药递给张顺东，又转身进屋给丈夫倒热水，用下巴与脖子夹住水杯，递给张顺东。

小商店开着，有人要买东西，在外面喊，李国秀急忙站起来，摇摆着两只空袖管出去。张顺东告诉我，小商店已经开了二十多年了，平时批发点儿小百货来卖，方便乡亲，自己也有一角、两角的利润，补贴农用。张顺东还告诉我，前不久，他参加了残疾人电商培训，买了一个二手笔记本电脑，他家现在还未开通网络，他用手机热点连接，弄了好多天，一直都连接不上。他说他现在还不怎么会用，要等女儿回来教他。他一直在琢磨，希望把乌龙的土特产品放到网上销售。他还欣慰地对我说，我算熬出头了，两个孩子都长大成人，女儿参加工作在邻县，是位中学教师；儿子在镇上参加了技能培训，由镇上统一推荐到成都打工，已经自食其力。上个月，女儿结婚了，在家办了酒席。一直为李国秀担心的哥哥来参加婚礼，看到我家现在的生活，感到十分欣慰。两个孩子对我们比较孝敬，张顺东指了指堂屋里的一应家具又对我说，姑娘去年参加工作，就给我们买了家具。

说着话，李国秀带着一个人走进来，是邻村专门贩羊的，来张顺东家买羊。李国秀说贩羊人开价三十八元一公斤，买他家的黑山羊，问张顺东卖不卖。张顺东还没开口，李国秀嘟囔说，他给的价格太低。那就再养养，离过年还早，张顺东也不着急。要是在前些年，夫妻俩可不敢这么从容，急需用钱的时候，别说人家找上门，只有自己找上门去的，再低的价格，不卖也得卖。张顺东有几分得意地告诉我，今年赶上猪价高，我一个多月前卖了两头，卖得一万零八百元。

快到吃饭时间，两口子在厨房忙起来，李国秀从袋子里撮米，张顺东淘米，张顺东切菜，李国秀炒菜，无须语言，配合默契。

晚饭后回到市区，我走进东川区脱贫攻坚成果展的展厅，专门去看了李国秀的几幅十字绣——"爱党、信党、跟党走""感党恩、听党话、跟党走""不忘初心、砥砺前行""永远跟党走"，我相信这的确是张顺东和李国秀的心里话，绝非虚言。

二〇一九年十二月十九日上午，张顺东在东川区第一人民医院参加了东川区残疾人运动员的体检，他报名参加定点投篮和乒乓球比赛。检查结果他血压高，高压达一百八，他担心不能参赛，反复对残联的工作人员说，没得事！没得事！不影响！不影响！

# 厚土高天

李点芳

## 金沙江峡谷、普渡河峡谷和"禄劝坐标"

读懂了金沙江和普渡河两条峡谷，就读懂了"一个半"的禄劝。

古语有云：郡县治，天下安！

翻阅罗婺老志书，细读禄劝新规划，发现这个认同在扶贫攻坚、脱贫摘帽、全面小康和乡村振兴的过往和当下，显得更加意味深长。

从地缘和自然的角度来看，禄劝北部客水而过的金沙江，经由楚雄州武定县流入禄劝县境，经汤郎乡、皎平渡镇、乌东德镇、马鹿塘乡、则黑乡五个乡镇的北部边缘，以其自然流向和深度切割，成为云南和四川两省之间的一段重要天然界河。

禄劝境内金沙江流域最大的支流普渡河，则来自另一个不同的流向。源起掌鸠河，从禄劝最南端的崇德岔河入境，一路流经屏山街道、翠华镇、九龙镇、中屏乡、乌蒙乡、雪山乡和则黑乡，于则黑乡小河坪子东北一公里处汇入金沙江。

金沙江和普渡河，原本只是两条自然河流，一经将其置身于青藏高原和云贵高原更为庞大的体系之中，其作为河流的自然属性，就着禄劝特有的历史、文化和发展进程，发生了质的重塑和特定具象的固化。

这是两条蜚声中外的著名峡谷。

这里发生过决定中国工农红军命运和中国现代历史走向的重大事件。

一声"金沙水拍"！

叫醒了中国，震惊了世界。

撇开当年的军事意义不讲，从自然生态、社会生态和文化生态的范畴来看，在这两条峡谷里，藏着禄劝最本真、最质朴、最珍贵，最具传奇色彩和震撼力量的某种东西。对其进行发现和挖掘，就能让我们对禄劝拥有最真实的了解。而这一过程，除了能够帮助我们完成县情的准确调查和县域功能的科学界定之外，还可进而对与禄劝相类似的东川区、武定县、会理县和会东县等周边毗邻县区增加感同身受的认知感和亲近感。

所以说，一旦读懂了金沙江和普渡河两大峡谷，我们读懂的即是"一个半"禄劝，而非"半个"或"一个"禄劝！

两条峡谷的自然存在和深度切割，将禄劝广袤大地塑形成一个类似于"T"字结构的巨大空间坐标，支撑着两条峡谷所构筑起来的一片厚土高天。

空间之中，当我们需要找准一个点或一个方向时，坐标是最有效的工具。劳动实践之时，当我们需要测算一座山的高度和泥土方量时，坐标同样是最方便的手段之一。

当我们将始于 1986 年且持续了 30 余年的扶贫攻坚、扶贫开发历史和 2020 年当下要实现的脱贫摘帽目标一并连缀在一块儿，禄劝同样离不开一个清晰明了的"坐标系"。《现代汉语词典》关于"坐标"一词的释义是：名词。能够确定一个点在空间的位置的一个或一组数，叫作这个点的坐标。通常由这个点到垂直相交的若干条固定的直线的距离来表示。这些直线叫作坐标轴。坐标轴的数目在平面上为 2，在空间里为 3。

1986 年 7 月 8 日至 9 日，时任国务院办公厅秘书长兼国家贫困地区经济开发领导小组组长陈俊生，在云南省人民政府办公厅秘书长保永康的陪同下，到了禄劝崇德、翠华、九龙实地考察。我们注意到，调研组此行的目的只有一个，考察禄劝的贫困程度，考察的重点同样放在了普渡河峡谷区域，最终确定将九龙的白勒村定为国务院办公厅的直接联系点。

1986 年时间节点上的白勒村，大多数彝族村民还住着木垛屋和"杈杈房"，调研组走访农家，找不齐三个凳子。更有农家"两女共一裙"的真贫实困。姐妹俩只有一条裙，谁出门，谁赶集，谁穿！

在禄劝"坐标"体系中，1986 年，是一个极为重要的点。

是年，禄劝被列为国家和云南省重点扶持的特困县。

"一裙谁穿"的问题，作为真实写照，同样作为一份关于禄劝贫困程度的真凭实据，自此放进了历史的档案里。

穿越历史，走向未来。

我们的目光再度投向了金沙江峡谷和普渡河峡谷。

2016年，在"十三五"规划坚定起步之年，昆明市委、市政府将脱贫摘帽的重任交给了禄劝。责任在肩，"军令"如山。禄劝县委、县政府将脱贫攻坚的主战场摆在则黑乡，摆在马鹿塘乡，摆在更为广阔的金沙江峡谷和普渡河峡谷之间。两条峡谷所构筑起的巨大空间坐标，正式成为禄劝决胜脱贫攻坚的重点战场，考量昆明脱贫摘帽成果的重大舞台，2家省级单位、32家市级单位、85家县级单位倾情"挂包帮"，真情扶真贫的爱心家园。

基于此，我们对金沙江和普渡河峡谷3个村庄做了一次田园调查和村史解读，5年持续不断地攻坚克难和八方聚力，终有了文学眼光和媒体镜头对禄劝这土地的文字浸润和氤氲渲染。

## 孤悬天际的金沙江峡谷小村：二道坪

1. 汇研"1.34"

2016年3月13日晚8时。

禄劝县委常委会议室，脱贫摘帽工作指挥部作战室。

灯火通明，气氛热烈。

禄劝县委召开的脱贫摘帽工作例会上，负责挂钩联系皎平渡镇卢家坪村委会精准扶贫和脱贫摘帽工作的县级分管领导，进行专题汇报发言。二道坪村小组"1.34"公里进村道路修建问题，正式摆上了议事决策桌面。

二道坪小村现有8户23人。目前的情况是，村里最年轻的48岁村组长，以一个"倒插门"女婿的身份，领着20个老人留守村庄。老人生病就医，差不多全村人只能指望这位48岁的"年轻人"背人出村，背人过崖，一双脚板跑山外。

当晚，与会领导的会议记录本上差不多都记下这段话："二道坪，20多年来，男孩出山去上门，女孩出村去嫁人！"脱贫摘帽工作推进过程中的一次例行专题汇报，一夜之间将"1.34公里"这个距离，带到了县委决策层面的高度。根据交通运输部门测算，二道坪村进村公路概算投资650万元，村小组和村委会的估算远不到200万元。

有一个事实存在，无论投资金额多少，公路开挖的土石方量多少，二道坪的进村公路不是言"修"，只能硬"凿"！

"1.34"公里，换算成高度，等于3座东方明珠广播电视塔的高度，4座埃菲尔铁塔的高度。换算成长度，比南京长江大桥正桥长度还少236米。按照二道坪村小组长熊正祥的豪言壮语去丈量，就是"一锅烟的工夫""一只山羊啃三蓬草的距离"！

查阅《禄劝彝族苗族自治县第十三个五年规划纲要》专题调研报告交通数据库，我们发现另一个更明晰的事实：截至"十二五"末，禄劝公路通达里程3541公里。保持正常通行里程1395公里，尚有晴通雨阻里程2146公里，公路正常通行率39.39%。至今仍为省会城市昆明域内唯一不通高速公路的县区。

显然，卢家坪村委会二道坪村与以上这组统计数据无关。

二道坪，金沙江峡谷里一个藏得很深的小村子。地处皎平渡镇驻地西北26公里的断头悬崖下的第二道坪子上。故名。1986年，全村共有11户，47人，全为汉族人口。属块状聚落型村庄，海拔1867米，全村共有耕地54亩。属干热河谷气候，出产水稻、玉米、麦子、烤烟、甘蔗，以黑山羊为主的传统养殖业成为主要经济收入来源。

考察金沙江峡谷的村落布局，我们发现一个很有意思的现象，每个村庄都有着自己鲜明的性格。有的属于点式聚落，有的属于列式聚落，有的则属于块状聚落。但不管呈现何种方式，热情而真诚，鲜明而独特，是它们共同的外貌。

孤独，是二道坪给予外界最直观的视觉印象。

说其孤独，站在卢家坪村委会的任何角落，都看不到这个村庄。同样，站在皎平渡镇的任何地方，也都看不见这个村庄。喊声叫不应这个村庄，歌声飘不进这个村庄，喇叭声惊不着这个村庄。

但是这个村庄并不缺乏声响。

二道坪的声响只来自两个地方。一是村庄生活中自然生出的声响。鸡叫声，狗咬声，收割麦子的挥镰声，羊群归家弄出的杂乱声，锅碗盆瓢的碰撞声，保存着这个村庄的生气，守护着8户人家的安宁。二是空旷的金沙江峡谷与生俱来的风响。攀枝花树叶间的沙沙声，断头崖际的流沙声，雨季从干河沟里准时响起的流水声，风化着这个村庄的容颜，催生着这个村庄岁时四季的自然轮回。

不让一个村庄掉队，不让一户人家落伍，要让所有贫困户过上好日子。基于国家全面小康建设和扶贫攻坚方略明确指向，基于禄劝脱贫摘帽工作精准施策要求，二道坪，以一个村庄的名义，生动而鲜活地走向山外的世界，走入人们的视野。

2016年3月25日，县委书记焦林前往二道坪，考察村情，查访民意，看望留守老党员杨宗光。

那一天，走过二道坪断崖间，卢家坪村支部书记徐正祥与县委书记焦林脚跟着脚，身贴着身，两株逗风的树一样，摇摇摆摆半天也走不进二道坪。

巧合的是，当日，卢家坪村支部党员大会正在召开，全体党员正在酝酿选举产生卢家坪村新一届党总支部。

基层战斗堡垒与孤寂小村二道坪之间的距离，在这一天拉得最近！

2. 二道坪 2 号

2016 年 3 月 30 日。

皎平渡镇卢家坪村委会，多云间晴。

我们前往二道坪小村开展村情调查和农户走访。以文学的名义第一次去揭开一个村庄的过往，这在禄劝文坛是首次，在禄劝脱贫摘帽的当下，是首创。

村委会的干部们习惯称二道坪为"孤岛"。乍一听，不知何意？往卢家坪村委会驻地出门，顺着下河沟、半坡、以德科、头道崖一路往北而去，大约一个小时，就到了小水井村。从头道崖间的断崖中下行约一公里，透过崖间的藤蔓刺篱往下看，不得不佩服人民群众对语言运用的精准和独到。"孤岛"与战时的上海无关，与海峡对岸的台湾无关，只跟脚下的断崖之路有关。

断头崖的阻断隔绝，让二道坪果真是一"孤岛"。

路，成为二道坪村落日渐衰微的最根本原因。自 20 世纪 80 年代以来，不断有人选择了走出远门。差不多所有孩子在念完小学或中学之后，一概选择了离开。在"学而优则仕"的传统观念引导之下，有人走出村落，最终定居城镇。而大部分的孩童则是循着"男大当婚，女大当嫁"的另一个传统观念，挥手作别故土，低头去了邻村，去了远乡，去开辟另一个新的家园。在这个艰难的选择过程中，皎西街子，汤郎板桥，武定已衣，甚至更远的充满诗意的丽江和香格里拉，都成为出村者的栖息地。出嫁他乡或入赘异姓，对所有的孩子们来说，方式不同，但起因一致。远地和远方，远不如二道坪一样亲切，厚实，有安全感，主动选择改变的动因只有一个：那是一些通了公路的村庄和城镇。

车轮"扬尘"与群羊"飞沙"之间，孩子们更为坚定地选择了前者。

选择了更具现代意义的另一种生存状态。

基于此，在二道坪村，我们选择的调研重点是村庄建筑及村庄人文。

在村组长熊正祥家里窝了差不多一个下午，终于考察清楚他家这所房子的结构和功能。一旦有了初步印象，同时，也就完成禄劝乡土变迁轨迹的又一次补充和升华。在中国城市化进程的大背景下，并非所有人口日渐减少的村落都会变成"空壳村""空巢村"抑或"空心村"。二道坪，不存在这个问题。或者说，这个问题并不突出。

二道坪 2 号，是金沙江峡谷人家最传统的土掌房。

熊正祥家的房屋结构很有意思，采用传统建房技术手段建造而成。但对土地空间的利用却很特别，很用心。房屋坐东朝西，面向金沙江峡谷，落日的余晖总会与归家的羊群同时关进这座院落里边。院落设了天井，因为临崖而建，自然有了侧门，侧门正对着东北面皎平渡大桥方向。那是一个车水马龙的方向，那是一个四通八达的渡口。门口道路就着一道斜坡直接浇灌成水泥步道，象征性地设了台阶，不标准，但很圆润。中间夹杂着的乱石头就地浇灌在原来的路基上，既省了工料又兼防滑，很实用。主屋前面的天井就着断壁空间，垒起一个差不多 20 多平方米的羊厩，上面搭了半截地板，居中留下一块空洞，用于羊厩散热通风和方便投喂饲草。羊厩上面硬生生地浇灌出半截地板，可以容纳两桌人同时就餐，成为接待众客的"风景空间"。

土掌房很有年头，蓝底白字的"二道坪 2 号"门牌正正规规钉在门楣上，常年处于背阴位置，加上门楣遮护，显得干干净净。成为这幢房屋上面最具现代气息的东西。

在二道坪 2 号，总会有些叫人吃惊而又极具历史感的东西没来由地呈现在你的眼前。

第一件让人动容的事情，是熊正祥家供桌之上那副"烟火味"十足的祈福图联。

熊正祥家的堂屋之上，除了普通人家传统的家堂联句之外，赫然贴着另一副很少见的传统祈福图联。言其为"图联"，是有原因的。连体异形书写了"黄金万两"四个汉字，右配联语"土里长白银"，左配联语"地里出黄金"。这副堂联震撼人心的地方，因素有三：一是因其所盼是"黄金万两"而非"招财进宝"。黄金正好是麦田的颜色，土地的颜色，金沙的颜色。二是因其为主人手写，而非工业化印刷的统一版式。红纸的底子，浸染墨汁浓香，粗犷显眼地高挂在贫困农家的正堂里，质朴无华的汉字与土掌房老屋结合得如此协调，浑然一体。三是对联本身的信息内涵和人生价值取向。为加强脱贫摘帽工作宣传，村民的外墙上早已刷了白石灰的标语，院门边贴着县上统一印制的漂亮醒目的宣传画。一切表明，扶贫攻坚已经精准地来到了这个仅有 8 户人家的村庄。熊正祥家的图文对联如此一身烟火气息，无须动员，源自民心，无须鼓动，端自心底。说实话，字非好字，纸非佳品，但其可贵之处在于恰好处在一个家庭的中心位置：家堂。离祖宗牌位最近，离居家饭桌最近，离小村酒香最近。

这个发现，令我很感动，或许因为不通路，或许赶集路头远，熊正祥手写的这副传统祈福图联，好比多年难得一见的杨柳青年画，让我们在二道坪碰到了。这份亲切感让我们瞬间融进故土记忆的某种沉淀之中，进而有了进一步翻开这个村庄历史的又一次强烈冲动。

第二件让人吃惊的事情，是熊正祥如何解决峡谷人家洗澡难题的举动。

很少有人想到，抑或相信，熊正祥家的洗澡房居然悬空建在金沙江边的岩头上。一共用了十七根木头另加数十块毛边石料，硬生生地浇灌起一间5平方米左右的洗澡房。周围用竹竿间杂竹箅编织起围挡，以便遮体避羞。站在洗澡房中往下看，垂直高差890米！竟然可以俯瞰汤郎乡细柞渡口到以汤德渡口段的整条金沙江江面。这哪是洗澡的地方？这是写诗的所在！入得房去，脱个赤条，俯瞰金沙江，真正是个：

大风起兮云飞扬，金沙崖头冲水汗；

绝壁悬托居家户，遍揽金沙二百峰！

想破头皮，遍寻记忆，这该是我们见过的最奇绝的洗澡房。虽然简陋了些，危险了些，唯其如此，才配得上金沙江大峡谷与生俱来的大山大水大气场。也唯其如此，才真正让人体会到"万里黄沙一粒金"的艰辛和峡谷人家土地寸土寸金的珍贵。

3．回望远村

下午五点，汤锅宴的腥香开始飘在二道坪2号的院子里。

开宴的时候，熊正祥家的羊群陆续回家来了，回到房前天井位置的羊圈里。之所以特别想强调"陆续"两字，是因为羊群其实不用特别招呼，早间赶出门去，整日飘在金沙江峡谷的岩头箐间。跑得近的，吃得饱的回来得早，跑得远的，贪嘴的，回来得就要迟些。家里人只需傍晚到村头叫一声，天黑前保管到齐。这就像二道坪人家请客吃饭一样，客人同样会来得早晚不一，路头近的，过断崖快的，到得早，路头远的，手里活计忙的，自然也就到得晚些。村庄里的人家不讲太多规矩。先来的先吃，后来的歇歇稍也不打紧。但我们发现的另一个事实是，这些远道而来的客人，都会扛着一箱冰红茶，或者啤酒。这是藏在酒水价值层面和人情含意背后最直白的一个事实，要过断头崖那段悬空山道，能替人家省一分力，就真真正正是一分力。

二道坪2号，大脚板的男人，"黄金万两"的祈福联，金灿灿的麦田，自己找道归来的羊群，村头虽已干枯却不倒不腐的榕树根，替我们还原着二道坪小村的全部历史。今年正好本命之年的熊正祥，二道坪村中最年轻的48岁男人，其关于人生态度的感悟，竟如一千八百多年前西方哲学大师、古罗马皇帝玛科斯·奥勒留一般干净透彻。

"完美的性格应该是这样的：过每一天就好像是过最后一天似的，不激动，不麻痹，不虚伪。"

有这样一位村长守护着二道坪，有这样一个大脚男人看着断头崖这段道，有这样一种文化浸润着江峡小村。

二道坪，远而不穷。

二道坪，孤而不独。

安宁祥和，才是二道坪这座村庄最本真的存在。

告别二道坪，仅有 8 户人家的江峡小村，以其安宁祥和的生活方式，将蕴藏于甘蔗酒里的丝丝甜味悄悄地塞给了我们，飘给了断头崖外的整个世界。

二道坪通公路的那一天，我们一定还会来。

相信，会有更多的人来看"二道坪 2 号"土掌房，来看悬空金沙江岩头上的那间洗澡房，来看这个长在神秘"毛公山"颔痣之下的小村庄！


### 生死缔约的金沙江峡谷小村：阿角岔

#### 1. 初见"生死状"

2016 年 3 月 31 日晚，禄劝马鹿塘乡党政办公室。

我们第一次见到了签订于 30 年前的一份"生死状"。

了解一个村庄的历史竟然需要从一份远在 30 年前的村民"生死状"开始，本身就是一个传奇，一个震撼，一份带着珍视历史过往的责任感。

其实，禄劝马鹿塘乡阿角岔村曾是一个在昆明政坛扬名立万的村庄。只是其出名的方式稍显悲壮。二十世纪九十年代，在昆明市扶贫攻坚的主战场上，阿角岔以一个村庄的名义，以一段挖沟凿渠的壮举，首先托举起昆明市海拔最高乡镇马鹿塘的全部脊梁，继而擎起全昆明跨越新世纪的扶贫攻坚战旗，终成一曲撼人魂魄的精神交响。

从地理常识的角度来看，阿角岔海拔相对较低，村落所在地仅有 1240 米，属于金沙江峡谷传统村落。自古设有阿角岔渡口，江宽 250 米，水深 22 米，与邻近的倮左渡口、罗嘎枝渡口并称马鹿塘"三古渡"。"赶集靠爬山，过江浪里穿"！说的是峡谷人家交通出行的不便。这个村最大的难题是干旱缺水，解放以来一直想引而没引成功的水，在 1985 年的 5 月 4 日，成为"生死与共"的村庄宣言。

靠全民集资！

靠全村凑猪油！

靠全力用手刨！

终于凿通一段 195 米的引水渠，引得清泉过断崖！

《禄劝县志》实录如下：

——1997年2月，云南省委常委、昆明市委书记杨健强到马鹿塘乡检查指导扶贫攻坚工作，提出"马鹿塘精神"并号召在全市广泛宣传学习。

3月31日，我们见到的缔约状全文如下。

（阿角岔）1985年挖沟经自愿立状（户主签名盖章）

一条：发生安全事故自己负（付）。

二条：投资人口自愿报。

三条：有了受益平均分。

四条：工程失败自己忍。

刘正自6人（手印），投资60.00元

孙如云4人（手印），投资40.00元

邹鲁福5人（手印），投资50.00元

邹鲁华4人（手印），投资40.00元

张天祥5人（盖章），投资50.00元

邹鲁开8人（手印），投资80.00元

邹鲁军7人（手印），投资70.00元

邹鲁奎5人（手印），投资50.00元

邹鲁顺5人（手印），投资50.00元

邹鲁政5人（手印），投资50.00元

张天胜6人（手印），投资60.00元

袁明宏5人（手印），投资50.00元

邹云海2人（手印），投资20.00元

邹鲁恩4人（手印），投资40.00元

刘绍佳4人（手印），投资40.00元

经自报人口有75人，人均集资10.00元，合750.00元。

此据

1985.5.4

2. 高山做证，悬崖做证

30年之后的禄劝脱贫摘帽"战场"，让这段曾经的"引水传奇"再次变得更加清晰。

当阿角岔村"生死状"的见证使命、契约价值、约束力量、结盟使命及动员功能渐渐消逝之后，带给我们的现时思考却仍在继续。但我们想将其就势结束在此间，结束在禄劝顺利实现脱贫摘帽目标的当下。

时隔整整 30 年，来自普渡河峡谷小村的这份"生死状"中的众多细节，依旧如此撼人魂魄，张力十足。

——细节一：立状年代极为特殊。立状之年 1985 年，乃是土地承包到户第 5 年，这是阿角岔村庄在个人支配土地命运过程中的一个自觉选择：无水即无田，无田即无粮，无粮即无家，无家何以立天地，立人间，立烟火。这个自我觉醒如此及时，竟然比国务院确定禄劝国家级重点贫困县的身份早了一年，早于全县共同"戴帽"的集体认同。

——细节二：倡约人员身份极为普通。立状之人邹鲁华，只是村庄人物中的普通一员，既非团员，也非党员，只有一个族人身份。全村共有邹姓、刘姓、张姓、孙姓、袁姓、田姓 6 姓人，一共 19 户人家，仅有 4 户人家没有参与缔约。75 人参与了缔约，邹姓人家占了 50 人。一个峡谷山村的小会计，一个邹姓人家的寻常子，居然能够为了一沟水，做下"舍得一身剐，敢把群山踏"的农人壮举。

——细节三：动员功能极为强大。一人倡议，全村共应，全民共鸣，为了一沟水，15 户人家参与集资挖沟和投工投劳。最少一家自愿出资人口 2 人，最多一家自愿出资人口 8 人，共计捐资 750 元。除邹鲁强、田开文、刘正聪、刘汉才 4 户未参加缔约，换句话来说，该份"生死状"已经做到"两个之最"，最大限度地动员了全村力量，最大限度地完成资金筹集。这份村庄契约拥有的强大基础，在当时是个传奇，在当下更弥足珍贵。

——细节四：时隔 30 年，状约本身的悲情力量，依旧力透纸背。发生安全事故自己负（付）；投资人口自愿报；有了受益平均分；工程失败自己忍。一"负"二"愿"三"均"四"忍"！以通俗得不能再通俗的四句话，吹响荡气回肠的出征号角，更是于无声处的生死相依：如此状约，一经印上鲜红的手印，怀揣的即是誓不回头的坚定和无怨无悔的选择。

——细节五：在这份"生死状"上，所有人都摁了手印，我们注意到只有一个人没按手印，盖的是印章。据了解，这位名叫张天祥的户主，当年具体负责的即是工程"记账"。印章在某种程度上，它比手印更规范，更正式，也更具有信任感。张天祥自身拥有的文化程度和更显干练的组织能力，让其成为村民集资款的"守护者"和工时考核计算的"监督官"。

——细节六……

——细节七……

### 3. 听邹鲁华讲挖沟的事

3月时节的阿角岔，早已溢满春天的讯息。

村头入口处，卓然独立的一块巨石，宛若一只硕大无比的"金蟾"踞守村口，踞守水渠。听完阿角岔凿渠引水的传奇故事，我们找到了符合村庄特色的很诗意的一个命名——"金蟾唤春"。

金沙江干热河谷里的村庄，季令都显得早，攀枝花的花期已过，杧果树绿意欲滴，桐子树夹杂在房前屋后，疏密有间，不时遮挡在我们眼前。村里的土地比较集中地分布在房前屋后的空间里，就着地势一台接一台地往村后的高地上延伸拓展。土地地块都不大，埂上和道上砾石很多，靠田地近的，垒成坚实的田埂，靠道路近的，捣碎填路，一举两得，各得其用。田地里一半种的是麦子，一半种的是火葱，眼下正是收割的最佳节令，麦地的金黄，葱田的墨绿，加上埂上和屋旁长得极旺的粉红色酸浆草，搭配出很柔和的村庄色彩。村里引自5公里之外双龙潭的清泉，很响亮地流过田块，流过村庄，流过割麦人和收葱者的身旁，一路出村而去。

上午9点多，在撒马基村支部书记保安有的引路下，我们在麦地里找到了当年承头签约凿渠开沟的领头者：邹鲁华。老人外表清瘦，一身朴素，那顶早已褪色破了边角的旧草帽，将岁月风霜清晰地呈现在老人身上。得知我们一行人的来意，邹鲁华老人放下手中的镰刀，拍去身上的尘土，带着我们前去查看30年前震惊全昆明的那段"195米"的引水隧洞。

引水隧洞位于阿角岔村后4公里之外的跨山。

站在跨山的明槽间，金沙江水桀骜不驯的天性真实地暴露在眼前。金沙江一路流经乌东德金坪子之后，在离阿角岔5公里的地方猛然急转，形成一个"手拐"形的天然巨湾。巨浪远响，伴着劲风，隐约在耳。江峡雄峙，矛刺蓝天，炫人眼目。阿角岔村的引水沟渠正好处在这个天然巨湾之上，位于万丈悬岩的绝壁深处，远端连着水源双龙潭，近头接着风化松软的大明槽。金沙江峡谷特有的白沙土异常松软，一不留神就会踩落一大块，轰然砸向金沙江中。

身处其间，脚，是软的！背，是凉的！心，是抖的！胆，是颤的！

在此间，人之渺小与天地之大，找到了最恰当的参照。

立此地，人性之坚与自然之坚，拥有着生离死别的瞬间速成。

伴着邹鲁华老人的絮絮叨叨，我们的眼里有着强烈的酸和辣。

——那洞子里实在黑，村里起先买了10公斤煤油来照亮，洞子越深，烟子越大。早上进去的是个白人，晚上出洞全熏成了黑人！没办法，只好收些桐子果来榨油，桐油烟子小，好用，但在困难时期，峡谷里旱得冒火星，桐子树枯死了，桐子果没了。有啥法子，只好打猪油的主意。头年一家凑一公斤，第二年一家凑一公斤半，再到后来，无油可凑，无油可吃，喝白水汤，好多人差不多是饿软在沟渠上……

——为啥要立那状？为啥直到今天才敢拿出状纸给人看，挖洞修渠修的是沟渠，修的是"福德"，修的更是人命关天。悬崖上面硬挖沟，人没个站处，石头没个站处，石头坠江，还落得个响。要是人坠江，可是找不着收尸骨的份儿……

——哪天不遇上几次险。最大的险应该是袁朝周坠岩子那次，人在洞口边滑倒，伸手没棵草可抓，一落就是十几丈高的悬崖，哪个想着还会有人？好在老天长眼睛，将他挂在一棵小橄榄树上。当时就怕来阵风，风一吹，人还得往江里掉。全村人哭喊着一下午，才硬生生地将他从岩箐里弄上来。满头是血，肋骨断了两根。背他回家，还问这工算不算！见着媳妇面，只跟媳妇说过一句话：往这回起么你去吃嘛！

——为救他，我当晚就往撒马基跑，去请草药医生保卫民，好在是上村下邻，听说是挖沟坠的岩，人家二话没说，背着药匣子，黑灯瞎火地就同我一道赶来阿角岔。那份人情，可不是药费不药费的事。救人总得要钱，总得要只鸡煮点汤汁补一补，袁朝周是在村里沟渠上受的伤，虽然顶的是自己的工，可毕竟是干全村人的事，大伙儿心里都明白，多拿少拿总得敬个人，送份情。我和记账员张天祥一家一家上门去说，尽管家家都困难，每个人口最终还是凑了3角钱，一共凑了21元钱，给了袁家，算是一个交代！

……

4. 缔约人的"奖牌"

从跨山大明槽返回到阿角岔村里，一路之上顺着清亮的沟水往回走，所有人的脚步变得轻快起来。从传奇故事中醒来，途中我们提议要到邹鲁华老人家里坐坐。他并没有反对，很热情、很正式地做了补充邀请。

一路回程，阿角岔村的田地里，收火葱的人家多了起来。

在村子中间，遇到了邹鲁军。他家的火葱种植是阿角岔村规模最大的一户。田头肥，水源足，加上小媳妇刘美会的精心侍弄，那些火葱长得根肥茎壮，绿意可掬，能掐出水来。火葱种植保证着阿角岔村人较为稳定的经济收入。邹鲁军家因此买了辆微型小卡，收葱季节，一天得跑禄劝县城一趟。下午3点，邹鲁军的微型小卡满载着阿角岔火葱，准时从村里出发，晚上7点赶到禄劝县城蔬菜批发市场，批发完一车火葱之后，邹鲁军才能去吃饭。第二天上午，禄劝县城和武定县城两城无数人家的餐桌之上，就会飘着阿角岔火葱浓郁无比的清香味。

走进邹鲁华的家，老人亲自到田里砍了一捆阿角岔本地甘蔗招待我们，算是对我们辛苦采访的回馈。仔细审视他的家，房子老旧但整洁，门楣上钉着一块黄底红字的"五星党员户"门牌，虽有些年头，但文字仍依稀可认：

带头学习讲政治，带头干事谋发展，带头创新建佳绩，带头服务比奉献，带头自律树形象。

五星一一对应下来，即是"学习"星，"干事"星，"创新"星，"服务"星，"自律"星。

"星"与土地之间的距离，因水和土地而生动，又因岁月的沧桑日趋平静祥和。

邹鲁华家同样种植火葱，因为没有交通工具，加之年纪已大，老人很少亲自上集镇卖葱了。家里的火葱多半请人代收，托人代卖，价钱自然低一些，收入可能少三成。

当晚回到马鹿塘乡，再次整理邹鲁华老人的档案。建档立卡贫困户信息中有着他的另一些说明：邹鲁华，阿角岔村，中共党员，60岁，年老多病，边缘贫困户。同车的唐润新大哥，早些年就来过阿角岔，加之彝族身份，彝语掌故一应俱全，一路上边驾车边对我们进行着地名常识普及。阿角岔，同样是个彝语地名。阿角，源于彝语"阿中"，橄榄的意思。岔，源于彝语，小的意思。

至此，关于阿角岔的全部印象正式丰满起来。

阿角岔：一个曾经贫困不堪的峡谷小村，一个只长小橄榄的小村，一个靠"生死缔约"修沟引水的小村，一个因水脱贫变样的小村，更是一个葱香浓郁日子有盼的小村。

此行之中，2014年招考入职马鹿塘乡党政办的年轻女孩李小会，一路辛苦陪同，整天笔不离手，全程参与了这次身临其境的现场采访和故事还原。

这是一段事关阿角岔传奇故事的见证。

当然，更是关于一种精神的精心守护和一路传承。

所以，李小会的参与，是一种最好的介质。来自宜良县地肥水美大坝子里的她，联通着的是村庄与集镇间的距离，农家与机关间的距离，渐渐老去的故事和正在放飞的青春！

## 水贵如油的普渡河峡谷小村：凹孔孔

1. 再读则黑

说凹孔孔村之前，先说一说则黑乡。

说一说这个处于普渡河峡谷和金沙江峡谷交汇区域的神秘乡镇，禄劝必须脱贫摘帽的两个重点乡镇中的一个。

走访则黑乡，进而全面了解则黑乡，其实真的离不开一个明晰的空间坐标，离不开对整条普渡河峡谷的深入调查，离不开对乡情整体认知上的再度升华。

解读则黑的"钥匙"，藏在普渡河和金沙江峡谷深处。

普渡河自崇德岔河入禄劝境，一路北流，至民安乐阿多衣接纳竹茂河入则黑境，过苞谷山、凳子山、卡租、打车、拖木嘎、炭山共6个村委会，从长坪子入金沙江，在则黑乡与四川省会东县的鹿鹤乡和普咩乡三地之间形成金沙江"千里滩王"——老君滩。这个让无数人魂牵梦绕的江滩，就在禄劝则黑乡，一个敢以"王"自居的江滩，自然有着其特定的理由和内涵。飞鸟难过金沙水，巨浪能"咬"万丈岩。江风狂卷千堆雪，吼声叫聋谷中人。30年前，曾徒步考察金沙江峡谷的云南农民作家胡子龙，在其《金沙江：从龙门峡到普渡河口》考察游记里对此曾有过精彩描写。

仅就取名方式而言，"则黑"的彝语意并不难解。则黑，原本就是一片"海"，是一个遍长苇草的地方，是一个水鸟蹁跹起舞的所在。土地盼时雨，烟火立村庄。此为农谚，亦为哲言。自二十世纪五十年代以来，则黑人民基于对美好幸福生活的向往，围绕家园认知，自我审视，自我解嘲，曾创造出一首很出名的禄劝民谣：

君可知，我家在则黑。

四坝①山间走，两谷②万家呼。

金贵城，银万德；

穷住基，寡则黑；

打车稍稍狡，猴子抢粮在卡租；

沟通无水路来处，背时倒运小咪文。

①四坝：则黑坝子，贵城坝子，万德坝子，住基坝子。

②两谷：普渡河峡谷，金沙江峡谷。（作者注）

有一个事实存在。

即是，这首民谣能够立谣传播的最重要的原因，在于极为精准地概括了特定的乡情和村情，而这种精准的参照就是"水"，就是"河"，就是托举起则黑的普渡河大峡谷和金沙江大峡谷！

两谷相交天际处，一江断阻滇蜀路。

金沙江老君滩，成就了禄劝则黑的神秘之美，成就了境内马脖子、黄草园、羊厩房、韭菜地、马房、长坪子等众多村庄的峡谷性格。峡谷一线云天的壮美，江滩鬼斧神工的造化，留给人间天地大美的同时。同样，将艰难的生存环境丢给了峡谷人家。

则黑境内重峦叠嶂，地势起伏不平。东北两侧因为普渡河和金沙江两大峡谷的深度切割，在海拔 2000 米以上的群山之间，形成贵城、万德、住基、则黑四个高山坝子。除此之外的民安乐、苞谷山、凳子山、卡租、打车、花椒园、拖木嘎、炭山等村委会，自然融入普渡河和金沙江峡谷之中。贵城河四季充盈的河水带给贵城山间坝子更便捷的水源，该村曾于 1958 年成立过贵城公社，统辖则黑全乡，因此故有"金贵城"一说。万德村地处山间坝子，土地平整，加上水利条件不错，能够提供更多的物产，故有"银万德"一呼。至于住基之"穷"和则黑之"寡"，一切皆因气候冷凉，加上水源不足，作物茬口矛盾突出，故而日子过得艰难。直至农业科技不断普及，地膜、化肥、大棚等技术进村入户之后，这一状况方有所好转。

自 1996 年起，昆明市委、市人民政府将全市扶贫攻坚的主战场摆在了禄劝，仅 1996 年至 1998 年三年扶贫攻坚中，共投入扶贫攻坚专项资金 3551.5 万元，通过基础扶贫、科教扶贫、帮带扶贫、外资扶贫、小额信贷五大扶贫战略实施，全县贫困地区群众生产生活条件不断改善，人民生活水平明显提高。

其间，昆明市检察院、昆明市交通局、共青团昆明市委、昆明市法院、昆明市园林局、昆明市公安局、昆明军分区、昆明市卫生局、昆明市劳动人事局分别与则黑乡荨麻箐、贵城、凳子山、花椒园、民安乐、万德、打车、则黑、包谷山、住基、卡租 11 个村委会结成挂钩帮扶关系。禄劝县委办、禄劝地税局分别与炭山、拖木嘎 2 个村委会结成挂钩帮扶关系。

历经三年扶贫攻坚的洗礼。

1997 年，则黑乡与中屏、云龙、皎西、九龙、转龙、翠华 6 个乡镇同时宣布基本解决贫困人口温饱。

1999 年，通过省、市验收，禄劝扶贫开发工作取得阶段性成果，正式进入巩固脱贫成果，逐步迈向小康的新的历史时期。

2. 初访凹孔孔

3 月 31 日，禄劝则黑乡拖木嘎村委会，晴。

由于时间紧迫，我们对拖木嘎村委会凹孔孔的村庄调查并没有进行得太深入。眼前时段，禄劝全县村委会换届刚刚结束，新当选的村委会支书杨荣兴带着我们走访了 2 户建档立卡贫困户，介绍了拖木嘎的村情和现状。剩下的大部分时间里，杨荣兴的电话一直在响。贫困户建档立卡"回头看"问题，村委会进村道路硬化问题，全村易地迁建问题，村合作社注册运营问题，几天来一直困扰着这位最基层的村组干部，在其忙着接听电话的时候，我们站在凹孔孔干裂的山梁子上发呆。

历史档案资料显示：凹孔孔村是曾经渴死过牛羊的村庄，是曾经出过麻风病人的村庄，同样是一个要靠背水吃的村庄。

拖木嘎，三梁成村。

受普渡河峡谷的深度切割，形成了大坪子、中梁子、老火山三道山梁，松碎异常的土石和干旱少雨的气候，让这个地处四川省会东普咩乡、东川区舍块乡、"两区"雪山乡之间的贫困村庄，自建村起就不得不直面严重缺水的现实。

关于拖木嘎凹孔孔村的调查走访，不到三个小时的时间，虽是身处其间，但"走马观花"的意味更浓一些。所以只好借助查阅档案材料和相关当事人采访，来获得关于这个村庄更准确和更深入的材料。

"凹孔孔"这个村名，绝对是个过目不忘和入耳生"根"的村名。

1994年版的《禄劝地名志》第143页上，对"凹孔孔"村做了如下说明：因所处地势凸凹不平，故名。片村，在则黑乡政府驻地东北，含王家梁子、毛家坪子2个自然村，53户，314人（汉族），耕地262亩。

文字说明一无生僻用字；二不关涉彝汉对译，所以说，它自然很好记，自然会"出名"。这种认识很感性。这只是一个村庄自然的命名方式，通过深入调查，我们找到了一些更理性的证据。

关于拖木嘎极度缺水的故事，历史档案里找到了如下相关记录：1954年6月至7月，全县旱灾。仅则黑乡炭山就渴死黄牛26头，山羊350只，猪25头，松树干死四五万株。

政协原主席陈显福在其诗集《金江吟》里对此有过如下描写：

低田龟裂禾求雨，高地丢荒土烫山。

屋中烟火熏红眼，一杯泥味水浑浑。

原来以为这两句诗就是对禄劝传统旱区核心村庄拖木嘎等地的最生动的概括，但在对陈显福的后续采访中，我们得知了另一个更震撼人心的故事。据陈显福回忆，他到过拖木嘎不下100次，在其30年前下乡调研的笔记中记录着这样一件事。拖木嘎饮水问题极为艰难，凹孔孔村的群众为了能够背到水，不得不披蓑戴笠走两三公里路去取水点老水井排队。天旱时节，老水井那地儿，蓑衣皮褂成排，汗气熏人，跳蚤成堆。老百姓为了背到水，往往要等几个钟头，要侃几个钟头，要忍几个钟头的虱蚤叮咬！

"扪虱而谈"，原本是发生在中国魏晋时期的一个著名典故。《晋书·王猛传》载：

"桓温入关，猛被褐而诣之，一面谈当世之事，扪虱而言，旁若无人。"后世遂用"扪虱而谈、扪虱倾谈、扪虱"等形容言谈不凡，态度从容，无所畏忌。在对拖木嘎凹孔孔村的深入采访中，却衍生出了另一个关涉村民等水吃背水喝的"全新版本"。

采访中，我们得到了另一个事实，凹孔孔村原饮水点老水井的水源不仅水量极小，而且水质含硝量极重。所以，陈显福才据实为其拟诗"一杯泥味水浑浑"。含硝之水，虽然对人体不利，却从另一个方面成就了拖木嘎片区金沙江黑山羊出众的品质和极好的口碑。拖木嘎金沙江黑山羊，个体硕大，肉质鲜美，口感细嫩，汤汁如玉且少膻。多年来，享誉昆明市域，远销广东、深圳等沿海地区，入列禄劝地方优良养殖品种。

旱区部分村庄的缺水问题，原来居然如此恶劣。

采访中得到的这个特例，唯关村情准确认知，唯关故土真实过往，唯关生存环境研判，更重要的有可能这是本地群众多病多疾的最大原因。

1984 年，经县、乡、村共同努力，引自青教树水源点的清水流向村委会驻地中梁子村。经原拖木嘎乡乡长张大文竭力动员说服，和村民协商之后，在极为有限的水源之中，凹孔孔村分到了其中很小的一部分水量，解决了人口饮水问题。

至此，凹孔孔村改变了直喝含硝水的历史。加上近 10 年来市、县持续投入的"爱心水窖"工程，人口饮水问题逐步得到改善和巩固。

3. 村庄坚定的守护者

任何一个村庄都有自己特定的建村历史，揭开村庄历史的同时，往往能够找到守护村庄的某些最珍贵的东西。

在对村支部书记杨荣兴的采访之后，我们找到了另一位关于咪文大沟工程修建过程的见证者，现年 68 岁的拖木嘎乡村医生张大文。20 世纪 80 年代中期，张大文时任拖木嘎大队长、拖木嘎乡长，参加了咪文大沟续建工程。更重要的是在其任上，想方设法找水源，四处托人找项目，找物资，解决拖木嘎村的人口饮水难题。

拖木嘎村委会，位于则黑乡东北部，面积 31.22 平方公里。下辖中梁子上村、毛家坪子梁子、三角地、大坪子、中梁子村、拖木嘎等 7 个自然村。全村只有两个水源点，一个位于中梁子 4 公里之外的"神树"青教树下，另一个则因生在位置更低的山箐里，无法导引，"有"当没有。

为解决拖木嘎村饮水困难问题，改善旱区生产生活条件，拖木嘎人从未放弃过，禄劝县委、县政府不惜动用全县之力，大张旗鼓斗"旱龙"。

咪文大沟，就是禄劝水利史上一块见证历史启示未来的"活化石"。

咪文大沟原名炭山大沟，蜿蜒于金沙江南岸的则黑乡境内。为解决则黑乡严重干旱缺水问题，1958年，禄劝县委派出技术员汪泽、孙贵有、耿正富驻点则黑炭山，测量、设计、施工同时进行，同步推进。由于工程仓促上马，加之人力、财力和技术力量不足，炭山大沟修到打车办事处的咪文村前当即宣告停工。

是年，拖木嘎乡村医生张大文年仅10岁，正是记得清事情的懵懂年纪。

1971年9月，则黑乡人民群众强烈要求续建炭山大沟，经时任楚雄州委副书记张松和禄劝县委书记程慎勇亲自参与查勘，工程更名为咪文大沟正式复建。当时，抽调了九龙、转龙、乌蒙、大松树、马鹿塘、撒营盘、中屏、皎西等乡镇的1600余名群众，集中到则黑，参与咪文大沟工程建设。大沟取源马鹿塘乡通龙办事处的白龙潭，渠尾至则黑乡炭山和拖木嘎办事处，全长58.5公里，主渠长40.5公里，炭山支渠8公里，拖木嘎支渠10公里，过流量1.13秒立方米，设计灌溉面积1865亩。由于地质条件差，施工质量差，渠道渗漏和坍塌现象严重，并未达到灌溉设计要求。1978年，国家投资37.6万元，对白刀、戈罗、老熊箐、做斋坪子、三家村等重点渠段进行加固沟堤和防渗处理，灌溉面积达到1000亩。自1958年兴修咪文大沟至今，一条沟渠，持续投入，几经修复，历时近60年，从未间断。本身就是奇迹，本身就是则黑人民勇斗"旱龙"的真实写照，更是禄劝持续宣战贫困的生动注脚。

厚土高天之上，沟渠流向之间。

承载的是禄劝传统旱区群众对家园建设的持续热情，对故土真情的不离不弃，对小康生活的热切向往。

卸任拖木嘎乡乡长之后的张大文，做了30年的乡村医生。张大文的选择，同样是另一种关于土地和村庄的坚守。旱区生存环境不好，生活质量不高，老百姓爱生病痛。看西医要走太远的路，还不方便。拖木嘎本地药草生长的环境跟人一个样，对病痛更吃得上劲！

故土药草解故土的病，故土医者守故土人。

张大文长年累月走在拖木嘎的山间水际，寻找着后海子的黄芩和黄藤，老火山的草乌和硼硝，雪山九龙箐的马鞭烧和一枝蒿。这些药草，既是普通疾病的常规药，特殊时下，有可能就是救人一命的"还魂草"。

在拖木嘎，张大文的存在同样是一种传奇。

1987年深冬时节，张大文义救四川路人谢宝顺的事，这在则黑早已成为乡间掌故。一个在普渡河船房溜上跌断脚踝的外地人，被人从5公里之外的峡谷里送来丢在他家，自此无人寻访，无人探问。经张大文半年救护，还留在家里过年，没收到一分医药费,倒贴一根出门拐杖,送其回家。1985年,干坪子村民孙存香因伤寒病危,在端公上门"料理后事"的关头,经张大文抢救,白捡回一条命。三年后又因难产,母子不保关口,还是张大文赶去急救接生。孩子最终生了下来,又得了一个"小克强"。在张大文的药账本上,我们发现密密麻麻记着数不清的细账和小账。村里乡亲七八角钱的药费都可能要拖几年。有了就给点,实在没有,就算"结"了。谁让我们这地儿偏叫"拖木嘎"呢!

其实,关于张大文医药费的老账呆账,在当下并不重要,对他来说,仅仅只是守护故土家园的另一种方式而已。

重要的是,近年来,因生存环境极度恶劣,拖木嘎人主动大量外出务工之后,所带来的令人忧虑的村庄整体恐慌。

毕竟,留守村庄的,更多是老者,是需要精心看护的病患!

4.赵和玉的"洗车梦"

当地群众的发展诉求,是我们此行采访的另一个重点。

村民赵成能是我们走访的第一户建档立卡贫困户。

赵成能,凹孔孔村41号的主人,拖木嘎71户建档立卡贫困户之一。家中的住房建盖于20年前,属于禄劝干热河谷地带另一种传统意义上的"人"字形土掌房。

调查中,我们发现另一个现象,即此地的土掌房与二道坪的土掌房,截然不同。一是结构不同;二是用料不同,村庄呈现出来的整体风格自然有了差异。

此间的土掌房属"人"字形建筑结构。房顶与一般民居并无不同,特殊之处在于,这种土掌房不用瓦片盖顶,村民就地取材,从村后的老火山上剥下一片片石板,背回家里当"瓦"盖。这种选择,省工省力,更重要的是省钱。所以,差不多每户人家都将老火山当作建房的原料场,起房盖屋,成家立业,坚守着峡谷里这片干旱的土地,坚守着村庄背后那座热得发烫的老火山。

赵成能家一共6口人。

家庭情况极为特殊。母亲缪伍76岁高龄,常年经受着脱臼痼疾的折磨,离瘫痪在床只在分毫之间。妻子谢开英属天生侏儒症,劳动能力有限。大女儿因为遗传,同样成为侏儒症患者,生活起居难以自理。从门里挪到门外,每过一次门槛差不多要五分钟的时间。长子赵和玉智力偏低。一门三个病人,两个残疾,一个智力偏低者。家中劳动力少,病残人口多,经济来源单一,属于深度贫困家庭。随着采访的深入,我们了解到这种类型的建档立卡贫困户在拖木嘎村很普遍。71户贫困户中27户有患病人口,12户有残疾人口,5户有低智力人口。

如此生存恶劣环境，如此深度贫困，如此持续坚守，如此不离不弃。

一切可以归因于缺水！

在禄劝脱贫摘帽精准扶贫规划的措施里，对赵成能类型的深度贫困农户，统一采取了政策兜底脱贫。为解决这一难题，则黑乡动员起全乡干部力量，全体干部职工统一集中帮扶拖木嘎村委会，将全体干部的力量"砸"向传统旱区拖木嘎，做出了掷地有声的回答。

乡计生办主任罗东挂钩帮扶的正是赵成能这户重点户。

随着采访的深入，赵成能送子出门打工的事情，同样让我们一行人激动不已。

赵成能说，孩子赵和玉智力不太好，但天性好强，可惜水贵如油的凹孔孔，孩子自小就是爱水，老说没"玩"够过一回水！上星期舅舅来看他娘，问他要不要去外面闯一闯，孩子一开始不答应，舅舅把事说开了，听说去昆明洗车场做学徒，二话没说，就在两天前去昆明了。

赵成能说孩子事情时，不时抬头去望天，望村前远去的山道。山道之外，从此有了赵姓家庭另一种深入骨髓的牵挂。

洗车那活儿简单，技术要求不高，对于孩子来说，能玩水，就拦不住！孩子打小最大的愿望就是透透地玩次水，做老人的，家里条件有限，无法带他去有水的地方，眼下好了，有他舅舅招呼着去，乡党委政府统筹安排，我们再不放心也要放心了！

赵成能自言自语地做着补充。

翻开建档立卡贫困户信息名册，找到赵成能的全部信息，党委、政府推进攻坚决胜和脱贫摘帽的信心决心，寻一潭水似的有了盼头。


## 并非尾声

重访二道坪，再回凹孔孔，相约阿角岔。

再次凝望普渡河峡谷，这条源于嵩明梁王山北麓喳拉箐的河流，一路通过盘龙江、滇池、螳螂川，向禄劝而来，选择在凹孔孔这个极度缺水的地方，她挥手告别则黑，她轻声作别禄劝，扑向了更宽更广的金沙江。

有两个藏在心底的秘密突然清晰起来。

一是普渡河上游段滇池出口的螳螂川上，早在1910年8月，就兴建了中国第一座水电站——石龙坝水电站，开创了中国人自己建设水电站的历史。二是普渡河下游段在禄劝境内的流程，自古以来就是"水往高处流"的视觉态势，对禄劝更多的人而言，普渡河还是一条"倒着流淌的河"。它从县境最南端的低缓丘陵地带，一路向北奔流，居然穿透最北端的万重群山，怒吼着、狂舞着、激荡着投进了金沙江。

后者，应该是普渡河这条峡谷之所以形成的直接原因，也是峡谷自身的魅力所在。

收回目光，再拾行囊。

《滇池》文学奖获奖者铁柔，曾在我们耳边低吟。我，是一只来自普渡河边的"蜘蛛"！铁柔在《普渡河边的一只蜘蛛》里，对这条峡谷做过另一种意象上的解证，这个意象会让我们变得深沉和深邃起来：

在普渡河边的一棵树上

我看到一只蜘蛛

一位悬空的菩萨，垂首

面向河水，脚，朝四方展开

河风，不断吹塌它建盖的庙宇

与我们不同的是，它不动，不怒

原地的聋哑与修行，让黄颜色的水

继续，更换着时光的齿轮……

5年来，帮扶从未停歇，心底时起波澜，峡谷大江时入梦来，你我一直马不停蹄，笔耕不辍，为时发声。贫困，世界之难题，回到坐标之体系；贫困，多源于空间，而感受和理解贫困则时间的意义相对要大一些。

2019年3月，桃花开遍二道坪。

二道坪的断崖路通了，二道坪2号大脚板的熊正祥又一次打来约饭喝酒的电话。多年交往，相互间熟了，亲了，背地里就改叫他"祥子"。县文联组织了重返二道坪文艺采风活动，那晚依旧吃了一整只山羊，聚在他家的新房新院里，头蹄、胸叉、四腿和下水一锅煮，肉香、骨透、汤好、膻正、美美与共，恰得其味。晚照里告别出村时，我略微有些伤感，修公路，盖新房，养更多的羊，重压之下的熊正祥渐渐变得苍老，峡谷起风，正好醒酒，一一与我握手告别，桃花映着他，黄狗围着他，山间陆续回来的山羊们瞪着他。我在心底另一次承诺：我的"山羊祥子"哥哥，明年，我们还来你家，更多人还来你的村庄。

脱贫摘帽不是终点，乡村振兴已在路上，我们还将经历的那些跋涉和找寻，同样会在金沙江和普渡河峡谷之中，决定更多村庄的命运改变，诞生更多源于土地深处的故事传奇，为中国脱贫事业提供一个很好的注脚。

# 别了，故乡

张金秀

易地扶贫搬迁是我国开发式扶贫的重要内容，旨在通过对生存环境恶劣地区的农村贫困人口实施易地搬迁安置，根本改善其生存和发展环境，实现脱贫致富。

——国家发改委《关于做好新时期易地扶贫搬迁工作的指导意见》

## 困则求变

农耕时代，生产力低下，人们的生活节奏相应很慢，生活可以数千年不变。清朝末年，在西方工业革命和列强坚船利炮的冲击下，作为当时统治阶级代言人的李鸿章对世界的认识提出了一个观点："中国遇到了数千年未有之强敌，中国处在三千年未有之大变局。"世界在变，中国你变不变？答案在今天的我们看来一目了然。今天，世界进入信息化时代，地球也只是一个村，人们的生活观念、生活方式、生活节奏一日千里，说变就变。中国一直在变，中国人一直在变，东川你变不变？东川人你变不变？

为了率领贫困地区贫困群众一起步入小康社会，国家实施精准扶贫精准脱贫战略，从住房、医疗、养老、教育、产业等方面出台了大量的扶贫政策和措施。对于生存条件恶劣，一方水土养不活一方人的地区，国家有针对性地出台了易地搬迁政策。东川区的舍块乡即属于生产生活条件恶劣的地区，山高箐深，泥石流危害严重，且交通闭塞，信息不畅。改变恶劣的生存现状，走出局限人们思维和发展的大山是大多数村民的共识。东川区委政府顺应民意，积极为舍块乡争取到易地搬迁扶贫项目。在实施搬迁项目时，区委政府加强统筹协调，切实解决搬迁群众遇到的困难和问题，力保他们搬得出、稳得住、能发展、可致富。

### 2018 年 11 月 13 日，何宝明家的晚宴

在提笔记事之前，我对于"何宝明家的晚宴"中"晚宴"一词的使用，颇费了一些周章。东川区舍块乡新山村上中村小组何宝明家，一年 365 天，无论好丑，天天开晚饭，也是平常之事。但不逢年不逢节的 2018 年 11 月 13 日这天，他们家的晚饭很特别，如我再用"晚饭"一词，一是不足以形容主人家的盛情。农村人家可以张罗得到的猪、鸡、羊、鱼都端上了饭桌。二是不足以表现左邻右舍、亲朋好友的热情。准确地说，现在东川农村，绝大部分人家吃穿是有保障的，少有人无缘无故串到别人家混吃混喝。来了很多客，只能说明主人家人缘好，再就是日子特殊。经过一番推敲，遂决定用"晚宴"一词为妥，取主人家盛情宴请，客人家盛情赴宴之意。

这一天是农历的十月初六，何宝明决定在这一天为早已亡故的父亲重新立一块新碑。他们家族在这大山深处已繁衍六代，住惯的山坡不嫌陡，就要整体搬迁进东川城里，对于何宝明这样岁数的老人来说，真是有万般割舍不下。但看看正在蹒跚学步，看看尚在襁褓中的孙辈、重孙辈，带领孩子们冲出大山的重围，走向充满希望，充满光明的未来，是曾经做过小学老师的何宝明的责任。故土难离，但此处"一方水土难养一方人"，不得不离。就要走了，何宝明要在搬家之前把父亲的新墓碑立起来，也算是对故人故土做一次隆重的告别吧。

何宝明一开口，呼啦啦就来了一大堆青壮年人帮忙。有人帮忙立碑，有人帮忙做饭，不少是来帮忙吃饭的，比如我。何宝明很高兴，说没想到会来这么多人。外出打工做事，昆明的、东川城里的，听说这事后都赶了回来。

我是跟着舍块乡文广中心主任孙金山来到何宝明家做客的。何宝明是孙主任的小五舅，今年 63 岁了。我们到的时候，何宝明正静静坐在大门边，一株核桃树的浓荫里眺望对面山上的公路，与另一边支着锅灶，忙得热火朝天的人群形成鲜明对比。何宝明凝视着对面的山，就像刚才我们从对面的山凝视这边。舍块乡要求为每个行政村现有的村容村貌留下十多幅资料照片，酷爱摄影的孙主任义不容辞担起了这个任务。从乡上出来的时候，他将吉普车停在路边，站在一个叫雷打石梁子的地方，聚焦对面老君山中的新山村全景。两边都是高耸陡峭的大山，站在路边看深渊之下的普渡河，眩晕，要知道我也是老同志了。下意识地，我靠里面收缩了脚步。

"老君山有多高呀？"我问。

"普渡河在老君山脚位置的海拔大概是 850 米，老君山海拔是 2000 米左右，老君山从山顶到山脚大概是 1150 米。"孙主任告诉我。

"1150 米相当于 300 多层高的楼房，站在半山腰也有 100 多层高，难怪往下看也头晕。"我心里想着。

从雷打石梁子看过去，对面陡峻的老君山坡上连站脚都成问题，居然分布有新山、绿岩子、地坪子、长地、上中村、下中村 6 个村民小组，225 户家人。我说："这么陡的坡，晚上出门不小心都要摔崖。"孙主任说："是呀。"

走进上中村小组，发现没有从外面看上去那么陡险，因地制宜建盖的小户型农舍基本站得住脚。何宝明家就在村口，孙主任一面打着招呼，一面领着我进了院子。小小的院落里到处是人，老的，少的，围着五六张方桌，坐的坐，站的站。抽烟的，打牌的，带孩子的，说说笑笑，好不热闹。堂屋，侧屋里还有桌子，还有人。孙主任把我领到一群妇女中间说："张老师，这是我母亲，这是我大姐。"介绍了两人，他就到外面找人说事去了。幸好他没有一一介绍，不然那么多人，我会记不清。孙主任的母亲快 80 岁了，瘦小而热情，招呼我坐下喝水。周围是几个老年妇女，在农村，她们至少应该是奶奶外婆了，我问她们："要搬到城里去生活了，高不高兴？"一个大姐满脸笑容地回答："高兴，高兴。高兴不高兴都要搬。"大姐的心情可能有些矛盾，这样大的变动迁徙，可以理解。我又问了几个年轻人关于搬迁政策的问题，才知道政策优惠到令人吃惊。一个村民告诉我，他们家在城里有房，同意搬迁，属拿钱走人一类。一家 6 口，一人补助 4 万元，共拿到 24 万元。他说，到哪里找这么好的事，自己的祖宗没给过这么多钱，就连自己的爹也从未给过这么多钱，共产党却给了这么好的政策！听村民们说，邻县为此还集体上访，强烈要求比照舍块政策搬迁。

吃饭的时候，我们跟何宝明坐一桌，听他说故事。兄妹 9 人，5 男 4 女。有一哥哥一岁多点儿时，从屋里走到外面，蹒跚学步时摔崖死了。"真还有这样的事。"我心里微微一愣。

由衷地喜欢他们家的房子，我换了一个话题聊："你家的房子盖得好漂亮哟。"正房不大，六七十平方米的样子，土墙瓦顶，两层楼。一楼中间堂屋，两边睡房。二楼堆粮食和杂物，大门上还有个外走廊，看上去就与别的农房不一样。夕阳披照下，小楼精精神神挺立着，不显一点儿老态。

"还是 1983 年就盖的了。"何宝明答道。

"在那个年代要盖这个样子的房子，得花不少钱呢。"孙主任说。

"那时我在白鹤小学教书，花了我小四年的工资。"何宝明接着说，"为了省钱，到金沙江捞漂木。先背到学校放着，周末又背回新山。"

口气里全是骄傲和不舍。花那么大代价，那么辛苦盖起来的房子，不知承载了何宝明和他一家人多少酸甜苦辣的深刻记忆。就要搬到城里去长住了，以后要回来一趟也不容易，何宝明借为父亲立碑的机会，最后请四邻亲友在这老房子里聚一聚，吃一顿饭，最后热闹一次。

2018年11月13日，何宝明家的这顿晚宴，意义实在不同一般。怎么记录这种不一般呢，来点儿最实惠的小细节。今天的菜好丰盛，超过了我们常说的八大碗，荤菜有清汤带皮羊肉、清汤鸡、青椒小炒、墩子肉、油炸草鱼，串荤有排骨炖洋芋。羊、鸡、猪都是自家养的，鱼是城里买进来的。素菜有凉拌粉丝、花豆煮大白菜（放油不放油各一份）、油炸花生米、油炸洋芋。酒水有自酿老白干和外买的果粒橙。席间有人说，鱼就不该做了，也没必要买了，那么多菜，吃不了浪费。舍块大营盘的洋芋出了名的好吃，一个洋芋一剖为二，油炸之后又香又面，吃了还想再吃。

往后的某一天，当搬出大山许多年的人们，闲暇之余坐在城里的露台上，就着正在西下的夕阳回忆故乡时，故乡或许就藏在今晚的余味中。

### 即将荒芜的村庄

乌蒙山深深几许？光是提问，你领会不到答案。这一回，跟随着吉普车的车辙印，我又开始了新一次丈量。车从盘山公路上，又从盘山公路下，曲曲拐拐往北走，经过三个多小时的颠簸，到了舍块乡政府驻地，行程140余公里。"舍块"在彝语里的意思是，阳光照射得到的地方。还真是名副其实，我们到的时候，冬天和暖的阳光正明媚照耀在舍块梁子。政府所在地的舍块村变化很大，3万多平方米的小坝子里鳞次栉比排列着一幢幢楼房，最大的是乡党委政府综合楼，有50米长吧。小的是幸福乡村农居，每户一小幢，有的三层有的四层。大多白墙蓝边，整齐干净，看上去清新脱俗。与2000年我第一次到舍块乡相比，真是天壤之别。

自己虽也是在矿山长大的，可十多年前第一次到舍块时，一路上还是被简易公路上的惊险震撼，到达乡政府驻地后，再次为地点的狭窄和险碍感到吃惊。地无三尺平，不是夸张，是写真。记忆最深的是我住过的小旅店，要下许多窄窄的台阶才进得去，像钻地道。学校老师说，学生打篮球，传球力度大点，球飞出去了，得背着干粮到千米深的山底找。我扶着围墙往下看看，确实深不见底，我生活过的落雪矿还不至于如此吧。

现在约 3 万平方米的小坝子，是最近几年才机械推挖出来的。换作人工时代，难以想象。这次住的旅馆叫"舒兴旅社"，单人房带卫生间有热水，干净整洁。偏僻的山乡有如此好的住宿条件，不容易。老板说现在从外面进来的人多，他家 9 个床位天天爆满，订晚了就没有床位。当然他家是生意最好的一家。

连买带装修花去 60 多万元的小楼房，老板舍不得放弃，遂决定不搬迁。我说，绝大部分的人都要迁走，连党委政府都要跟着迁走，往后你的生意可能难做。

老板夫妇都说，不怕。万一搞旅游开发，也要有住店的地方。

我说，一时半会儿，旅游怕也难搞起来。

他们说，孩子在城里有搬迁房，可以城里乡下两处住。原来是做好两手打算的人家。无论什么时代，有想法敢实践的人家，总能率先过上好日子。

舍块乡面积 166.31 平方公里，最高海拔九龙雪岭 4344.4 公里，最低海拔茂麓石窝子 725 米，高差 3619.4 米。山高坡陡，人均耕地不足 1 亩。有农业人口 8442 人，其中，劳动力 4363 人。当地没有产业支撑，百姓求发展的愿望得不到满足，大部分人很早就外出务工，村落基本是空的，少有几个留守的老人和孩子。

在团结村小坪子小组的院落与院落之间，孙主任在忙着穿梭照相，大多数人家大门紧锁，只好在外面找角度拍个全景。

一户人家稀罕地升起袅袅炊烟，大门虚掩着，我们小心推门而入。院子里支一张小方桌，桌上简单的三两个菜，主人家正要吃早饭。这是周明全的家，41 岁的周明全长期在外打工，在工地上开打桩机，一个月不请假挣得到 4000 元左右。村子要搬迁了，他从大理赶回来。他家属于建档立卡 4 人户，已在东川城起嘎安置点分到 80 平方米的新居，自己只用出 1 万元手续费。周明全的妻子户口尚未从禄劝迁来，属人在户不在类型，享受 80% 的个人补助，4 万元的 80% 是 3.2 万元。也就是说，他们一家五口在新村城住上新房，自己一分不花，政府还倒给 2.2 万元。对于一心只想往外奔的周明全一家来说，这无疑是大好之事。

在大纽小组我们也没有见到什么人，路边几株松柏沉默似村庄，只有指路牌在跟我们开玩笑，称大纽为"大妞"。孙主任告诉我，这是他们乡长周明奕的老家。周乡长的哥哥周明东是一家知名企业的老总，在外取得成就后不忘回报家乡父老，经常捐钱做公益事业，村子里每逢大小事情都能见到他平和忙碌的身影，不摆一点儿知名企业老总的架子。

在新和村的陈家村小组，孙主任指着一处爬满红艳艳三角梅的院墙告诉我，这里是陈忠宝家的老宅。巧得很，隔天我就在单位的办公室见到陈忠宝，他现在在区委统战部任职，说起家乡的老宅，他说他要好好守住，守住他的乡情和乡愁。陈忠宝和哥哥都是从舍块乡走出来的名人，说起他们哥俩，舍块人都感到自豪。忠宝的哥哥在百度上的词条是"哈工大陈忠林"，教授，博士生导师。研究方向为饮用水中化学污染物迁移转化规律与控制去除技术。主持和参与完成各类课题 30 余项，发表论文 200 余篇。获过国家发明二等奖、国家科技进步三等奖、建设部科技进步一、二、三等奖一系列奖项。这么优秀的人才，整个东川都为之感到骄傲啊。

我们在新和村委会食堂吃午饭。新和村委会正对着层层高峰，最远一层是滇中第一山雪岭。据说其积雪之时，在晚霞映照下，远眺雪山呈瑰丽的橘红色，灿烂如火，异常壮美，当地百姓因此称它为"雪火岭"。我们去的时候尚未下雪，还是小阳春，真正是"绿树村边合，青山郭外斜。开轩面场圃，把酒话桑麻"的好天气，美景就佳肴，一时间真是说不出的好心情。可是转念又想到，村民全都搬走了，要不了几年，没有人居住的村庄将会荒芜。少了人声喧哗回响，鸡犬之声和鸣，美丽的山景也将黯然失色。一念起，心中顿生惆怅纠结。

### 云坪见闻

第二天上午，我一个人坐班车先回。难得来一回舍块，舍不下一路的好风景，一直靠在窗前，看山、看云、看树、看花。车至云坪停了下来。云坪以高山草甸著称，每年的五六月间，紫色洋芋花开满高山坪地。山间雾岚似轻烟，一阵阵在坪中穿梭升腾，农家屋舍掩映其间。有披着羊皮大褂戴着毡帽的牧人，挥着皮鞭赶着羊群从山坡上走过。我正在感触"云坪"这个名字好听，"云中之绿坪""云上之青坪，"令人浮想联翩。正在这时，上来三个叽叽喳喳的年轻妇女，都身着黑色长款羽绒服，几乎是同样的时尚款式，她们带着一个六七岁的男孩，俊俏乖巧，也身着黑色羽绒服。从她们的谈话中，知道她们是云坪本地人，要坐车回昆明上班。她们中一人是男孩的妈妈，头发往后挽起，内穿黑色体恤。一人是孩子的小姑，最时尚的丸子头，内穿白色镂空毛线衫。一人是孩子的姑妈，烫发，背对我而坐，偶尔侧脸，轮廓很好看。除了一点儿口音，三个女人的衣着打扮和举止气质已完全异于当地妇女，可以看出来，她们外出务工已经有些年头了，已经很适应和喜欢外面的生活了。我在一边默想，这么漂亮的几个女子，如果当初不鼓足勇气走出大山，就在舍块当地选一个憨厚老实的丈夫嫁了，怎么可能会有今天这样光彩照人的样子啊！女人，为了美，为了孩子，也得走出大山。让那些因循守旧，害怕变革的男人，打光棍去吧。

想起自己小时候从落雪矿山搬到新村坝子之事。未搬之前是欢天喜地的，对未来充满着无数种想象。待到了新村住进新房子后，各种不适应。气候太热不适应，晚上用蚊帐，闷；不用蚊帐，蚊子叮。去学校读书，没有一个旧同学，两腮带着"高原红"，还被坝子人欺生。上游泳课，同学们都跟鱼似的在水里钻，自己像只木鸡似的，趴在岸边又笨又呆，山区人和坝子人的区别立现，整天跟父母闹着要回落雪的家。成长和变革都是痛苦的事情，痛点在于新旧事物、新旧环境、新旧观念的急剧交替和碰撞带给人心理的极度不适应，惊慌失措，心神不宁，思想常起沙尘暴。一切都需要慢慢适应，且不得不适应。多少年之后，回忆过去，不得不感谢父母当初的正确决断。如果当初没有走出大山，怎么会知道世界如此之大，自己需要到处去看看。人生在世，还需要有价值实现。而实现人生价值，还有很多种途径可探索。最重要的是，孩子们的未来比我们从前明朗得多，幸福得多。

## 新宅，新生活的开始

2018 年 11 月 28 日，北方已是漫天飞雪，严寒肃杀一片，可在云南，在东川，在新村却是艳阳高照大地，万物生气勃勃的样子。在易地安置点蓝色经典片区，一幢幢崭新的安居房矗立在阳光下，热情地等待着它们的主人。虽然绿化带尚未完工，一些配套设施也在加班加点推进建设，但一点儿不影响入住人家的喜悦心情。小区里人来人往，车来车往，不停有人家搬着家具进入新家。

19 幢 1 单元 303 室是套两人房，它的主人是舍块乡白鹤村白房子小组的刘申良和他不满两岁的儿子。刘申良的媳妇是昭通彝良人，且与刘申良尚未领结婚证，因此搬迁的优惠政策她没能享受，但 50 余平方米使用面积的新房子足够三口之家居住了。采光好，户型设计合理，刘申良感到很满意，和父亲刘大美里里外外忙着安置新家。新电视、新沙发、新床、新炊具，一切都是新的。见我们来访，父子俩停下忙活，陪我们聊上几句。两人脸上都洋溢着喜悦的笑容，我问刘申良以后有什么打算？他说，他一直在昆明一家饲料厂打工，一个月 3000 元左右。忙完这一阵就回去上班。能搬迁到新村城里来，他感到很高兴，因为好多人家为了让孩子进城读书，不惜成本在城里租房陪读。

父亲刘大美，母亲袁顺存的户口和两个未成家的哥哥在一起，80 平方米户型的房子分在起嘎片区，还在装修。我很担心两个壮年人的未来，一问才知，两人都是勤劳的男子汉，一个在工地上打隧洞，另一个在江苏打工，不是好吃懒做之人。刘大美和袁顺存都是63岁的人了，过了打工年龄，目前就只领着100元不到的农村养老补助。老人很理解党委和政府的难处，说一下子要解决所有问题是不可能的。中国越来越好，我们都相信老人们的养老问题下一步会得到妥善处理。

18幢3单元103室的大门口贴着一副大红对联，上书"精准扶贫惠民生"，下书"脱贫攻坚奔小康"，看着就喜庆。主人家是40岁的田兴富，舍块乡白鹤村麻地小组人。一直在金沙公司打工，最近公司停产，又到乌龙打零工。我们到他家时，只有妻子徐桂芳一人在忙碌。三个孩子的户口随妻子徐桂芳，她是因民红山人。因民镇红山村也在此次易地搬迁之列，4个人得到搬迁补偿金16万元。之前一家人在玉泰尚城贷款买了一套商品房，拿到钱正好还房贷。徐桂芳在金水公司大荞地小铁区当检修工，一个女人在矿山当检修工，真令我佩服。她笑容满面经营着她的家庭，嘴上说着苦，心里却很甜。大女儿17岁，在昆明卫生学校读书。二女儿10岁，在因民红山小学读书。小儿子2岁，家人帮带着。很有动力、很有希望的一家人。

舍块的生态环境问题和贫困问题相互制约，互为因果。目前来说，易地搬迁扶贫是解决舍块脱贫问题的最有效途径。政府从高层统筹，推行易地搬迁项目，为所有想冲出大山，改变现状的舍块人提供了最基本的保障，住下来，再来求更好的发展。劳动部门承诺为每个劳动力三次上门推荐岗位，对于丧失劳动力的老弱病残，民政部门兜底保障。孩子就近就便解决上学读书问题。给出的优惠条件，比我们过去有过之而无不及。

时代在变，形势在变，舍块人不变不行。心怀梦想，追随潮流，顺势而为，方是上策。只有走出大山，才能走出希望。走出大山，舍块的群落中才会涌现出更多的周明东和陈忠林。

期待未来，更多的舍块人功成名就之后，衣锦还乡看老宅，忆乡愁。举杯邀雪岭，对酒话沧桑，不忘当年的云和树。

# 对口帮扶搭桥
# 优质医疗进山

杨 雯

贫困地区的医疗资源缺乏，缺医少药，医疗条件较简陋，这只是我们能看到的冰山一角。但我们可做的事情有很多，"路漫漫其修远兮，吾将上下而求索"，我们希望通过此次扶贫援助计划，能够真正地帮助提高当地的诊疗水平，为东川留下一支永远不走的呼吸疾病诊治医疗队伍。

我们援滇小组背靠着肺科医院这座大山，面向着当地医务人员的全力支持与配合，我们相信"世上无难事，只怕有心人"，五年的援滇之路仅仅开了个头，以后的工作将更加任重而道远！

——上海市肺科医院专家

## 引子

故事还得先从蝴蝶说起。

之前，我对昆虫类知之甚少。比方蝴蝶，仅是欣赏到它的美丽绝伦，竟不懂，这种精灵的诞生还有如此复杂而痛苦的挣扎过程。讲述的故事与蝴蝶有某种关联，上网查询，咨询大理大学农学与生物科学学院的朱丹教授。据他介绍：全世界总共有17000多种不同颜色的蝴蝶，这和医务工作者不同地域似乎没两样。从开始的卵——毛毛虫——蛹——成虫，最终一只翅膀潮湿而鲜艳的蝴蝶才破茧而出！或许，这就是常说的蝶变吧。

也是，蝴蝶这类物种似乎天生便是给世界带来美的。刚开始像初生的婴儿一般，摇身一变就成了美丽的天使。你看吧，无论是在菜园子里、在花圃中，抑或是在溪间泉水边，总可以见到那扑闪闪的成群的蝴蝶。它们仿佛是从空中撒下来的五彩缤纷的碎片儿，随着一阵风儿来，又随着一阵风儿飘去。它那优美的身姿、轻盈的体态，实在是没有不惹人怜爱的道理啊！假如再细瞧瞧，当它竖起那对翅膀轻轻落在花上时，你简直分不清是蝴蝶成了花朵缀在枝头，还是花儿生出翅膀飞了起来。于是，文人们就用最美的词语称它是"大自然的舞姬""会飞的花朵"。我想这样的赞美之词，兴许也真是只有蝴蝶才配。

教授对蝴蝶的描述十分动情。不知为什么，越到后面，他的语速就明显慢了下来，语气也沉重起来。他叹了口气，说："蝴蝶的一生太短暂，一般来说，夏天出生的蝴蝶只有一至两周活命；即便是冬天出世的，也顶多只有两个来月的存活呢……"

此刻，我的脑海里轰隆作响，竟没有听全他下面还说了些什么。因为这时我已被卷入一种对万物生命的迷惘之中，那是我绝对始料未及的。我怎么也想不到，蝴蝶这种大自然最美的生命形式是那么绚丽而短暂。

我忽然想起这两年多来发生在身边的一次次不同寻常的见闻，我的思维空间很快滑向了另一个与大自然截然不同的"蝴蝶世界"。在我看来，这仿佛是一则童话、一部传奇，那是令人震撼，又是多么匪夷所思，且充满了对生命的敬畏，充满了人类的大爱和生离死别的故事……

### 对口帮扶搭桥

2016 年 7 月 14 日，这是一个阳光不错的上午。地点：东川区人民医院老院区内二科。

头天值班，夜晚总值班巡查时，因抢救危重患者没来得及登记危重病人情况，所以第二天早上又不得不再来一趟，加之要采集几张医生工作场景图片作汇报材料用。走进内二科护士站，映入眼帘的是一面照片墙，点缀着雨后复斜阳，蝴蝶飞舞的背景。

正把病历上危重病人病情往总值班巡查记录表上誊抄时，抢救室正抢救一位因溺水至急性呼吸窘迫综合征、呼吸衰竭的农民工。怀着好奇、沉重，还有崇尚的心情，我跑过去把头凑在门口瞄了一眼，呃，正在组织抢救，操作纤维支气管镜的医生正是首批来我院的援滇医疗队专家上海肺科医院的梁硕博士。

被抢救的患者较肥胖、脖颈短粗、会厌呈马蹄状，且剧烈呛咳致会厌充血肿胀明显，再加上我院纤维支气管镜目镜视野狭窄，在治疗开始时声门通过困难，但梁硕博士及内二科的医务人员坚持不懈，在镜下吸除很多黄泥和黑泥渣，并灌洗了一侧泥沙较多的肺，成功将这位溺水者从死亡边缘硬生生给拉了回来。

东川是云南省昆明市所辖区县之一，2015 年拥有人口 28.48 万人，建档立卡的贫困人口达 59440 人，因病返贫的人口占比 38%。东川距离昆明市区 150 公里，素有"铁胆石之乡""天南铜都"的美誉，矿业经济是东川区的支柱产业，常见的呼吸系统疾病主要有肺炎、慢阻肺、硅肺、肺结核。我国是世界第二大结核病高负担国家，东川地处云贵高原北部边缘，重山环绕，由于贫困、卫生状况欠佳、交通不便等诸多因素，使得东川成为结核病高发地区，并呈现出结核病高患病率，高死亡率，接受治疗率低，治疗成功率低，结核病知晓率低的流行特点。

为深入贯彻落实中央扶贫开发会议和健康扶贫有关会议精神，2016 年 2 月，国家卫计委制定了《关于加强三级医院对口帮扶贫困县县级医院的工作方案》（国卫医发〔2016〕7 号），调派全国优质医疗资源帮扶贫困县县级医院。2016 年 5 月 20 日，上海市肺科医院与昆明市东川区人民政府、东川区人民医院签订了对口帮扶合作协议书，上海市肺科医院在 2016 年 5 月 20 日—2020 年 12 月 31 日的 5 年内，将采取"组团式"的支援方式派出 10 批次 50 人（每半年 1 批，每批 5 人）的医疗专家到东川人民医院开展手术、查房、疑难病会诊、科研和学术讲座等指导工作，并发挥上海市肺科医院学科优势，对东川人民医院呼吸科及相关学科的临床、教学和科研工作进行指导与合作，重点提升医院呼吸系统疾病的诊治能力。

至此，黄埔江畔、彩云之南，上海肺科、东川医院，架起了心与心的桥梁……

2017 年 2 月 15 日，上海市卫计委赠送东川人民医院的白玉兰远程会诊系统正式开通，这无疑又一次加固了上海、东川两地的医学桥梁，强化了学术合作与交流、医疗资源共享，加大了上海医院对东川医院的扶助力度。


### 爱你并不容易


"你知道吗？爱你并不容易，还需要很多勇气，是天意吧，好多话说不出去……"《一路上有你》这首歌，对于 ICU 的医护人员来说，并不陌生，因为他们对爱的含义有更深切、更丰富的理解。特别的爱献给特别的患者。人生路上，不论生命长短，他们相伴相随不离不弃，他们离不开患者，患者更离不开他们，在一起，善良、担当、奉献都化为一种强大的力量。

2016 年 9 月，ICU 四号床入住一位危重年老患者，在上海肺科医院专家何龑及

ICU 医护人员的全力救治和精心照顾下，老人生命得以延续，但因老人病重，他本人及家属都要求放弃治疗回老家。为完成老人遗愿，9 月 7 日，何龑老师及 ICU 姜楠主任等医护人员一行，冒着绵绵细雨，在崎岖的山路上驱车行驶 5 个多小时，抬着担架和抢救医疗设备上山下坡，何龑克服路途颠簸和高海拔带来的身体不良反应，将老人平安护送到舍块老家。家属为了表示感谢特地送了红包，何龑和在场的杨晓雷医生商量，第二天一早将此情况汇报给院党办并将红包里的钱打进患者家属的账户。当病人家属来医院办理出院结算时发现何龑他们并没有收取他给的红包时，感动得无以言表，随即捧着一面写有"医湛德高　杏林楷模"的锦旗送到何龑和 ICU 医护人员手中。

有这样一束阳光照耀着 ICU，即将离去或奇迹生还的生命，是安心的、温暖的。

何龑，是上海肺科医院的一名男护士，刚到我院时，我院 ICU 正处于筹备阶段，刚到医院的第二天他就投入 ICU 紧张的筹备工作中，他如牛负重，又责重如山。利用自己多年积累的 ICU 工作经验，制定一系列 ICU 工作制度，布置病房设置，安排人员分工等。ICU 筹备期间，接到急会诊通知，远赴离东川一个多小时车程的汤丹卫生院紧急抢救一例急性乌头碱中毒患者。这种琐碎繁乱的"大家庭"生活，在他善良坚毅的目光观照下，就生出许多动人的情致。在他看来，一个制度的完成，一台设备的调试成功，一名医护人员的小进步，一位危重患者的奇迹生还，都贵为天籁，都是这个"家"的诗篇。令人欣喜的是，历时两个多月的紧张筹备工作陆续完成，ICU 终于在 2016 年 8 月 1 日正式开科，何龑开心地说，像是自己孕育的孩子长大了，十分辛苦又十分美妙。

### 生命的奇迹

"哀莫大于心死，而人死亦次之。"我记得，第一次看到这句话，是在念初一的时候。12 岁的少女根本无法理解这句话出自《庄子·田子方》的诤语，只是与邻桌的小男生一起，摇头晃脑地硬把这两句古语记下来。因为我们明天要上台，这两句话被老师加到了演讲稿里，不背也得背。

古人对苦短人生的参透，却让在成年以后进入医院工作的我感慨不已。

在医院常听到这样的对话："小伙儿，你是来体检的哇？""是呀。""还好吧？""没什么问题。""没问题就对喽，这年头，最怕的就是生病，特别是生癌，哎哟，一家子都完蛋了。""之前来妇产科生小孩的一位 27 岁产妇又来医院了，查出宫颈癌了，转内三科，第二天就死了，太可怜了，小孩才 7 个月大。""内二科今天收了一个从昆明转下来发热的 1988 年的男子，在昆明查出肺癌，才两个星期，快不行了，家是东川的，听说刚结婚，还没小孩呢。""这次医院职工体检，查出好几个有癌的来。""啧啧啧！"……

连小孩子都知道，癌症是绝症，对癌患者及其家庭都是绝对打击。与"癌症"相关的话题，被社会炒得喧嚣不止。比如，医患关系——对于"生命不息，化疗不止"的质疑，对于个别医院"外科赚了钱，就把患者转到化疗科化疗，然后再转到放疗科放疗，等到这些科的钱都赚够了，再把病人扔到中医科"的谴责；骗子手段——身患晚期乳腺癌的某著名大学女教师，对"神医"的"饥饿疗法"深信不疑，拿出10 多万救命钱到黄山脚下"寻找最后一线希望"，最终丢下年幼的孩子撒手人寰；各色"江湖神医"依旧活跃，各种"治疗大招"横空出世；消极伤悲——亲人因患癌去世，外人可见的，是这个家庭所有成员工作、生活被完全改变，而生者精神和心灵的特殊创伤，非亲历者无法体会，仿佛任何一个方向都是黑暗的；生命奇迹——在众所周知的"长寿乡"广西巴马，每 10 万人中拥有 30.98 位百岁老人，病人朝圣般地聚集于巴马盘阳河畔的坡月、平安、长寿等村并常住下来，这些并不"盛产"癌症的村落，成了除肿瘤医院外癌症患者密度最高的地区；社会慈善——官方的、民间的各种慈善机构，以募捐、赠药等方式向亟须社会救助的癌症患者伸出援手……五味杂陈，真伪难辨。

2017 年 1 月 20 日，我院外三科配合上海肺科医院黄威博士，成功为一名左肺癌患者实施了东川首例左侧肺癌根治术，手术很成功，患者术后疼痛轻，切口美观。

2018 年 4 月 16 日，外一科在上海肺科医院吴亮队长的带领和指导下，为一名肺癌患者实施了东川首例单孔右肺中叶切除术加淋巴结清扫。单孔肺切除是上海肺科专家带来的一种高端的针对肺部肿瘤治疗的手术，是一种单孔为 2—3 厘米的微创手术，创伤小，并发症少。能减轻患者痛苦，有助于患者快速康复。18 日，利用64 排螺旋 CT 下 Hookwire 肺部小结节精准定位，为一名右肺中叶肿块患者，实施了东川乃至云南首例经剑突下胸腔镜下右肺中叶楔形切除术，吴亮队长主刀，整个手术过程只用了一个小时，从切皮到肺切下只用了 23 分钟。术后，患者恢复很快很好。

在东川医院、在上海专家、在所有的医务工作者心目中，还有什么比看到一个个从死海边迈向健康彼岸的患者更激动人心的呢？

### 患者的幸福是有人惦记

2017 年 9 月 3 日，陪同上海肺科医院专家姜蓉老师去中医院抢救一名昏迷病患，从踏进中医院大门到抢救结束，姜老师一直保持安静，感觉有些沉重压抑。我忍不住问：“姜老师，医院工作都很压抑吗？从进门到现在你脸上一直没有笑容，一副沉重的样子。”“没有啊，我挺爱笑的，抢救病人时是不可以有笑的，这是对患者的尊重，要让患者感受到爱。”“哦，是这样啊，不带微笑的原因，患者他们知道吗？”“每个患者都是天使，都是大自然的宠儿，当然知道医生是爱他们的。”“您认为患者的幸福是什么呢？”“就是有人惦记。生命不在于时间的长短，只要是生命，我们都要尊重。”

每一位上海肺科专家遇事必亲力亲为，一丝不苟。2017 年 9 月 11 日，上海市肺科医院医疗援滇队在东川区因民卫生院启动“服务百姓健康行动”全国义诊活动，迅速行动，联合全区各医疗机构深入到 6 个乡镇深度贫困村组开展义诊服务，义诊途中抢险救援遇到的一起车祸伤者，伤者被及时送往东川人民医院进行手术救治，使这只已经卷进汹涌旋涡的“船只”拖回彼岸……

援滇医疗队队长，挂职东川人民医院副院长，勇于担当，不辱使命，大力协助院长抓好医疗业务，落实督促核心医疗制度，规范医疗行为，保证医疗安全，还将上海肺科医院一些先进医院管理经验、理念及管理模式试行推广。

在举行上海市肺科医院派驻援滇医疗队帮扶东川暨“东川区荣誉市民”授予仪式的时候，每一批专家团队都会将援滇医疗队队旗交到新一批专家队手中，鲜红的旗帜担负着沉甸甸的责任和使命，传承着上海肺科专家对东川病患的惦记。

上海肺科的专家们，他们性格开朗，热情似火又彬彬有礼，博学谦逊，和蔼可亲；从他们的眼睛里能捕捉到他们的执着、善良、坚毅和智慧。都说眼睛是心灵的窗口，他们那一颗颗博爱仁慈的心，就是通过这个“窗口”传递和感染着与他们接触的每一个人，并感动着这个世界。

### 灵之舞

对口帮扶工作开展两年多来，上海市肺科医院已累计派出 5 批 25 名专家团队到我院，累计在我院接诊门急诊患者 2729 人次、住院患者 3006 人次，开展手术 229 台次、教学培训 6797 人次。2018 年 7 月 13 日东川区人民医院成为“上海市肺科医院专科联盟单位"第 28 家成员单位。在上海市肺科医院帮扶专家团队的悉心帮扶指导下，区人民医院呼吸内科建立了疑难病例讨论制度，三级查房制度，建立健全了呼吸科常见病及高发病的各项诊疗常规，成功开展了 B 超 CT 引导下心包穿刺术、纤维支气管镜下新生物活检术、肺功能监测、肺部磨玻璃结节术前 CT 引导下病灶定位、全腔镜单孔叶切术、肘静脉压测定、VATS 小儿肺大疱切除术、局麻下纤支镜灌洗吸痰术等 19 项新技术，使得东川人民医院在呼吸系统疾病诊治、危重症病人救治、肺部疾病的微创手术及有创操作检查开展、重症监护（ICU）建立等方面有了历史性的飞跃，通过传、帮、带，为东川区人民医院呼吸内科逐步培养出了一批能独立开展使用新技术的骨干医师，对口帮扶工作成效明显。

贫困地区县级医院由于多种因素影响，医疗专业技术人才匮乏，直接制约了医院诊疗能力和服务质量的提升。实施三级医院对口帮扶贫困县区县级医院，通过三级医院派驻专家"组团式"帮扶，实现了优质资源下沉，让贫困地区老百姓不出家门就享受到了发达地区优质医疗资源服务，也为贫困地区遏制"因病致贫、因病返贫"提供了坚实的医疗技术保障。

不知离开东川回到上海的专家们可安好，不知正在东川援滇的老师们可习惯，不知那些被治愈的患者可幸福……

一场潇洒的秋雨，窗外树枝挂满晶莹的露珠，花坛中几只鹅黄色的蝴蝶滴溜溜轻盈地旋转，划出无数道线条流畅的弧……随心而舞：舞一曲高山流水，舞一段风沙缠绵。舞化了牯牛积雪，舞开了冰山雪莲……此时，叫山水屏住呼吸，令苍穹附耳聆听，带着潮湿的醉意，演绎自骨髓里溢出的挣扎与呐喊、生命与激情、幸福与梦想，一如凤凰那般——在烈火中翩翩舞蹈，涅槃重生。

# 劈山凿崖　打通扶贫致富路

郭　烨

修沿江公路，就是修一条扶贫攻坚致富路。

这条公路的终点是因民镇政府。因民镇政府原来在因民矿，那是重大地质灾难隐区，与镇政府相隔百米的因民矿选矿厂就在一天早上上班时间，在众人的眼皮底下被突如其来的塌方埋掉，里面开会的 18 个人一个都没逃出来。因民镇政府从因民矿搬到位于金沙江大峡谷的田坝几年了，机动车一直进不去。

修通沿江公路，受益的是世代居住在金沙江大峡谷里的那些农户，涉及因民镇、舍块乡、拖布卡 3 个乡镇。

通过各种渠道向上级申报项目，几年都立不了项，东川区政府下决心自己筹钱修。资金实在少得可怜，招投标就免了，直接找打过几次交道的勘测设计院做勘测设计。设计院答应了，要求先打 5 万元前期费用。设计院刚好还有个叫涂吉祥的年轻人在东川"龙东格"公路现场。钱打了，两天后，负责勘探设计的涂吉祥来看现场。看完现场的第二天，涂吉祥跑到交通局局长张宗华办公室，没好气地说，那么凶险的峭壁悬崖上你们想修公路，你们是不是脑子进水了？你们这活儿我干不了，你们另外找人吧！说完就要走。

张宗华急忙把小涂拉住，倒杯茶，把他按在沙发上坐下来，套近乎说，小涂，咱们以前合作不是都很愉快的嘛！也算是老朋友了嘛！你就忍心这么走了？也不帮帮我？

这也是事实，双方过去的合作的确不错。张宗华劝说半天，小涂无话可说，才勉强答应先试试看，但他提出勘探设计费要增加。

张宗华同意勘探设计费在原定 30 万基础上增加 20 万，另外给他们配一辆车，抽调几个人配合他们，安排他们的食宿。

金沙江大峡谷气候炎热，中午的气温会升到 45 度左右，甚至 50 多度，脚踩在地上是烫的。勘测开始还比较顺利，越往前推进越难，很多线段人要先坐渡船到江对岸，在四川境内支起全站仪，跑点打棱镜的人又坐渡船返回云南，分头爬上陡壁悬崖，按照对讲机的指挥，在山岩上跑来跑去，爬上爬下。测量一个点，往往要两个小时，有时就是一个上午。中午太热，他们只能躲在山崖下面，吃两个熟鸡蛋，喝点矿泉水。

辛苦一天回到住处，吃完晚饭，还得继续整理当天的资料。

有一天，一个打棱镜的小伙子在山崖上滑了一下，差点儿滚下江去，吓得趴在地上半天爬不起来。晚上回来，小伙子哭着嚷着说我不干了，明早我就走。大家劝了半天小伙子情绪才稳下来。

按规定，施工队伍必须通过招投标才能确定，但施工难度太大，标底又太低，没办法，只有动员熟人来做。全线分为五个标段，找了五个熟悉地质状况的本土队伍进场，告诉他们，也许你们干完也苦不到多少钱，但修通这条扶贫路意义重大，对你们的施工能力也是一次检验。

征地拆迁需要乡镇、村、组领导配合，一家一户动员，一处一处丈量、评估、拍板，然后兑现征迁费。但征地拆迁补助太低，耕地一亩 3000 元，还不到区内其他项目征地的十分之一，工作太难做。

牲畜厩、复耕地、蜜蜂箱、香蕉树、鱼塘、鱼苗等如何补偿，没有规定，只能由工作人员对照着其他事项提出方案进行补偿。

有个征迁段有几十座坟墓，电视、广播、村里粘贴公告，公告期满后还有十二座无人来认。有人建议推掉，张宗华觉得不妥。商量后，指挥部把这些无主坟搬迁到一座向阳的山头上。事后有四家坟主从四川过来上坟，发现坟不在了，找到指挥部，指挥部安排人把他们带到山头上，看了搬迁后的坟墓，坟主什么话也没说就走了。

房屋土地征迁矛盾重重，有的耕地已经征过，征地费也付清，你才走，他马上又种上苞谷红薯，然后找你赔青苗费。大盐坝路段上，施工单位刚开始施工，一个 60 多岁的老大妈老远跑来，一屁股坐在挖掘机前大哭大闹，说指挥部征了她的地钱也不给。协调组人员查了名单告诉她，你家的征地费已经结算清了。可老大妈依然闹，咬定说她没拿到钱，再怎么劝都不起来。指挥部让人把村主任叫来，村主任一看是这位老人，恍然大悟。哎呀！一场误会，你家的征地费你儿子领走了。大妈还是不相信，依然坐在挖掘机前不起来。老人的儿子就在施工工地打工，没办法，只好请警察骑摩托去把她儿子叫来。儿子来了，有点愧疚，急忙告诉母亲，征地费我领掉了，钱我存了，忙不过来把存折拿给你。

大妈这才从挖掘机下面爬起来。

大盐坝一个泼辣的中年妇女，气势汹汹地跑到指挥部来责问工作人员，一样是共产党领导，征地费咋个差别那么大？同样是东川地界，其他地方征地费每亩三四万，咋个我们这里才两三千块？工作人员怎么向她解释她都不听，一直在破口大骂，钱肯定是被你们这些狗日的吃掉了……类似的事情发生过不止一次两次。

小岩脚村的公路线，下边紧挨着金沙江边一块台地，这块台地上原有11户农民，因为生存环境过于艰难，政府曾经动员他们搬迁，给他们安排了宅基地，每户给了4000元补助。当时迁走了10户，只剩1户没动。听说要修公路，已经搬走的住户又搬回来，变成了17户，都嚷着要征地拆迁费。协调小组向指挥部报告，指挥长急忙下来了解情况。农户有一百条搬回来的理由，目的就是要搬迁费。为了不影响工程进展，指挥部只好委曲求全，又每户补助了4000元，让他们搬迁。

也是大盐坝，有一户人家住在公路上方岩头上，住房地处征地拆迁范围，但不在公路线上，征他家房子是担心公路修通后下雨天塌方，损毁他家的房屋。根据政府文件精神，协调小组经过仔细测算，其住房拆迁费约合4万。4万？户主阴阳怪气地笑笑，你们真会开玩笑！15万，少一分都不行！再怎么做工作，他还是那几句话。

指挥部会同协调小组认真研究图纸，反复到现场察看，发现户主的房屋基础比较扎实，决定放弃征迁，从公路边砌一道保坎，为户主的地基做一道防护。施工正常进行，公路快要修通，见协调小组人员不再找他，户主急了，找到协调小组人员说，我那点房子，如果你们说15万要价太高了，那就少给点，还是请你们征用掉算了！

更多的干部、群众明白修这条公路的意义，非常支持。田坝村村主任家的祖坟在规划线上，需要迁移，他一个星期就迁走了，一分钱不要。他说，这是为我们修的路，我还要哪样钱！

牛厂坪村委会，村、组领导全部出动，积极宣传动员群众，支持公路建设，只要是在他们辖区内，出现什么问题，马上组织人现场解决。

拖布卡镇、舍块乡、因民镇，都安排领导直接参与征地工作。因民镇副镇长事必躬亲，带着村、组干部和协调小组人员，一个星期就把七十亩地征迁完。

施工太难，交通局派了十多个工程技术人员、监理人员，成天守在工地上。局领导轮番下工地检查，解决施工中出现的问题。各标段施工单位都曾经多次反映标价太低。其中二标段的地质情况特别复杂，施工特别难，50万一公里的工程造价实在无法支撑工程的实施，要求特事特办，提高这个标段的工程造价。指挥部也知道情况，却爱莫能助、无法解决。后来打到断层，岩石被碎，又调整施工方案，增大了工程量。指挥长了解了情况，对项目负责人说，指挥部没有权力提高工程造价，我给你们追加60吨炸药钱，折合50万，就算是给你们的一点儿补偿吧，你莫嫌少。

金沙江沿线地形复杂，山体破碎，泥石流沟密布，滑坡、岩堆、断层、涌水……给施工造成极大的威胁。其中的小岩脚、老鸹嘴、鹦哥嘴、大白水沟、然兴厂、薄刀岭、石烟锅、人站石被称为"八大险关"。

鹦哥嘴崖壁高耸，老鹰都飞不过去，但公路要从崖壁半腰横切过去，施工单位要从崖壁上剖开一个切面，然后向前一点点推进。人过不去，设备更过不去，施工队只有将设备拆开，和材料一起先用渡船运到江对岸，然后由人扛着设备和材料溯流而上，再将设备材料又运回来，由一起乘船往返的人扛上施工现场。

水和其他生活物资也只有这样运往工地。

金沙江高山与大峡谷局部小气候变化非常大，峡谷内夏天的气温通常都在四十度以上，中午时分可达四十五度左右，风滚烫。雨说来就来，接着就是山洪暴发，施工举步维艰。

二标段毛路开通几公里后，进入地质情况复杂的大岩洞、大垮山地段。必须增加大型机械，施工单位从嵩明县租好了挖掘机和装载机，一辆大拖车拉着一台挖掘机和一台装载机轰隆隆驶进工地。挖掘机和装载机驾驶员就是一个人，小伙子跳下拖车，用一双惊恐的眼睛打量一阵施工现场，惶惑地看看脚下波涛翻滚的金沙江水，再看看层层叠叠等待开掘的岩层，问工地负责人，我们要在这种地方施工？他不断用手甩掉额上的汗水。是呀！工地负责人应道。算了，老哥，这活儿我干不了，你另外找人吧！

小伙子爬上拖车，拖车十分小心地从便道路口缓缓掉过头，轰隆隆开走了。

四标段公司总经理李正明是东川绿茂人，为人忠厚，做事踏实，50多岁的人，修公路30多年，有着丰富的公路施工管理经验。第四标段处于金沙江大峡谷28公里至42公里之间，无路进入施工现场，施工人员必须从四川坐渡船过江来，才能爬上工地。公路线路要横越几座悬崖峭壁。这些悬崖峭壁石质坚硬无比，29公里至31公里处，悬崖笔立，看得见天空看不见崖顶，脚下金沙江流水湍急，像一条丝带拖在峡谷里。在这种悬崖绝壁上开凿公路，首先要放线。李正明虽然经验丰富，但面对重重叠叠，从金沙江中直竖起来的石岩，他也无计可施。山岩之间无路相通，这山看不见那山，从山顶绕行，得整整走一天。李正明想来想去，决定两岸协作。

操作仪器的人渡江到对岸，放线的人渡过去，溯水而上，再渡过来，由荒沟陡坎爬上山崖，双方用对讲机沟通放线。

这活儿危险，要在悬崖绝壁上猴子般跳跃、奔走，一失足便会滚落大江。可到了江边，放线的三个人看看耸立的悬崖，都不肯上船。太危险了！站的地方都没得，咋个放线？这个活儿我们可不敢干！三个人议论一阵就想走。小心一点儿，不会有哪样事！李正明笑笑，工作也简单，仪器测好点儿，你们按图纸在等高线钉好桩、打上记号就行了！三个人还是摇头。李正明给他们加了钱，三个人还是说，加工钱也干不了！李正明的儿子看不下去了，我跟你们去！三个人面面相觑，无言以对。

岩子上下，零零散散住有一些单门独户的农户，施工放炮要考虑别伤着人，别造成财产损失，还要考虑，保证放炮炸下来的石头不会滚进江，造成河床淤塞。李正明只敢放小炮，不敢放大炮。放小炮工效低，成本高，又特别麻烦，点选不好，炮眼打不好，一炮炸不下一簸箕石头。

为了赶工期，李正明用渡船运过来四十多个凿岩机。悬岩上没有落脚处，只好在岩头上打桩，或者找到稳固的岩石、结实的树干，拴绳子把人吊下去打眼。施工推进到然兴厂，碰上一个大难题。这里的岩石是向外匍匐的，人吊下去悬在空中，无法接近悬崖。商量来商量去，只有从顶上打眼，先把匍匐的悬崖炸出个缺口，再把人吊下去。

放过炮后，机械要进场，先要修一条便道到江边，在江边把机械拆散，用渡船拉过江，再用人抬到半山腰的工地重新组装。一台小型空压机要十来个人慢慢挪，才能一点一点抬上去。在一两公里的地段上，就有七台挖掘机，两台推土机，两台装载机，若干辆拉炸药、拉材料的货车在跑。一台大型机械每天烧一吨油，全靠用渡船运，用人工搬运到工地。

有一天，李正明的弟弟正操作挖掘机，突然一块鹅蛋大的石头从高空落下来，击穿了挖掘机钢板顶棚，击穿他头上的安全帽，又砸在他头上，将他的头砸伤，弄得他满脸是血。那块石头落在座位上，却毫发无损。

又一天下雨，一台挖掘机正在山岩下作业，上边突然塌方，挖掘机驾驶员听见响动，跳下挖机就跑，两个清理砂石的工人来不及跑，被埋在砂石下面，周围的人连忙冲上去，七手八脚才把两人刨出来。挖掘机被砸得一团糟。

一个工人在悬崖上处理浮石，听见有人大声呼叫，小心！小心！工人连滚带爬躲进石缝，一块两三吨重的巨石滚下来，刚好砸在他刚才站的地方。

薄刀岭上放完炮，五个工人忙着清理砂石，忽然听见负责警戒的人声嘶力竭地叫喊，五个人都没听清远处喊什么，却都机警地拖着工具就往后跑。一声滚雷似的闷响，一座小山从他们面前塌落下去。

开凿鹦哥嘴时，一个相当熟悉当地山体，在悬崖绝壁上干了多年的工人，腰上拴着绳子下山崖打眼，他嫌绳子太长，系在腰上碍事，就选了一个比较宽的地方站定，解了绳子打眼。头上突然有石头飞落下来，他急忙一跳，脚下没站稳，一个趔趄，一声惨叫，跌下近百米高的悬崖，落入金沙江中。

一台推土机在公路上施工，路基突然从江底开始下陷，推土机来不及后退，驾驶员纵身跳下推土机，却落在下滑的山坡上，瞬间连机带人落下深渊。

交通局局长一行人来工地视察，突降暴雨，满地泥泞，不能再走。躲在车里避一阵雨，雨停后推开车门一看，停在高处的三菱车被泥沙埋了一半。

金沙江大峡谷气候炎热，山风却大得出奇。有一次刚吃完晚饭，大风突起，做厨房的帐篷被连桩拔起，连同锅盖大铁锅一起被吹得无影无踪。

李正明的老伴儿和女儿到工地探望他。车子颠簸到工地，看着汹涌的金沙江水，老伴儿感到天旋地转，恰好又遇上薄刀岭放炮，吓得母女俩直哆嗦。好不容易找到灰头土脸的李正明，老伴儿哇的一声大哭起来，拉着李正明说，走，回家去算了，太害怕了，太苦了！

2008年9月底，沿江公路毛路建设完工。因为资金问题，路基改造尚未开始。金沙江大峡谷连降暴雨，沿江公路水毁严重，塌方、滑坡，整条公路一片狼藉。几十个点损毁特别严重，不少路段路基荡然无存，变成十来米深的冲沟，浑浊的泥水哗哗流淌。到现场查看的一行人遭遇泥石流，差点被冲走。

奚家坪大沟隐患极大，上方山体不稳，泥石疏松，而大沟连接着多条小沟，雨季汇流，水量极大，一旦爆发泥石流，不仅威胁沿江公路，对金沙江污染也十分严重。

所有人到现场开会讨论，得出的结论是，必须架桥。架桥之前必须对大沟上下边坡进行工程治理，稳固沟壁。可指挥部已经没钱了。没办法，指挥长找了个熟悉的老板投资100万，修筑了这座桥。修桥前指挥长同意，桥修好后以老板的名字命名。

两个拿着国务院新闻办记者证的记者来到交通局党委书记办公室，振振有词地声称，你们修公路的砂石埋了十多家农户的房子，损害了群众的利益。书记笑笑，他知道记者说的就是金沙江边台地上那17户领过两次搬迁费的农户的房子。便说，那些房子的主人已经领了补偿费、搬迁费，人已经搬走，房子都是空的，你们最好先调查清楚再说。据农户反映，你们给的补偿费太低，我们怀疑有腐败存在，记者继续强威逼。书记也板起脸来，有没有腐败，也请你们调查后再说。书记很不客气地把记者送走。过了两天，一男一女两个记者又来了，笑哈哈的，我们调查了，你们并没有损害群众利益，也没有腐败存在，你们做得很好！你们的工作非常出色！我们准备在中央的媒体上宣传宣传，只是……需要一笔费用。书记斩钉截铁地说，我们不需要你们宣传！我们也没有你们所说的费用！

2009年8月，天生塘突遭暴雨袭击，霎时山洪暴发，然兴厂路段30多万方回填土被大白水沟中涌来的洪水冲得一干二净，路基全部损毁。四台车拉着人赶到现场，领导、技术人员各抒己见，七嘴八舌。有人建议，把附近一座小山挖掉，搬泥土砂石过来重新回填，有人觉得这只是个临时办法，要从根本上解决问题，必须架桥。如果架桥，两百万下不来。可指挥部的情况是，无论采取什么办法，都没有一分钱。最后商定，先挖那座小山来重新回填，打通便道，解决眼前因民新区的交通出行问题，然后打报告向昆明市交通局和省交通局汇报，争取架桥资金。

之后，然兴厂路段、大白水沟路段、奚家坪路段、树梗路段都进行了路基修复。

2011年年底，沿江公路路基改造总算是完成了。

或许是东川交通人的精神感动了上苍，通过东川各级领导不懈努力，反复争取，东川沿江公路被正式命名为"东川因民镇通乡油路"，纳入国家通乡油路建设规划。这样一来，沿江公路延伸至因民镇政府这一段悬而未决的资金问题得到解决。

又是勘探、测绘、征地、拆迁、补偿……

2013年7月，道路硬化工程和道路延伸工程的完工，标志着东川因民镇通乡油路——沿江公路全线贯通。

截至2016年年底，因民镇下属各行政村道路全部修通。

2018年，扶贫攻坚工作进入攻坚克难的关键时刻，为了从根本上改变因民镇交通落后的面貌，经云南省、昆明市有关部门批准，对因民沿江公路进行了升级改造，并打通了拖布卡镇新田坝村与因民镇田坝村的乡村二级公路，从根本上改变了因民镇交通落后的现状。

# 理论

生活是生命个体生存的意义所在，
**因为有千姿百态的生活境遇，**
*所以有千奇百怪的社会存在。*

# 让人民文学大厦巍然耸立

东　歌

## 一

我这里说的"人民文学"是一个理论概念，包括文学的民族性、群众性和优秀的文学传统，涉及文学的价值取向、社会功能、服务对象，是文学作品的创作者与人民的联系，也是人民生活在文学上的反映，表现的是人民的生活，大众的命运，代表的是人民利益。

中国文学源于人民群众的口传文化，几千年的发展，逐渐形成了自己独特的民族传统，强调文学的趣味性、故事性、传奇性，跌宕起伏，干净利落，浓墨重彩，寓教于乐，深受人民喜爱。

自毛主席《在延安文艺座谈会上的讲话》发表之后，"人民文学"成了中国当代文学发展的方向。然而近十年来，随着中外文化交流的增强，一股盲目崇尚西方文学的潮流在中国文学界蔓延，以在西方早已经没落的现代主义、后现代主义为代表的形式主义在当代中国文学创作中泛滥，使很大一部分中国文学背弃了"人民文学"的根本，背弃了中国文化优秀传统，走上了一条追随西方，步人后尘，一味强调文学作品表现形式的歧途，受到人民大众的唾弃和前所未有的冷落。

以小说为例。内容上摒弃爱国主义，英雄主义，人性向善，形式上淡化故事情节，忽略细节和人物，语言絮絮叨叨，华而不实，毫无美感可言。这种形式至上的改变，彻底颠覆了中国小说创作的优秀民族传统。中华民族是一个崇尚爱国主义、英雄主义、求圆满、讲礼仪、讲仁爱、讲道德、积极向上的民族。无论时代如何发展，人民群众对小说的这种审美需求和价值取向是不变的。然而近十年，见之于刊物的小说唯西化而不能，在强调写人性、写人物内心的同时，津津乐道于人的自私、卑劣、冷漠、放纵、颓丧、隐晦、低俗……津津乐道于社会的阴暗、丑陋、虚伪……人民的思想、感情、利益被置之文外，丧失了民族气节，背离了民族文化传统，丑化了人民形象，歪曲篡改了民族精神，无一星半点"温暖""正义"可言。

更不要说"正能量"了。

偷窥、调情、色诱、欺骗、性乱，甚至自慰、犯罪，都被贴上人性的标签，登上大雅之堂。

丑陋、鄙俗，被大加赞赏，以至于嘉奖。

这还是社会主义中国文学的主流吗？

人民对文学是有期待、有感情的，即使现实生活有许多不尽如人意，他们依然希望从文学作品中看到人性的光辉，社会的温暖，民族的复兴，希望从文学中获得愉悦和精神支柱。那些备受时尚推崇，却不能满足人民期待，没有人性光辉，没有社会温暖，不能使人民获得精神需求的文学，受到人民群众的冷落，甚至唾弃，是必然的。

## 二

我们并不否认，现代科技带来的文化多元发展对传统文学的冲击，但这种冲击并不会改变"人民文学"的本质。倒是一些丧失民族自尊的文人的自甘堕落，使当下的中国文学严重异化，以致脱离人民情感，背离国家利益。他们甚至直言不讳地否定文学的人民性，否定文学所代表的国家利益，强调、渲染、夸大建立在资本主义制度之上的、文学的"贵族化"。他们大言不惭地宣称文学受到人民大众的冷落，是因为人民大众"不懂"文学，宣称文学本身就是为"精神贵族"服务的。他们难道不知道这种腐朽的论调早在十八世纪中叶、十九世纪初就被批得体无完肤，即便在资本主义制度下的文学领域也没有了市场。

文运同国运相牵，文脉同国脉相连。当下的中国社会在高速前进，随着经济文化的不断繁荣发展，社会各阶层的分化融合进程越来越快，"人民"不再只是指那些目不识丁、受苦受难的穷苦阶层，而是指包括知识阶层、领导阶层在内的整个奋进中的中华民族。

文学的"贵族化"，是无根之木，是自欺欺人的谎言，是西方某些文学流派没落阶段的无力辩解。其存在基础，是以美国为代表的"精英文化"说，的确具有较大的欺骗性，诱导一些当代文人走进荒无人烟的大沙漠而不知返。

文学作为一种精神产品，同样需要消费支持。可靠的消费，还是来自热爱生活的人民大众，放弃了他们，脱离了他们，不愿意为他们服务，是没有前途，必然要走向衰落的。

有人在说，文学可以引起轰动效应的时代一去不返，冷落才是文学存在的正常状态。这其实也是一种自欺欺人的辩护。文学的轰动效应来自作品与敏感的社会热点、时事政治产生的碰撞，动力来自外部。而文学作品受到读者喜爱、追捧，靠的是作品自身的艺术魅力，这种魅力来自作品本身。

形式至上的文学现状，使文学作品普遍失去艺术魅力，不再受人民大众青睐是必然的。现实是，能让读者痛痛快快读完的作品都很少见了。

2019 年，微信流传一帖，"改革开放四十年最有影响力的四十部小说"，入选的都是二十世纪八九十年代的，坚持民族文学传统的作品。

可见，虽然过去几十年，人民却没有忘掉这些好作品。

作为基层作协主席，我经常会把一些中国顶级期刊上发表的，受到推崇的作品发给基层作协会员看，并收集他们的反映。遗憾的是，基本上没人说好。读完作品的人都极少。问题就出在作品没有艺术魅力上。读者看不到他们希望得到的东西。

作家群体尚且如此，普通读者可想而知。

2017 年，某编辑部举办一个文学活动，公开打出"让小说走进人民"的旗号。我看作是人民文学向形式主义的宣战。说明作为文学最具代表性的小说，的确早已脱离人民，走得与人民大众的需求过于遥远，甚至可以说是背道而驰了。

在中国，期刊、出版是两块文学事业主要的阵地，但近年来，具有民族传统、中国气派的作品难以发表、出版，是促使文学脱离人民的一个重要原因。

作家追随期刊、出版社的导向，自觉不自觉地走上形式主义道路，作品不能满足人民的精神需求，放弃了文学教化功能，一味迎合西方、模仿西方，形式越来越怪诞，题材范围越来越狭窄，内容越来越猥琐，遭遇人民大众冷落的同时，同样遭到世界文学的冷落。

网络文学作为文学新军异军突起，日益受到广大读者的重视，成为影视作品的主要题材源。形成这种态势的主要原因在于，网络文学在大量吸收时尚元素的基础上，内容和形式都坚持传统，适合人民大众审美需求，因此受到许多普通民众的青睐。

遗憾的是，网络文学除故事性较强外，普遍语言直白，人物形象模糊，艺术性较差，以猎奇取胜，还不具备成为这个伟大时代文学主力军的实力。

# 三

我们一直提倡向优秀的世界民族文化学习，丰富中国传统文学艺术的艺术表现力，但学习借鉴并不是盲目地追随，不是良莠不分的模仿。中国当代文学融入世界文学领域，与世界文学平等交流对话，是中国文学界的一致追求。然而中国文学如何与世界文学对话，拿什么与世界文学对话，却是一个迷茫的问题。

追随和模仿绝对不是出路。

小说历来是世界文学发展的风向标，中国文学要融入世界文学，在世界文学领域争得一席之地，首先得看中国小说取得的成就。一些有西方教育背景，并且掌握了行政权力的文人形成合力，大力推进中国小说的西化。于是，刻意模仿西方的形式主义应运而生。用西方的文学形式讲述中国故事，描写中国人的生活成为文学时尚，成为中国小说（包括诗歌）创作的主流。

在这个节骨眼儿上，莫言获诺贝尔文学奖，这似乎给形式主义的倡导打了一针强心剂。倡导者们沾沾自喜，把莫言拉进现代主义作家的行列，声称中国小说已经有了与世界文学平等对话的可能，似乎莫言获诺贝尔文学奖靠的就是形式主义。认真阅读了莫言的小说，包括他获诺贝尔文学奖的小说《蛙》，我发现，莫言其实是一个一直坚持传统、维护传统的作家。他善于学习、借鉴西方，但骨子里他却是一个用中国经验讲中国故事、书写中国人的身体力行者。他那些被形式主义倡导者们称为"魔幻""现代""后现代"的艺术表现手法，都来自中国民间广泛流传的神话故事，民间传说，是地地道道的中国传统。

由于地域、传统、语言、生活方式和文学需求的不同，文学永远不可能世界大同，也很难有高下之分。只有民族的才是世界的，这个命题依然成立，依然是颠扑不破的真理。中国当代文学能否与世界文学平等交流、对话，首先取决于汉语在全世界的普及程度。随着国家综合国力的增强，汉语在全世界普及的程度越来越高。

还在继续拾人牙慧的文学做好准备了吗？

能真正融入世界文学的，必然是那些经得起人民检验，依靠中国传统、凭借中国经验讲述的中国故事。一味地追随、模仿西方的文学，是不可能走得出去，不可能受到世界文学接纳的。

# 四

刻意强调"文学的本质"，大谈恢复"文学的本质"，是中国文学现代主义、形式主义颠覆中国文学传统的一个重要口实。

那么，"文学的本质"是什么呢？

不同的制度，不同的民族，不同的历史，不同的文化背景，不同的生活方式，不同的文学发展道路，文学的本质是完全不同的。现代主义、形式主义产生于西方资本主义社会，把他们关于文学本质的狭隘概念强加给中国当代文学，宣称文学的本质即"书写人物内心"，是不符合中国文学发展规律的。这个概念即便在西方也是站不住脚，没有得到认同的，它把西方浩瀚的文学经典排斥在外，否定了西方那些优秀的、以故事、人物、情节为主的现实主义作品的文学价值。

把这个概念强加给中国当代文学，也是非常荒诞的。中国文学特殊的发展道路决定了中国文学非"书写人物内心"的本质，而是将人的行为以及更广泛的社会、人生、历史、政治纳入文学书写的范畴，内涵更广泛、特点更鲜明，文化价值、社会价值更高。

由此可见，以"书写人物内心"为口实推行现代主义、形式主义同样是行不通的，是对中国文学传统的反叛，对中华民族精神的反叛。

## 五

"同质化"曾经也是现代主义和形式主义要想颠覆中国文学传统的一个理由。

"同质化"问题的确存在，世界上任何一个文学流派，就文学本身而言，衰败的原因基本上都是同质化。其实道理很简单，同样的作品读得多了就厌倦了。中国小说同质化，形式上的表现是通俗化。好读，人人都能读懂，缺乏深度。内容上的表现是传奇的故事和人物、戏剧化的情节和细节、爱国主义、英雄主义、以人为善的价值取向、大团圆的美好结局。这都是在中国文学发展过程中，由读者长期以来的阅读需求培育形成的。它有积极的一面，也有消极的一面。积极的一面远大于消极的一面。但是，它消极的一面被无限扩大，积极的一面被忽视，甚至将其视为中国文学发展的障碍，希望用现代主义、形式主义取而代之，殊不知却使中国文学陷入了更为严重的表现形式的同质化。

故事淡化，情节简单、单调，缺乏逻辑性，人物形象、社会背景模糊不清，结构混乱，节奏跳跃，语言啰唆，絮絮叨叨。阅读是一个随意性很强的行为，动机是希望得到艺术享受。读者往往在被吸引之后，才会把作品读完。读半天云里雾里，理不出头绪的东西，读者是不会读下去的。

中外读者皆然。

失去艺术魅力，令人感到乏味的"表现形式"的"同质化"，是当下中国文学脱离人民的又一个重要原因。

# 六

"无情的批判"，是"人民文学"一个重要的标志。社会生活错综复杂，人间万象美丑共存，贪污腐化，以权谋私，人性交恶……都需要当代文学一如既往地高举批判的大旗，从国家利益、人民利益出发，去揭露、去批判、去探索产生社会罪恶的种种原因。

文学丧失了批判精神，也就丧失了人民性。

只有无情的批判，才会有痛苦的疗伤。

只有正本清源，才有公平公正，文明民主。

事实是自2014年10月15日，习近平在文艺工作座谈会上讲话之后，当代中国文学领域出现了一种无视文学自身规律，歌功颂德，标签似的、浅薄的概念化的书写。尤以扶贫攻坚一类现实重大题材为最。这其实是在中国社会盘桓多年的极"左"思潮的又一种表现。

歌功颂德无可非议，文学有自身的规律，需要用文学的方式表达。扶贫攻坚的确功德无量，但这一类重大现实题材的文学表达，应该反映的是党的扶贫政策在贫困乡村执行的过程，以及带来的巨大改变，而不是政策本身。而我们看到的作品，很大一部分的套路却是，寻找一些人物事件来佐证政策的正确性和优越性。

文学不等同于新闻，说得更直白一点儿，"人民文学"自身的规律决定了"人民文学"要表现的是政策落实后产生的结果，给人民带来的好处，而不是政策形成的过程和政策本身。

改变了六千多万贫困人口命运的结果，惠农政策引发的每一个贫困农户内心的波动，贫困农户生活方式的改变，才是对政策最完美的、最文学化的诠释。

中国文联、中国作协成立70周年，习近平主席代表党中央发来贺信，他在贺信中指出，文艺事业是党和人民的重要事业，文艺战线是党和人民的重要战线，希望广大文艺工作者，记录新时代、书写新时代、讴歌新时代，努力创作出无愧于时代、无愧于人民、无愧于民族的优秀作品。

这也是我们身临其境的伟大时代赋予文学艺术的神圣使命。不辱使命，必须回归人民，扎根人民，深入波澜壮阔的现实生活，记录人民的伟大实践，书写时代的进步要求，彰显人民的信仰之美和中华民族的崇高之美，弘扬中国精神、凝聚中国力量，用文学的形式鼓舞全国人民朝气蓬勃迈向未来，让高楼大厦在中国大地遍地林立时，中华民族的精神大厦也巍然耸立。

# 文学创作当扎根人民的土壤

南 云

人民是文明社会繁衍进步的前提和条件，文学是人们认知、了解、表达客观世界和主观认识的方式和手段，优秀的文学作品，全面且无微不至地帮助人类建立了自己的认知架构、价值体系、理想操守。研究表明，至少在中国，文学的最早起源，来自人民日常的生活和生产劳动。文学创作的主体必然是人，感悟文学的受众必然是人民。作家的文学创作，扎根人民的土壤就显得尤为重要了。

文学需要地气，这是毋庸置疑的。

一个优秀的作家，他的笔触，应该是与人民并肩而行，贴着地面行走的。比如《诗经》《战争与和平》《平凡的世界》《红楼梦》等经典文学作品，无论文本的命题如何宏博，表达如何精致，语言如何优美，细细研读，不难发现，这些优秀的文学作品总是与真实的生活、社会、环境息息相关。或者说，是对生活的一种总结与梳理，是一种合理状态下的，对生活、社会、环境的一种审视、想象、组合与打磨。

作家要怎样扎根人民的土壤，接地气、聚人气，创作出优秀的文学作品。我认为就是要身体力行的亲身实践，俯拾仰取，历足迹于基层，取源泉自生活，抒情感近民心。

首先，深入基层。

基层是一片广博的天地。它包罗万象，囊括古今。多少千百年积淀延脉的历史铭刻、自然人文、民族魂魄、风俗人情就散落在基层，它们像泥土一样在时光里不紧不慢地发酵，历久弥坚。基层是架构世界的基础，它独有的聚沙成塔，汇流成江河的基础性，富含创作素材和营养，只有深入基层，作家对外部世界和内心世界的感知和展露才有丰富的意义。作家须得自觉地深入进去，像举锄挖地挥镰收割一般，才能把基层的这些好东西，梳理出来，去粗存精，在文学创作中表达出来。

我们常说：你站得有多高，决定看得有多远。其实更应该补充一句：你走得有多贴地，决定观察有多仔细。踩在生硬的水泥地上，是留不下脚印的，只有踩在厚实的松软的泥地上，才会留下清晰的脚印，只有走在散发着蚕豆花清香的田埂上，才能体会得到乡土的纯朴自然。对于优秀的文学创作，管中窥豹、闭门造车、门外汉、臆想症、道听途说，均不可取。毛主席说过，"没有调查，没有发言权"。文学作品不能乱写，就像种地，敷衍地开垦，只能收获敷衍的荒芜。胡编乱造是造假者的专利，真正的作家切忌去凑热闹。一个合格的作家，不积极深入基层，不深入走读仔细了解基层，不会知道工厂流水线是什么样子的，连队钢铁意志是什么样子的，农村烟熏火燎是什么样子的，地摊生意是如何叫卖的。靠着书本知识的求索，靠着个体揣测的想象，靠着网络搜索的拼凑，创作出来的文学作品是缺乏质感的，是没有旺盛生命力的。

作家深入基层，应该是用脚步精丈细量地深入基层，应该是眼观六路耳听八方地深入基层，应该是不带功利性地深入基层。作家深入基层，应该自觉摒弃那些走马观花，到此一游，装模作样，浮于表象，蜻蜓点水，急功近利，拉虎皮做大旗的伪深入。要主动探索取经，主动观察了解，溯本追源，把那些隐逸在山川、河流、山村、古道、村寨、群众中的优质素材，提炼出来，表达出来，创作出来，写出文本的率性、本真、活力。

深入基层，站在厚实的大地上，无论仰望多高的天空，多远的天际，心是踏实的。因为我们是漫山遍野历练出来的真实，一步一个脚印拾掇起来的真实，是接着地气，冒着汗气，有着底气的真，这种真，果敢坚毅。作家源自基层的底气塑造出优秀文学作品的骨质，基层的地气则赋予了优秀文学作品丰满的血肉，这样的文学作品，才会永恒，百读不厌。

其次，扎根生活。

生活是最好的文学源泉。生活是生命个体生存的意义所在，因为有千姿百态的生活境遇，所以有千奇百怪的社会存在。大千世界里，不同的生活境遇，生存体验，赋予人不同的生活意义，有的美妙，有的幸福，有的坎坷，有的苦涩。人们常说"幸福的人生都是相似的，不幸的人生各有各的不幸"，生活是繁杂的，是多彩的，有生活才有人生。

文学作品，往往就是对千奇百怪生活的文本展现。作家创作的境界，就是怎样把这种展现表达得淋漓尽致，潜移默化，感人至深。

从文学创作的意义上来说，"世事洞明皆学问，人情练达即文章"，生活即是文学，文学即是生活。《吴越春秋》里记载了一首反映原始社会狩猎生活的二言诗《弹歌》——"断竹，续竹，飞土，逐宍"。此歌谣传说形成于上古黄帝时代，虽仅简短的八个字，却包容了从制作工具到获取猎物的全过程，现在品味下来，此歌就是活脱脱一首完整的诗歌。西汉学者毛亨为《诗经》所作的《大序》中写道："诗者，志之所之也，在心为志，发言为诗。情动于中而行于言，言之不足，故嗟叹之，嗟叹之不足故咏歌之，咏歌之不足，不知手之舞之，足之蹈之也。"可见，没有对生活的深切体验，就没有文学创作的形象丰满。

故事可以编，但生活不可以编。

作家要有积极扎根生活的体验，深耕沃土的实践，文学创作才有深厚的底蕴，迸发出蓬勃的生命力。于普通人而言，生活是最好的老师，于作家而言，生活更是最好的创作源泉。打不开心扉，走不进生活，接不了地气，是写不出好的文学作品的。但凡伟大的经典文学著作，其文本里，总是弥漫着浓郁的生活气息。

作家扎根生活，要积极融入时代的大背景，始终保持与社会生活，与广大人民群众血肉般的联系。要把个体的"小我"，与国家、人民、时代的"大我"融为一体，感触国运民瘼，关怀黎民苍生，悲悯人性世态，把国家命运、人民命运和个人命运紧紧维系在一起，高瞻远瞩，追梦理想，积极创作出富含生活百味，健康昂扬向上的文学作品。这是作家的使命。

最后，贴近民心。

民心是检验文学创作成败，淘洗文学作品好坏的一把标尺。好的文学作品，应该是贴近民心的，应该是让人民所津津称道的。对于文学的起源，鲁迅先生在《门外文谈》说过："我们的祖先的原始人，原来连话都不会说的，为了共同劳作，必需发表意见，才渐渐地练出复杂的声音来，假如那时大家抬木头，都觉得吃力了，却想不到发表，其中一个叫到'杭育杭育'，那么这就是创作……是'杭育杭育'派"。鲁迅的这番论述，说明了生活和生产劳动直接促成了文学的产生，文学顺应着人民的心理需求而丰盈多彩。

文学产生的出发点和归宿点就变得明晰了，文学创作为谁写？写什么？怎样写？

唐朝诗人白居易提出"文章合为时而著，歌诗合为事而作"。这是历代文人赋予历史使命感的一种集中概括，也是对当代作家最生动的文学创作要求——文学为人民而写，为时事而抒。这里的时和事，也就是贴近人民心声的时和事。基于此，作家应该躬身入局，与民聊生，做到"些小吾曹州县吏，一枝一叶总关情"。切实关心人民的衣食住行，关注人民的柴米油盐，了解人民的生老病死，理解人民的七情六欲，并创作出富含民生、民心、民情、民愿的优秀文本。

贴近民心的文学创作，要善于真实描述人民群众的生产生活，感受人民群众的喜怒哀乐，提高人民群众的政治和文学素养，并且通俗易懂，深入浅出，适于人民群众阅读和理解。好的文学作品，应该体现出作家与人民密切的联系，设身处地地换位思考，客观真实地反映人民大众的境遇，生动表现人民的思想、感情、愿望、心理、期待和利益。

归根结底，人创作文学，文学陶冶人，作家是人民心声的高雅的发言人，文学作品是记录展现人民生产生活境况的高雅的载体，文学与人类文明进程相辅相成，生生不息，代代繁衍，如影随形地伴随人类成长与繁荣。

文学的人民性，是文学的一个重要特质，作家的文学创作当扎根人民的土壤，有崇高的使命意识，强烈的责任担当，富含"人民性"，为人民而抒写，歌吟人民生活，给人民看，经得起人民检验。

# 以人民为中心
# 有机融合传统和现代文化

朱家勇

人民群众是历史的创造者，是推动时代发展的根本力量，文艺创作从本质上来说，就是要坚持"以人民为中心"的创作导向，就是要深入生活、扎根人民、抒写人民、歌颂人民，这是我国社会主义文艺发展的必然要求。习近平总书记在文艺工作座谈会上指出："好的文艺作品就应该像蓝天上的阳光、春季里的清风一样，能够启迪思想、温润心灵、陶冶人生，能够扫除颓废萎靡之风。"党的十九届四中全会《决定》中强调要把社会主义核心价值观要求"体现到国民教育、精神文明创建、文化产品创作生产全过程"。这是在尊重文化产品创作生产基本规律的前提下，从制度层面对文艺工作提出的新要求，使核心价值观成为贯通文艺创作生产的基本命题，为广大文艺工作者的创作指明了方向。

为了体现"以人民为中心"的创作理念，我们在文艺创作中要把传统文化和现代文化有机融合，不断创新发展，创作出既符合社会主义核心价值观又是人民群众喜闻乐见的优秀文艺作品。传统文化是中华上下五千年遗留下来的文化瑰宝、中华民族精神之源泉，随着经济全球化的深入发展、现代化进程的加快，现代文化对传统文化的冲击，传统文化正面临着严重的生存与传承的危机。自党的十八大以来，党中央提出文化自信，表达了对传统文化、传统思想价值体系的认同与尊崇。晋宁作为新昆明第六区，紧跟步伐扛起了文化建设的大旗，"面向南亚东南亚的国际旅游康养新区、古滇郑和文化名城、高原湖滨宜居新城"是晋宁现在及将来的发展新目标。纵观晋宁的历史，自汉至晋时期为云南政治经济文化的中心，是古滇文化的发祥地，也是郑和文化的云南代表，多元文化交融积淀了深厚的文化底蕴。

## 一、底蕴与特色

晋宁与云南其他区县相比，拥有不一样的传统文化，区域传统文化是古滇文化与郑和文化长期积淀交融的产物，环滇池特有的自然环境和发展历史是孕育这些传统文化精神的母体。区域内目前有文物保护单位38个，初步建立了非物质文化遗产数据库，评审公布了非物质文化遗产保护项目68项。通过对晋宁本土优秀传统文化资源普查，最具代表性的可分为五类：

一是名人文化。古往今来，晋宁名人辈出，全球最有贡献的100位巨人之一、明代伟大航海家郑和，汉代古滇国第一王庄蹻，晋朝军中花木兰李秀，明代"诗书画"三绝的滇中第一人担当和尚，明嘉靖进士、杨门六学士之一、题写黄帝陵的著名文学家唐錡，清朝被誉为"滇第一世家"、才高八斗的李因培，现代著名文献学家、收藏家、滇南硕儒方树梅等都生于晋宁。

二是民俗文化。晋宁有以晋城镇福安村、双河乡田坝村、夕阳乡木鲊村为代表的11个中国传统村落。在昆明市4个彝族乡里晋宁占了两个，其中较为典型的田坝村彝族传统文化保护区完整保留了民族服饰、秧佬鼓舞、彝族山歌小调、彝族生产生活习俗、彝族民居等文化元素，是传承彝族文化元素的重要载体。

三是文物古迹。晋宁是古滇都邑、滇文化的发祥地，现依然保存着晋城古镇、石寨山古墓群等古遗址。境内还有明代航海家郑和父亲马哈只的墓碑，以及近现代重要历史遗迹代表建筑：西南地区首批合作社上蒜人民公社旧址、中央美院的前身国立艺专旧址。

四是民间艺术。新街竹雕刻"鸟笼"，晋宁剪纸，圣贤画，泥塑，以秧佬鼓舞、跳乐、滇乐为代表的传统舞蹈，以山歌小调为代表的传统音乐以及带有浓厚地域特色的传统民族服饰等民间艺术形式。

五是宗教文化。晋宁拥有"三座宝刹"，有昆明香火最旺的寺院之一的盘龙寺，它与昆明西山、宾川鸡足山共同被称为云南三大佛教圣地。有始建于明大德年间的滇中禅宗名刹普照寺，坐落于晋宁宝峰七珍山的宝泉寺，寺内建有全国最高的檀香观音，全国最大的室内铜佛，全国最高的曼陀罗风格石塔。除此之外，被称为"白云胜景"的白云观也在晋宁区域内，该道馆始建于明嘉靖年间，仍保留有大清道光皇帝御笔赐书的"于穆清虚"匾额及众多名人字画。

文化的"神"是文化的核心和灵魂，文化的"形"是文化的"神"的载体，要发挥优秀传统文化新的生命活力，就应实现其"形"与 其"神"的统一。晋宁传统文化资源丰富、独具特色，只有抓住传统文化中的"神"，与现代文化相融合，对其进行现代价值再创造，融入现代新思维、新观念、新取向，才能使晋宁的传统文化更具时代特征和时代引导能力。

## 二、传承与融合

把无形的传统文化资源与现代文化相融合，如广为流传的神话故事、历史积淀的文化精神以丰富多彩的活动及创作文艺精品的形式流传，既是保护，更是传承与发展。近年来，依托晋宁深厚的文化底蕴，引导鼓励全区文艺工作者和文艺爱好者扎根基层、扎根生活，推出了一大批文化特色鲜明且具有一定艺术水准的文艺作品。依托古滇文化渊源编辑出版杂志《石寨山》，本土作家在全国各级各类文学期刊、选刊发表诗歌、散文作品 700 多篇（首）；50 余幅美术、摄影、书法作品荣获 "茶花奖" "泛亚国际车展摄影大赛"等省市级奖项，彝族民间场景舞蹈《山里人》和彝族歌舞《秧鼓神韵》、原创歌舞《哈尼长街宴》等节目多次获奖，本土作者创作的小品《情为青山而生》《爱在春城》《彝山新花》等剧本入选昆明市《笑咪乐呵曲艺小品小戏作品选》；拍摄制作《如果爱·在晋宁》《那片海》等多部微电影，并邀请中央、省、市媒体举办"晋宁县微电影首映式"，参加 "向上向善·大美至滇"2014 云南青少年微电影大赛并获剧情片优秀奖，同时入选"中国梦·云南美"百部微电影创作奖；创作了《亲亲的家乡》《阿晋阿宁》等 8 首晋宁组歌，拍摄《诗意山水《人文晋宁》形象宣传片、《晋宁是个好地方》音乐风光片；积极组织区域内特色文化相关项目、企业参加国家、省、市、区举办的东南亚商洽会、泛亚世界航海文化主题展、韩国船展、创意云南文化产业博览会、创意昆明系列主题活动等各类文化活动，影响力与知名度不断提升；双河彝族乡秧佬鼓舞参加"山花奖·居庸关长城杯"中华鼓舞大赛荣获金奖，被誉为"金牌秧佬鼓"；乌铜走银、宝峰调子、颠乐、竹雕鸟笼、彝族刺绣等非物质文化遗产在中央、省、市各类活动的舞台频频亮相，并广获赞誉；精心组织、积极筹办了"中国·昆明郑和国际文化旅游节"、古滇渔文化节、百威英博·沙滩啤酒音乐节、米线节、开渔节、宝峰调子会、正月接佛等群众参与度高、特色鲜明的文化活动，不断丰富人民群众的精神文化需求。

### 三、创新与发展

创新是一个民族进步的灵魂，现在晋宁传统文化保护与发展遇到的瓶颈正是"创新"的问题，盲目地对外开放会导致文化入侵，但是一味地固守成见也会使发展停滞不前。另一方面，对于传统文化中不符合社会发展要求的、落后的、腐朽的东西，更是应该树立"去其糟粕、取其精华"的发展观。晋宁是非物质文化遗产大区，但是很多技艺、文化却濒临失传。一是传统文化的精神与理念创新不够，部分非物质文化遗产传承人观念落后、思想陈旧，对非物质文化遗产保护与传承政策不甚了解，顾虑颇多，还存着"传男不传女、传内不传外"等封建思想，不愿将技艺技能发扬光大，特别是像乌铜走银那样的对技术要求十分严格、学习传承周期又十分长的技艺，又有多少年轻人能够经受住考验，通过层层筛选最终实现传承。二是现代经济社会发展迅速，既要保存传统文化原汁原味，又要取得经济利益，这两者如果统筹不好，一则优秀的文化产品就成了批量生产，失去了历史文化价值，而另一种发展方向则是消亡，被市场所淘汰，就像圣贤画传统技艺，它作为一种传统的供奉神像画，随着时代变迁、人们思想观念的改变，市场需求极少，很多圣贤画的手工艺人已经不再是专业的创作者、传承者，而是作为副业或者是业余爱好，几乎可以看到这门技艺消亡的宿命。所以，在珍视本土文化的同时，尊重传统文化、理解传统文化，再借助于先进的科学方法，吸收外来文化，创造性地把传统文化理念融入现代化之中，才能真正彰显出传统文化的时代价值。

"人民需要艺术，艺术更需要人民。"我们要坚持以人为本、尊重劳动、尊重知识、尊重人才、鼓励创新的方针，从政策上促进、从制度上保证传统文化遗产传承人和民间艺术家的创造活力，使一切有利于展现中华民族文化和地方文化传统的良好愿望都得到尊重、创造活力得到支持、创造才能得到发挥、创造成果得到肯定。

文艺工作是一项富于智慧和情感的创新性实践活动，创新是文艺的核心和灵魂。不断探索、勇于创新的艺术家往往能够取得较大的艺术成就，为文化事业注入长盛不衰的生命力。我们要把创新精神贯穿到文艺文化创作生产全过程，大胆探索，锐意进取，在提高原创力上下功夫，创作出更多高质量、高品位的作品。

# 文学扎根人民及文学使命

蒋水建

## 什么是文学？

文学是从时间尺度上评价及记录先进思想的一种手段。它依靠个人的感觉与经验来展现时间与空间的结合体，并对其中的人物状态、命运进行认知、思考、判断与描述，在其范围内寻求一种美的极致。文学理应对涉及的广大人民和后世民众负责。它的责任，就是作者凭借心灵的感情与想象向读者展现有意义的历史或现实画面。

文学是艺术的一个门类。与音乐、美术、摄影等用声、线、光影较为直观地表现现实生活不同，它是语言的艺术，以文字为媒介形象地反映客观现实生活，体裁有戏剧、诗歌、小说、散文等。

文学具有全人类性、社会性、民族性、人民性、阶级性和真实性。文学的社会作用主要有三个方面：一是认识作用；二是教育作用；三是美感作用。三种作用同时发生，构成了文学的社会功能。

文学与政治、哲学、宗教、文化道德都隶属于社会科学。所谓社会科学，是以人和人类社会为主要研究对象的科学。社会科学涉及政治、经济、文化、艺术、法律、道德、宗教、信仰、思维等人类社会所联系的各个方面。文学创作就是用文字的形式，对人和人类社会进行刻画与描写，反映出人类社会的政治经济、文化历史、法律道德、宗教信仰等不同的侧面，解释人类社会文化、风俗、历史、习惯、生活、理想等的过去、现在和未来；揭示人类社会的家庭、种族、阶级、矛盾和斗争的本质，概括人类社会生产生活的模式和发展规律；总结人类社会的团结、和谐、和睦、安宁以及动乱、疾病、霍乱、纷争的缘由、过程、终结；唤醒人们对和平、发展、幸福、快乐、健康、文明的向往和追求。因此，文学反映的内容包罗万象。在社会学科里有着极其重要的地位。

　　文学是社会意识形态之一，与哲学、宗教、政治法律同属于上层建筑。不同的是，两者的思维方式和表达方式有着明显的区别。哲学、宗教、政治法律，它们解说世界是用抽象思维，通过概念、判断、推理，从理论上来分析论证问题。而文学则是运用形象思维，通过人物、情节、场面所构成的一幅幅活生生的社会生活图画来反映生活的本质。从实际情况来看，文学更易于深入人心，是人们喜闻乐见的形式——感性、具体、丰富多彩。

## 文学与人学

　　高尔基曾经这样建议：把文学叫作"人学"。这句话的含义极为深广，它强调了文学与人的关系，说明文学是以人为中心的。文学的现象，文学的题材应该是人；应该是时时在行动的人；应该是处在各种各样复杂的社会关系中的人；这是常识。但许多人往往把描写人看作是文学的一种手段，一种工具；季莫菲耶夫在《文学原理》中这样说："人的描写是艺术家反映整体现实所使用的工具。"这样来理解文学，是把文学和一般社会科学等同起来，是违反文学性质、特点的。这样来对待人的描写，是绝对写不出真正的人来的，只会使作品流于概念化。受苏联文学理论的影响，我们的文学创作也曾经受到局限。1942年，毛泽东《在延安文艺座谈会上的讲话》指出：文学从属于政治。在当时抗战的背景下，让文艺与政治相结合，有其重要的现实意义。其时，文学提出的任务是"为政治服务，为工农兵服务"，也是极有针对性的。对于无产阶级的文学艺术，它还属于幼年阶段，受阶级思想的约束，无产阶级的文学范围，仅限于"工农兵"主体上，这有着明显的时代烙印。从理论上来讲，作为文学是人学的提出，有其更深远广阔的意义。以后的文学实践证明，人，是一个广泛的概念，人性是有许多共性存在的。不会因为你划分在某个阶级，你就与其他人完全不同，而且人性也是非常复杂的，它是人的个性与共性混杂的产物。文学对人的描写，应是具体生动，千差万别的。事实上，文学"为政治服务，为工农兵服务"这一指导思想，带到新中国成立后的文学创作中，就出现了大量的假大空浮夸的东西。这是不符合文学创作规律的。虽然许多作品，也取材于火热的人民大众生活之中，但作者的主观思想，由于受到政治倾向的牵制，使描写的人物往往成为政治替身。从某种意义上来说，文学与政治，的确有着密切的联系，作为意识形态，它是会受某种政治理念影响的。政治可以说教、灌输，但文学不行。假如我们把政治的观点（无论正确与否）强加于文学所要表达的人性思想，那么，我们就看不到文学波澜壮阔、气势恢宏、生动感人的现实生活描写给人带来的震撼与愉悦！把文学简单地政治化、脸谱化，只会使所有文学形象都是一个模子——高大全。这样的文学是没有生命力的。

## 文学扎根人民

首先要确定人民的概念。人民是什么？人民是一个历史政治的范畴。不同历史时期、不同社会，人民的具体内涵是不同的。历史上，中国的历代封建王朝，总把农民起义视为"洪水猛兽"，在他们眼里，那些造反、革命的人物并不是他们认可的人民范畴。但作为文学、史学家，就不能简单地附和统治者的政治倾向，他们必须对历史人物做出真实客观的反映。譬如，司马迁的《史记》，描述重大的人物事件，无论是陈胜吴广，还是项羽刘邦，也都带有人民性的思考。无论什么朝代，人民都是指那些推动历史发展的绝大多数社会成员的总和。"人民"还有一种诠释，就是：每一个历史时期所代表的进步势力。人民是推动历史前进的动力，是社会物质财富和精神财富的创造者，任何个人都不能称人民。文学源于生活，又高于生活，所以，文学描摹的人，并不完全是哪一个具体的人，而是经过加工提炼，具有"典型性"的人。这个人代表着一个群体或一个时代的印迹，所以，文学塑造的"人"，应该是这个群体或这个时代反映的正能量。那些腐朽没落的统治阶级，是历史前进的绊脚石，对他们只能进行批判、暴露、消灭。用这样的主导思想描写人的文学，就具有人民性。划分人民的范围，也是依据人物、事件是否具有先进性的标准来判定的。新中国成立前，毛泽东在《论人民民主专政》一文中写道："人民是什么？在中国，在现阶段，是工人阶级，农民阶级，城市小资产阶级和民族资产阶级。"这些都是当时进步的力量。现在的中国，人民的范围更广泛了。它包括全体社会主义劳动者，社会主义事业建设者，拥护社会主义的爱国者，拥护祖国统一和致力于中华民族伟大复兴的爱国者。

一般来说，凡是反映一定历史时期人民的思想、情绪、愿望和利益，提出人民关注的重大问题，具有一定进步意义，有利于提高人民文化艺术修养，有助于培养人民健康的情操，为广大人民群众所喜爱的文学，都属于具有人民性的文学。

文学是先进生产力的代言人。

## 文学的使命

文学的使命是教化。在人类社会发展的长河中，文学是由人的心灵情感波动产生的，是人的审美需求。在这个过程，人们发现文学有利于人性的改造和净化。因此，在今天人的美妙的品性里，人们不难发现文学的痕迹。没有文学，人类还会在混盲的思绪中，纠结灵魂的纷扰。《三字经》说"人之初，性本善"，这只是一种判断，事实上，并非完全如此。人性之恶，也普遍存在于社会生活之中，如欲望、私利等。这些成分妨碍人类走向文明和程度越来越高的文明。

自改革开放以来，在经济大潮的冲击下，由于制度不够完善，人们在利益分配的过程中，出现了"以权谋私、权权交易、党内特权思想"等腐败现象，由此带来的党风、政风、社会风气败坏，使整个社会形态贫富差距、环境污染、社会矛盾凸显。这是严重的社会问题，也是人性异化的表现。党的十八大后，针对这些情况，党中央采取了一系列整治措施。在习近平总书记看来，这些群众深恶痛绝、反映最强烈的问题，如果"蔓延开来又得不到有效遏制，就会像一座无形的墙把党和人民群众隔开"。所以，2013 年 6 月，在以习近平同志为核心的党中央坚强领导下，全国开展了党的群众路线教育活动。不久，在全国宣传思想工作会议上，习近平总书记发出"树立以人民为中心的工作导向"的新号召。之后，习近平总书记在党的高级干部和党政机关财经、城市等重要会议上，以及社会科学、历史哲学、文学艺术等领域反复强调这一执政理念。人，是人类社会的主体，解决人的问题，是社会步入文明的根本。作为上层建筑领域的文学，必须义不容辞地担负起改造、净化社会丑行的责任。在新时代的召唤中，文学扎根人民，与"以人民为中心"的执政理念，就是社会主义新文学适应社会生产力发展的政治体现。这是新时代社会主义特色理论的核心思想，也是文学在新时代围绕"两个一百年"奋斗目标总体工作的出发点和落脚点。政治与文学是上层建筑的意识形态，它们互相影响，有着客观存在的内部规律。马克思主义认为，经济基础与文学的作用、反作用，都不是直接发生的，而是通过政治、法律、道德等"中介"因素起作用，尤其政治，是最重要的"中介"因素。文学创作是在一定生产关系上进行的，这就是文学为经济服务的直接原因。

到人民中去，到现实生活中去，发现人性的真善美和了解人民群众的所思所想，这是文学创作的源头。习近平总书记说，把"人民对美好生活的向往"作为奋斗目标。这是历史赋予共产党人的政治使命，也是文学家向人类社会展示高尚而跳动的时代脉搏。杰出的政治家和文学家，永远都遵循内心对人性道义的渴求，让人民感知为美好事业奋斗的热切向往和远大理想！用思想的火花把文学当作影响人、教育人的利器。一切从人出发，一切"以人民为中心"，这是新时代的政治宣言，也是文学发挥其功能、为人民代言的历史使命。作家应是时代的先觉者、先行者、先倡者，它的动力，将会唤醒生命、改善人生，把人类生活提高到至善至美的境界。

文学不是政治目的，而是文学家以人为本，关心人物命运的内在要求。作家是人，关注的主体也是人，他的心灵情感应与人民大众息息相关。如果文学只是体现政治，为政治服务，那就失去了文学的本来面貌。社会主义的政治，是实现劳动人民经济文化目标的手段，它的主导作用，就是要达到上层建筑与经济基础相适应的目的，只有这样，社会生产力才会迸发出无穷的力量，给人类社会的文明进程助力。

文学与政治不可分割，但政治不等于文学。政治的作用是直接、强有力的，而文学作为上层建筑的另一种形式，它犹如政治法律手段的润滑剂，对经济基础的生产结构和人们的生活方式，起到长期的、"润物细无声"的作用。

"文学为人民服务，为社会主义服务"是新时代文学的指导思想，作家应认真领会其要旨，按照党中央的部署，落实加大反腐力度，提出精准扶贫纲要。走基层、下山乡、访万家，深入了解中国国情、体察百姓生活，写出一批有深度、有温度、有扎实功底、质量的文学精品；同时，利用各种网络、媒体广为传播，发挥出新时代文学应有的作用。值得一提的是，今年爆发的新冠肺炎疫情，给作家提供了大量的创作素材，那些无私奉献的科技、医务人员，志愿者，自觉奔赴前线，冒着生命危险，把人生的辉煌与美好青春，写进了文学作品，彰显出许多人性的光辉和政治智慧，成为作家社会责任担当的精彩一笔。